锦绣的城

杨帆◎著

作家出版社

中国作家·江西原创

总 策 划 / 何建明

总 协 调 / 汪天行　刘　华

　　　　　　叶　青　黄宾堂

评委会委员 / 张　陵　张水舟

　　　　　　包明德　张亚丽

统　　筹 / 江　子　秦　悦

杨 帆

生于20世纪70年代，中国作家协会会员，江西省滕王阁文学院特聘作家，南昌市文学艺术院专业作家。鲁迅文学院第13届作家高研班、第28届深造班学员。已出版中篇小说集《瞿紫的阳台》，中短篇小说集《黄金屋》《天鹅》。作品散见《人民文学》《十月》《青年作家》《星火》等刊。

1

那桩凶杀案在漏斗街传得沸沸扬扬的时候，牛丽窝在屋里两天没出门。她大概是有些想家，以致夜里发起烧来。立冬后，都城下起雨，雨打在屋檐的铁皮上时而发出惊天动地的响动。有时打雷，简直就是夏天的阵势。更多时候是整夜的淋漓不尽，那种细致缱绻的敲打，令牛丽一阵阵地恍惚。间或刺啦啦一阵子，像是一只大鸟的翅膀扇过屋顶，飞向高远的云雾缥缈处。这种时候牛丽常会醒来，或是迷迷糊糊睡去，她红着脸蛋总归是醒了睡、睡了醒。

两天水米未进，神经被烧得脆弱，人是糊里糊涂，昼夜不分，连续几个小时做梦。她说起了梦话，并且听见自己发出被扼住喉咙的咝咝声。那个教导主任的老娘揪住牛丽胸口的红领巾，不断地按顺时针方向卷动着，收紧着，直到她吐出舌头。教导主任和他老婆袖手旁观，他们的儿子躺在一边的行军床上，直挺挺的。那老婆子咒她生不出孩子，一辈子叫千人骑万人操；牛丽一肚子的火，一肚子的骂词，在梦里就是骂不动，任凭那张豁嘴里的唾沫星子喷了自己满头满脸。醒来听到当当的雨声，有几分钟怔怔地，疑心自己还在老家的偏房里。她住的房间也是这样暗暗的，潮气重，四面墙上都有大块的黄渍，被褥总是散发一股霉味。有几分钟她强烈地想念那个房间。她有几年没有回去了，平时也不常打电话，时而通过微信群，多少知道家中一些情况。事实上她母亲很想念她，房间给她空着，等她混不下去了回

1

去住。这些是通过她父亲传达的，她和母亲之间总像是隔着点什么。

牛丽欠起身子，向上伸长手臂够着了台灯开关。屋里亮起来，她透过光线看到对面窗子外黑亮的雨丝。她不是要看夜景、雨势，对此她不关心，哪怕是外面下金子，也要她起得来床。不过，雨也算是阻隔人与人交往的一样东西。比如，有人可能打算今晚来她家，抬头看看屋檐，便把念头搁下了。又比如，她若是病情转危，喊叫起来，隔着雨声恐怕也没有路人听得到。何况街面的行人那么稀落，他们不是在喝酒，就是在搓麻将。即便他们在隔壁，也不大可能听到她的呼救。牛丽茫然地看着屋里，在高热下的视线里，家具的摆放总归有些不对劲。小圆桌太靠窗，可能是飘进了雨水，桌布上大朵的牡丹花颜色不对；窗帘的格子有点歪；皮革沙发也变得陌生，变小了，摆在当中有些像卡通片里的可笑样子。好在几面墙都很白，当初租房时她要求房东粉刷过一遍。合同签的是两年，但按她当时的满意度，是存心要住个十年八载的。当时并未预计到会遇到老根，还起了同他过到一块的念头。

自然也没想到这里会发生命案。一墙之隔，就在矮婆租出半年的老屋里，一对安徽籍小夫妻死于非命。矮婆在西街口新买了房子，听说她儿子从上海寄来了房款，新房子一装好，矮婆就把老屋租掉了。事情发生后，大家知道了这对年轻人不是夫妻关系，没有证，应该算同居，油条说是中国式试婚。他那张不靠谱的嘴里总有些新鲜词，比电视剧里的更新还快一步。但是连油条也没料到，两个都有工作、不惹事、平时对谁都客客气气的人就这么挂掉了。牛丽亲眼看到客厅的地面有五指宽的血痕，一直拖到厨房走廊。在深夜暗影浮动的空气里，她整宿睡不着。暮秋时节，万物沉寂，正是该收该藏的时候。她却披头散发，毛孔大张，随时神经发作，一个电话将在开会、谈生意或是熟睡的老根叫来身边。假如老根来不了，她只好坐起来，竖直上身，凝神听着墙那边的动静。一夜惊悚般地坐起多次。很可能就是这样受了寒，前天隔壁还能听到可疑的敲打钉子的叮叮声，现在耳孔里只有一团嗡嗡嗡。

她还咳嗽。

你来不来？……咳咳，过两天，过两天我就没了。

她从未对他说过这样奇怪的话。确实有点奇怪，仿佛命案发生在这个屋里，她一下被放了血似的，变得虚弱起来。她对他讲话的口气，像是她从来就这样温存、和气，带着一点斟酌和商量。连月来那股血腥气都在，很硬，很稠，哪怕北风一天天冷冽，那气味还是像头困兽，喷着热烘烘的鼻息。到后来牛丽有点绝望，也不指望它散尽了。屋里屋外铺了厚厚的生石灰，点了香，老根还拿来两张符贴在门口。这些都驱散不了一个事实——两个外地青年在本地最热闹的老街住着，说没就没了。凶手逍遥法外，还有可能回到现场，发现隔壁住着一个也是外地的、经常孤身一人的她……。据说凶手力气很大，小情侣和凶手在客厅造成的搏斗痕迹相当惨烈，不但墙面被手指抠出了两厘米深的洞，两个布靠垫更是开膛破肚，流泻出猪油般的棉花来。这些幻想的场面加上秋寒，让她终于发起了高烧。从秋天直烧到冬天，经历了五十个小时的九死一生。现在，即便是凶手大摇大摆地闯进来，她也不会有更强烈的反应。

在清醒的时候，牛丽给她从前的相好打过电话。这并不是考验，不是心血来潮、哗众取宠，只是有一刻她觉得自己会死。她想遍了来到都城后的日日夜夜、角角落落，一些重大事件及未了心愿。这个过程加速了气血的消耗，她拿起手机，从镜面屏幕上看到一张没有颜色的脸。除了眉毛，整张脸是一种颜色，是立冬后天空的灰白。她急促地按下一串数字，让脸消失。没有一个能来。他们的理由更像是借口，一个在陪老婆，一个陪领导，一个是老娘病了，还有一个干脆说不在都城。老根也不在都城，他刚回了宁波老家，去处理某处房产纠纷。老根的房产多，听他说起来像是遍布当地城乡。这也是他丢不开家里那个黄脸婆的根源所在，房产证在她手心攥着呢。这也是所有分身乏术的男人们的软肋。这些可怜虫只会用冠冕堂皇的借口或永远实现不了的誓言来搪塞她，倒不如那一对同居的人来得实在。两人二十出头，都是栗黄头发，都高挑。矮婆站在他们面前说话肯定要仰疼了脖子，男的俊秀，不大开口，女的娇嫩，二十个指甲涂得艳红，说话前常摇出一串笑声。半年来，男的买菜，女的在门口迎接他，就那么几步路，她还要把手插进他的臂弯里。两人相视而笑，像新婚夫妇那样，常常红着脸颊，承受不住旁人的注视或打趣。每当看到他们，牛丽既感到刺眼，又受了感动，无端觉得惆怅。在漏斗街里出现这两个人，是一件挺有趣的事。她看着他俩，仿佛春天一下子到了，眼帘里到处是新鲜的景象。晚上听着两人的笑闹声，她跟老根的通话会变得长一些，软乎乎的。可以说，自从他们搬到隔壁住，她跟老根的关系变得密切了。半年不到，她几乎恢复了对二人世界的兴致，重新建立起某种信心。就是这样两个人，一夜之间无声无息死去了。那一夜她什么动静也没听到，因为她跟老根在他那边的房子里。在接受警察盘查的时候，牛丽讲了实话。她内心十分懊悔，那个晚上不该出去，留在屋里说不定能阻止命案的发生。这种心理折磨对牛丽来说，也是造成她发烧的一个因由。据说凶手什么线索也没留下，显然是个惯犯。

牛丽扔开手机，张开喉咙呼吸着，吸进来一口口冰凉的气体。她想咒骂，但是发不出响的声音，甚至出不来气。她愤怒地想，要是谁第一个踏进这屋里，她就跟他一辈子。到了第三天中午，她再没力气愤怒了，整个人开始恍惚。屋里真是沉闷难当，又小又黑，她要是能够把胸腔的气吐个干净，这房子都装不下。谁会想要踏进这里呢？在这种时候，在牛丽软得需要一个人的时刻，那些人在哪里？他们都在家里，在老婆胳肢窝下，在床上，在孩子书桌边。他们没一个听到她的召唤，跑来陪她哪怕一刻钟。这两天，雨是唯一陪她到底的东西。虽然她摸不着它，有时也听不到，但它一直在那里。哮喘也是，会陪她到生命的最后一刻。它们比老根，比所有的男人都忠诚。

牛丽想好了，她要向老根摊牌。上周老根说这里不是久待之地，要她卷铺盖跟他搬个房子。这话老根不是第一次说，显得比较有诚意。他还说过让她给他生几个儿子的事，牛丽从不应声。毕竟，他是有家室的人。春去秋来，她并未考虑好跟他的关系更进一步。老根不过是她遇到的一个男人，几年的相处，终归他也没有给她带来结婚的

4

强烈冲动。现在，她要让他马上离婚，摆脱他的老婆和三个女儿，或者先买好一套公寓。她厌倦了在这个租房里，漆黑一团的日子。往往在生病的时候，屋子里显得更加杂乱、冷清、灰暗，像一坨隔年的猪油。在认识老根之前，她没有过这种感受。她曾对这个平房多么满意，已经看了大半个月，各种房子，高层的、毛坯的、合租的、地下室，都去看过。像这种地方不偏、价钱便宜、有房有厅、独门独户的房子，被她遇到了，简直比捞到个有趣的未婚男人还兴奋。她把房子订下来的那一刻，心里多少感触，现在她还能回想起来。说到底，这个屋子是她在都城扎根的关键。因为它，她可以安心一辈子待在都城了。可以说，如果没有这次发烧，烧得脑子糊涂了，她不会时常想起老根，想起他当初向她承诺的公寓。

都城下起雨来，总是一副覆盖整个季度的势头，眼看这个冬天要泡在雨水里，在街面走动一圈，就会带回一裤腿的泥点子。牛丽不喜欢这样不爽利的天气，出去寻事做效率不高。临到雨天都城人像失了心魂，路上没什么人，店门也是半开半闭。像这种天，漏斗街人多半窝在家里搓麻将。窗子开着，雨沫子飘进来有一股奇异的清凉。院子里那棵桂花树断了香气，不过总归有冤魂一缕，时不时地钻进黑漆漆的屋里来。那些一嘟噜一嘟噜的金黄色、带着甜甜润红的桂花铺了地面一层又一层，有些还躲在厚的叶片后面，不肯轻易落下来。牛丽摇落一些，盛了一簸篮，做了几次桂花年糕吃。老根喜欢喝她泡的花茶，那一段太阳好，她顺手晒了一缸子。多的就填了枕头，合着荞麦，缝成个骨头形状，现在就搁在她脑袋底下。当然她是闻不出什么味儿来了，鼻腔里像是堵了一面墙。在彻夜的雨声里，她听不到漏斗街里别的响动，即便是乌压压的人群挤在窗子底下，也察觉不到。她就这样随着雨水昏睡了两天，断断续续，体温进进退退。

牛丽感觉日子乱了起来，说不清是始于这场感冒，还是出于对隔壁凶杀案的恐惧。她下地找药吃的一瞬间，头重脚轻，几乎栽倒在地。有两次她晕了过去，但她以为自己是睡着了。等她醒来，电视自顾自嗡嗡响着，铁皮屋檐叮叮响，露出一狭长条子酱红的天。她模模糊糊看到钟的时针指向夜里三点。她外婆就是在夜里三点过世的，没熬到她回去。那年父亲来电话说她病犯了，意思让她回去一趟。牛丽当时很忙，在搬家，她找房子找了半个月，嘴巴一圈都起了燎泡。那是秋高气爽的天气，都城的小坝上树叶变作了橘红色，在碎金般的阳光下摇晃，暖风吹得人一颗心能飘到半空去。这些都没落在她眼里，她眼里只有一套套待租的房子，那些方正的机械的彩色图片。当时她刚结束第一段在都城如火如荼烧了两年的爱情，心里开了一个大洞；这洞从她两个眼睛里透出来，她什么也看不见，像个盲人一样，或者说像个僵尸一样，在都城游荡了三天三夜。

就是这样，她也挺过来了。她不相信自己会在今天夜里三点死掉，虽然她认定这个钟点是她今后的死亡时刻。外婆死于哮喘，而这种麻烦的病症在她身上出现了隔代遗传。平时人畜无害，发作起来她会对人世丧失热情。这次发烧照例引发了哮喘，有几个时辰她抽不上气来，感到自己胸口剧烈地膨胀，急促地抽搐，吃了药也不得歇。一会儿咳成一颗硬邦邦的枣核，一会儿又鼓成一个气球，要飘出窗外去。

除了哮喘的药，她找到一板银翘片，上面只剩四粒。她全部塞进嘴巴，灌下一大杯凉水。手机就在床头，油条下午五点打过一个电话来，她没有听到。此外就是一堆垃圾短信，没有老根的消息。牛丽少有矫情的时候，平日交流是短平快，这是老根看重她的地方。这个时候，她却难免对他产生幽怨之情，恨他不能赶到身边，甚至不能回个微信。她动过念头，不顾一切给他拨电话，一个不接，拨两个，两个不接，三个，四个……打到他接为止。老根一回老家，就会变成这样的脑瘫，常常听不见来电。事后的解释总是花样多，没电了，没话费了，没网了，搁家里了，等等。次数多了就疲沓了，她懒得向他兴师问罪。多年来老根待她不薄，吃穿用度，她把漏斗街的大多数女人落下了一大截。这当然是牛丽招人恨的原因之一。

2

牛丽在漏斗街有点名气。

男人们私下里喊她大巴，因为她常年待在巴士上，像个售票员一样勤勉。后来看她其实不在意，也就敢当面叫了。一般来说，他们喊不喊，怎么喊，要看她当天的心情。牛丽天天待在巴士上，没有固定收入，不像售票员那样旱涝保收，心情常年阴晴不定。售票员是二十世纪的事了，现在都是无人售票车。据说以后司机都会失业，一律用电脑控制。电脑控制人脑，在他们看来是一件滑稽的事，人脑控制人的身体都费劲呢。就像他们，一到黄昏就聚在街头，逗逗牛丽过过嘴瘾。大巴一喊出口，就像是大热天喝了一瓶冰汽水，或是吃了一顿猪头肉，嘴巴里涌上一股奇特的快感。牛丽高兴就答应一声，不高兴了就会牵涉到对方的老娘和姊妹，说她们就是公交。说完，牛丽就高兴了。牛丽嘎嘎大笑的样子粗俗而放荡，她的嗓门又粗又哑，笑声就从这喉咙里爆破而出，有时笑得眼泪溢出眼角。如果身边有个男人，又不马上走开，他的背脊就会遭受数下重击。如果是油条，他会及时闪开，因为他瘦，自保意识还算强。

大多是街面上的闲人，年届中年，碌碌无为，遇到牛丽这样无法无天的女人，也只能明的暗的啐一声大巴。巴士经济实惠，简单快捷，加上牛丽喜欢穿得花花绿绿，身上像是挂满了广告。有一段时期，巴士外壳喷了丽人医院的人流广告，上面那个挤眉弄眼的大傻妞像极了牛丽。连她穿的那两块布头，也像牛丽的打扮，他们觉得这个外号取得实在贴切传神，禁不住要冒着祸害连累家中女性的风险，逗一逗牛丽。

打一开始牛丽搬进漏斗街，不仅看在她爱出风头的本性、艳丽的外表，还因为河南人和扒手的双重身份，她遭受了一系列骚扰和打击。在这方面，男人们向来不手软，他们像现在大城市里那些职场一样，讲究吃新、欺生。牛丽的房东首先在一个月黑风高的夜里把一把备用钥匙插进了大门的锁孔里，这个老鳏夫打算先发制人，把这个不安分的女人一举降服。动这类心思的人有几个，他们蠢蠢欲动，不约而同在春夜趴在她家院墙外，偷窥室内各种活动。当老房东匆匆赶来，他们屏息收声，一动不动，夜风吹在身上，有些寒意。老房东假装没有看见他们，在几双发绿的眼珠子的注视下推开院门，轻手轻脚踅进屋内。挂在墙头的一个男人几乎叫出声来，因为牛丽正在脱衣服，准备洗澡。这种内外夹攻的刺激实在平生难遇，其中有个人紧张得流出了鼻涕。他们既担心牛丽停下脱衣服的动作，又想在老房东进去前对她发出警告。这种煎熬几乎是非人的，有个人嘭地掉下来，像一口沉重的麻袋落在地面。他爬了起来，飞快地朝院门扑去。院门被他丁零哐啷一通捣鼓，并没有开。显然老鳏夫把院门锁死了，只有他有钥匙。二十分钟后，这个人重新攀上墙头，小心翼翼地朝下跳去，居然毫发无损，他一下落到院子里去了。其余的人愣一愣，反应快的也学样，姿态各异地纷纷跳下去。不能叫老东西占了便宜！他们心里想，顾不得腿脚屁股跌得生疼，齐心协力对付起眼前的屋门来。一起动手的事情，显然是正当的、无害的、有志者事竟成的。他们不去想接下来怎么成事，也不理会屋里住的人怎么想的。在他们看来，动不动出门和化妆的女人，穿着暴露，无疑是在勾引他们，鼓励他们，甚或埋怨他们没有尽早动手。后来发生的事情证明，牛丽果然是唯恐天下不乱的，属于人来疯，她压根不怕骚扰和打击，或者她怕的是没人打扰，每天清汤寡水一样的日子。

当晚，老鳏夫是被牛丽用菜刀架在脖子上撵出门的。他们看到他的手臂和肩膀上被划破了几道口子，还在滴血。他叫得像一头血气旺盛的生猪。牛丽并不管他在滴血或号叫，揪着他麻白发丛下的卷耳朵，揪着他上半身所有皱起来或卷起来、容易下手的部位，另一只手里生锈的菜刀随时会割断他的喉咙。她身上穿一件大红睡袍，下身临时套了条秋裤，头发还是湿的。她面色如常，嘴角挂着一丝笑。被拦在门外的男人面面相觑，想问问这半小时里发生了什么，又不知道以什么立场对待眼前的情景。他们是男人,是邻居,是老房东的合谋者和叛徒。那么老东西得手了吗?像他吹嘘的那样几度交欢了?还是被割掉了一枚睾丸?没人知道真相。

牛丽的功夫,包括她扒的技术被传得神乎其神。在得罪她的人丢失的物件里,没有一样不重要,没有一样跟她扯得上关系。派出所的人从没有抓过她的现行,反而有几个小年轻常跟她言来语去,打打闹闹。都说她有一套媚功,见人就发散,像当街发散传单一样。人家接不接是一回事,她不发散就不舒服,像高烧病人发不出汗来的感受。那憋在身体的热度简直要把自己点着,这种难受牛丽刚刚尝过了,得出结论只能靠自己,发汗、蒙头大睡,物理退烧。对于这种批发式的热情,街面的人见怪不怪,若她勾搭上的不是自家男人,也就睁只眼闭只眼。若是狭路相逢,自然勇者胜,漏斗街难免要鸡飞狗跳、鹅嘶雁叫几日。

好在牛丽不吃窝边草,带回来的男人往往从蛮远的地方来。老根是宁波人,年前在新城区盘下一大排商铺,上下足有二三十间。漏斗街都传牛丽要搬了,跟老根住进大房子享福去。谁都知道老根在欧陆风情住着一套别墅,他老婆孩子在宁波,他一个人住一大栋房子。在都城风景最为优美的东湖地段,楼顶上摆着假山假泉、种着奇花异草,外面包着玻璃罩子的那家,就是老根的屋。

漏斗街人认为,既然牛丽搭上了老根,自然不用天天上巴士。但牛丽还是天天上街,上巴士。她认定她业务不突出,技术有待精进,作案风格不太稳定。她天天上车,时不时出手,也是担心手生。除此之外,她就是坐在后排,守着自己的地盘一样,阴晴不定地盯着司机的后背。司机往往叫她盯烦了,倒像自己是没有得手的扒手,有着一种失败感。那是一些认得她的司机,也不叫她买票,也不赶她下车。这个女人从来没有因为做这种事坐过牢。她一下车就被街口守她的男人们围住,排队请她吃馆子吃烧烤。那些人里有她的街坊邻居,也有公职人员,他们对她又亲昵又谄媚,偶尔还为此大打出手。

有关牛丽的情史,漏斗街人有众多说法。牛丽内心只承认一段,就是搬来漏斗街前的那一段"被狗嚼过的日子"。这是她对此下的恶狠狠的定论，从不许自己再回顾。说起来，那段开花两年即将结果的爱情，算得上牛丽的初恋。当年牛丽跳上大巴，跑到都城，是想在这里安上一个家，属于她和一个男人的家。她一直租房住，打零工，这不影响她对婚姻的向往和试验。那年秋天，她结识了一个医生。来自家族遗传的哮喘病史，使得她经常出入那个著名的医院。医生给她介绍了一种新型药，很小的白色药丸，一天只要吃两粒。这种药丸很好地控制了她的发作率，心和气顺，夜晚喘不过来的情形减少了。使得她胸口再次痉挛的恰是医生本人。他在一个傍晚检查她的口腔时，吻了她。按说是不需要检查口腔的，他盯着她嘴里，看她颤动的舌头和喉部，两手紧紧攀住她双臂。他简直要把整个脑袋扎进她嘴里去。她心里有些害怕，不知道该怎么反应他将对她做出的行为。医生个子不高，面相比她还娇嫩。他的手微微出汗，脸上的毛孔细腻得找不到，像个还没从青春期冲动挣扎出来的学生。谁也不会怀疑他因为埋首医学，而耽误个人大事的说法。医生逐一索取她的初吻、初夜，并令她首次堕胎。他的说法是这样的，第二个孩子比第一个聪明，也更长寿。也就是说，第一胎更容易遗传家族病。他以一个医生的权威传达了这一点，还将新房的图纸发给她过目。为了让家族的哮喘因子在他们的后代身上根除，她躺在了他的同事主刀的手术台上。为了幸福美好的未来，姑娘们是能够忍受妖魔鬼怪的戏弄的，过五关斩六将，从黑暗的森林、腥臭的泥淖里奔向光明城堡，这难道不是所有童话教给女孩子们的正确途径吗？

他介绍她进了一家私立医院后勤部，付了位于郊区的一套两居室首付，每年带她出门两趟。他支持她学习烹饪和插花，不赞成她请健身教练，给她买了两份保险，受益人是他本人。如此过了两年，就在她装修新房的那个时期，她偶然听说了他已婚的传闻。房子不能丢手，她还是天天跑装修，企图以忙碌来联线短路的脑神经。他还是付她那个一居室的租金，每周来两次，视他的身体情况做一次或两次。她这才推究起他的身体，仔细勘探着装的细枝末节，以致在做爱的过程中常常走神。他每次来她都索求无度，断不可能一次了，闹得他直埋怨，说她怎么凶性大发。先还是带着惊喜说的，因为装修的劳累，她对他有过一段的敷衍了事。后来招架不住，他才有些委屈，对于一个步入中年、懂得养生的内科医生来说，这样的任性无疑是一种无法苟同的破坏。

牛丽先掏空他的身体，再来盘问他的良心，这样的设计，抛开她情感上的受挫不计，还是有理有节的。因为一个空虚的身体，是禁不住热情的撞击的。但是牛丽没有料到一层，医生的内部构造与常人不同，用一句台词来说，"你永远不会得心脏病，因为你没有心脏"。牛丽对他说完这句话，就离开了那套房子。客厅的半空晃荡着吊灯半拉子的灯泡，地面是碎的玻璃和婚纱照断裂的相框，三十二寸的液晶电视被砸了一个大洞，台灯的灯罩作为肇事者瘫痪在茶几上。那个黄昏，他老婆带人闯进了他们的新房，随后他也到了。她等着他当着所有人的面维护她，谁都能看出她身体不舒服，谁都装作没有看到。就在前天，他俩做完后，他给她递来一杯泡好的红茶，他说女孩子要少喝绿茶。那天正是新房装修完工的日子，他们提前庆祝，在日光当头的中午做。那是她喝他泡的最后一杯红茶。她记得暖洋洋的春阳洒在赤裸皮肤上的感觉，窗缝漏进来的风把白纱帘轻轻吹动，梳妆台上那盆崭新的水仙花送出一波波香气。

在遇到医生之前，她摆过小摊，在夜市里摊面饼。她见识过城管人员的厉害，也让他们领教过她的厉害。最终没做下去，因为哪儿都不让摆，不让卖。赚的几个钱还顾不上打狗的。打狗在都城的意思是，打点钱物给现管的小官们。他们随时随地出现，想一出是一出，来一拨又一拨。那些跟她一样不打狗的摊主，总是被撵得四处逃窜。就是那些打过狗的，也难免经常被突如其来的围剿折腾。牛丽脾气上来，就跟他们干一场，重拾当年的打狗棒法，图个痛快。业务生疏加上寡不敌众，多数以失败告终，还因此被拘留过几天。她额角至今留下一个小坑，是叫一个后生城管拿秤砣砸的。额头的坑是摆摊留下的纪念，心里的坑很长一段没法愈合。

她逃出了亲手布置的新房。

从那个晚上开始，牛丽认定医院是最脏的地方，那里埋葬了她的第一个孩子、第一段感情。她厌恶医院那种消毒药水的气味、衰老的气味、病菌的气味和白墙白床单散发的太太平平的气味，那份清洁工作败了她的胃口。她发誓此生再不踏进医院一步。她不再相信医生、相信感情、相信婚姻。她认为房子、性、贼，远比那些干净得多。事实上，牛丽是被他的老婆从新房轰出去的。那女人伙同她几个兄弟，一边斥骂着坐在角落里罪人般的他，一边动手将她的内衣裤抛得到处都是。围观的邻居们也得到了一些，带着嫌厌或同情归拢来，交还给她。牛丽动了刀，开了药水瓶，用她的大嗓门哭号，都没有什么用。她的屁股盘再大（他夸过她是生养的好料子），也经不住几个大汉的拳脚，没办法坐守自己人生的第一个房子。整整一晚，她流浪街头。在一个桥洞子里，打着哆嗦念及那杯仿如隔世的红茶。

从此，牛丽对房子有了更深刻的理解。她不再想有一个家，于是迅速和许多男人有了亲密接触。从一个男人到下一个男人，伤口很多，也很浅。那个晚上的伤口像一条深不可测的分水岭，把牛丽对家的向往引向对房子的崇拜。房子比家可靠得多，家不在，房子总在。牛丽在漏斗街的日子很风光，石榴裙底伏有一大片头盖骨，而她脚踏这些头顶旋转舞蹈。流浪街头的故事再没有发生在牛丽身上，而是轮到男人们轮番体验。

3

清早，牛丽登上了一路巴士。

那次生病后，牛丽的业绩直线下滑，就像她退烧一样，体温一点点降下来，人被耗尽了津液。这让她有些不安，尽管并非主观上的原因，而是身体机能方面因素导致技术的衰退。如同男人害怕阳痿一样，她对自身的落后十分担忧。多年来她几乎没有失手过，当然，也从没有像今天这样心事重重。她的脸在清早的空气里有点发黄，眼皮也是肿的，总之，她完全没有做好容貌、精神上的准备就上了车。这点跟男人又是不同，她从不花很多时间用于装扮自己，无论是在公众场合还是在男人面前。从中不难看出，她是个具备实力的人，表里如一，敬业爱岗，完全信任自身可以通过别的方式，修复一些放纵过后的漏洞。生病，当然是人生懒散的一大表现。她可以弥补这个过错。

上车不久，她的视线牢牢罩住了一件黑棉袄的口袋。乘客们大多昏昏欲睡，没有人脸上露出鲜明的表情，即使窗外的阳光明晃晃涌进来。这些不过给他们造成了一层困扰，人们脸上露出迷茫之色。只有牛丽暗暗挺直了身子，像一条准备攻击的蛇。假如有人稍加注意，就能听到她口舌发出的那种咝咝声，像夜晚急不可耐的食肉动物那类躁动。牛丽这种嗅到猎物的亢奋无法掩饰，几乎是这个行业的大忌。好在瞄准与射击之间的过程很短，快的就几秒钟，一瞬间。这不是说牛丽的技术好，而是得益于她对欲望的管理、对胜算的把握以及虔诚之心。所谓专业，无非是专注加敬业。

在那黑棉袄的左侧，鼓鼓的，一只手机的半边尽收眼底。车内人很多。牛丽慢慢起身，挪动着脚步，向那只口袋靠拢。就在车的猛一趔趄中，在司机的破口大骂把众人的视线牵到前方那个横穿马路的愣小子身上时，牛丽出手了：两根指头像薄薄的刀片，切进了那口袋，指尖已经触摸到手机光滑的外壳，她极其舒服地在心底吐了口气。盛宴就在这一瞬间享用，或者用另一个比喻，高潮就凝固在指尖的这个触点上，而不是在安全地握在掌中的时刻。牛丽的技术并不算精巧，跟很多业界前辈相比，她很早就知道自己不是天才。得知这一点并不让她沮丧，反而越发诚恳，她信奉那个成功定律，百分之一的灵感加百分之九十九的努力。她上车永远比别人早一小时，下车比别人晚一小时。她勤练不辍，不分老少，男女通吃。

这一次她失算了。也可能因为这次太贪婪，停留在顶点的时间稍微长了点，她还来不及抽身而出，就感到危险的逼近，另一只手迅疾地稳稳抓住了她的手。

两只手有几秒钟的静默。好像在互相认识，同时思索着什么。牛丽抬头，看清是个很清秀的男人，他的手却很大，很暖和，有微微的汗湿。看来他一时不想声张。牛丽奋力抽手，但他抓得铁紧，挣不脱。这是一个看上去年轻实际很老成的人，大手又软和又细滑，让牛丽想起了电影里的阿凡达。这种莫名其妙的念头只是一闪而过。牛丽及时松开手机，手腕一转一扭，想如一条鱼般从他的掌控中逃脱。男人的手固执如锁，被带出了口袋。

　　牛丽向他笑了笑。

　　牛丽知道她一笑起来整张脸就会像一朵蓓蕾缓缓绽开。果然，他的视线在花心里摇摇晃晃如醉汉。现在，他的手锁住她的手，目光锁住她的脸，两样互不耽误。有一瞬间他仿佛意识到了其中的矛盾，有点困惑地拧起了眉毛。但此时的思考是无力的，他显然两样都不愿意放弃。这时，牛丽大叫起来，流氓！耍流氓啊！她嘶哑聒噪的嗓门一引爆，人们的目光立时嗖嗖如利箭飞来。趁他一慌神，牛丽的手顺利抽出，反手一记耳光啪地甩在了男人脸上。男人顿时被钉成了箭靶，有一分钟他一动不动。他脸上却没有什么愤怒，默默地看着她，面对众人的窃窃私语充耳不闻。接着他像一个刺猬，抖了抖浑身的长箭，面无表情地下车了。

　　随着车门缓缓关上，车上空落了不少。牛丽一屁股坐下来，在邻座递来的火机上点了烟，喷出一大蓬急剧翻滚的烟雾。压压惊，那男人露出一口黄牙。旁边一个老太婆关切地问她，刚才他怎么你了？你被捏了还是摸了？牛丽本来不屑于回答，但瞥见四周几个男人露出急切的眼神，冷哼了一下，捏了，也摸了，怎么，我不该打他？众人都说，该打，该打，应该把他扭送公安局！牛丽轻蔑地说，刚才怎么没人吱声啊？就能看着坏人光天化日做坏事，一个个菩萨似的？正义感到哪儿去了？热血都洒哪儿去了？受的教育都还给老师了？

　　后来牛丽愤愤地下了车。她觉得车上的人一个个面目可憎，像她甩了的和甩了她的那些男人，不想再看一眼。也不是没有男人回头，他们甩了她，因为受不了她的身份或她的脾气，但回到老婆身边的男人，又受不了生活的一成不变，情愿回来承受她的加倍折磨。偏偏牛丽最瞧不起这种男人，她曾在一个炎炎夏日，用手机遥控指挥一个回头的男人，从渊明公园到爱国广场，再从东湖坝到西海寺，快马加鞭跑了三个来回，临了没见着她面，直到口吐白沫扑倒在街头。

牛丽现在不大高兴，可能因为刚才那男人的眼光，有点冷酷，有点怜悯，还有点……反正让人不舒坦。如果他揪住她，也来个耳光什么的，倒会让她高兴点吧。他什么也不对她做，什么也不说。当然他辩解不了，她的手明明在他手里呢。她承认他是聪明的，只能吃了哑巴亏。能让男人吃哑巴亏，曾是最让牛丽兴奋的事情。今天怎么了，——他的眼光很明净，很有内容，那又怎样呢？

吃错药了！牛丽骂自己。

牛丽看着车流走了神，过了一辆巴士。不远处站台下有几个人，或坐或站。车喇叭不时响起。前面走来一个妇人，引起了等车人的注意。牛丽看清是一个裸着上身、裤子脏兮兮、四十开外的妇人，耷拉着乳房，无精打采地走来。两个路过的男人停下来吓唬她，一个笑着来拉她。她口中呵呵叫着，挥舞手臂，一路狂奔过街。几辆车子紧急刹车，她却停在了那里，呆呆地不动了。车主们探头出来，挥手叫她快走，骂骂咧咧的。那两个男人在路边抱着肚子笑，缩着脖子笑，大呼小叫。

牛丽几步走上去，一把拽住女人树皮似的胳膊，将她带离街心。那两个男人还要上来拉扯女人，被牛丽当胸推了一把，你们还是不是男人？那男人定睛一看，见眼前的女人虽然嗓门粗，神情却是泼辣娇嗔，自有一股风情，不禁歪着嘴巴笑说，你来试试？小妹妹。牛丽上前利落地握住他手腕，使得他松开那女人，他嬉皮笑脸反手来握她，叫她飞快地甩开了。牛丽瞪瞪眼说，来啊，来啊。你当街来，正好给那边警察叔叔解解闷。牛丽停下来，用一只手作势拨打手机。两个男人调笑了两句，相互推搡着走远了。女人在牛丽手下挣扎着，几次想跑，她看向牛丽的眼里透着恐惧。

牛丽费力地将她拉到对面商铺门口，喘着气，摸着被那女人挥臂时击中的下巴，吼了句，别吵！

女人呵呵的叫声戛然而止，她望望牛丽，若无其事地蹲下来，双手交叉抱住胸口。小吃店里出来一些人，远远指点着女人。有人转到女人正面，为的瞧一瞧她的上身。牛丽对那人瞪了瞪眼，说，回家看你妹去！那人笑着说，你是个排场妹啊！想看看不到啊。围上来的几个男人都笑。有个老太婆兴致勃勃地看了一会儿，嘴里啧啧着，赶紧扯上小孙子走。

疯子！

牛丽进了路边一家小吃店，借卫生间脱下里面一件卫衣，套上空心夹克。她出来时女人不见了，左右一看，女人沿着街面往西去。牛丽赶走几步，把卫衣扔到女人身上，叫她穿上。女人傻呆呆站住，卫衣抛在她一边肩上，她用手抓了抓，似乎不明白牛丽的用意。几个行人站住了，像参观动物园一样看她们。

牛丽做了个套头的动作，同时驱赶着行人，回家去，回家！

那些人并不真走，面对免费的节目绝不放过。有个女孩子跟着喊，往头上套啊，这样子！女人看她一眼，木然地抓下衣服，看也不看就往头上套。她胸前两个乳房晃动起来，像沉甸甸的两颗木瓜。这是个四十多岁的女人，上身的皮肤是木头的色泽，看她的上臂、胸脯、肩膀，应该是做过力气活的。忽然，女人的头在里面发出了恐惧的叫声。像是一只老鼠在捕鼠器上的情形，叫得固然凄厉，那脑袋也是拱得剧烈，叫人给她捏一把汗。好不容易，一颗蓬乱的头从衣服里挣出来，接着是两只胳膊。衣服前后套反了，不过套在她身上看不大出来。她身形瘦削，套上卫衣显得宽松。

牛丽在一边口袋摸出个棕色钱包，打开翻了翻，抽出来三张百元大钞。她点了点钱，将钱包合上。拿一张递给路边的面店，让他们做一碗牛杂面，加卤蛋豆干。女人呆呆地坐在凳子上等面吃，喉部不断发出咯咯的吞咽声。牛丽见状先给她买了一笼包子、一瓶水，女人抓着就大口吃起来。牛丽已经耽搁了不少时间，催着店老板找零。她把找回的钱塞进女人卫衣口袋里，冲她做了个"买东西吃"的动作，转

16

身匆匆跨出店门。

她走出十米远，四下里瞥一眼，又摸出那只钱包，飞快地放在垃圾箱盖子上。本来牛丽也想吃一碗面，但她不能坐下来。她以前没有在巴士以外的地方作案，这会儿四处是风，有种不太稳妥的感觉。此地不宜久留，若是那两名男子发现钱包丢失，折回来，事情就会变得不妙了。好在她已经丢弃了钱包，如果他们现在赶到，她就给他们来个抵死不认。

你的东西掉了！

身后传来脚步声，牛丽来不及多想，加快了脚步。她听到紧身裤腿相互摩擦发出的叽叽声，判断这个嫩生生的声音是个女孩。女孩倒没有什么可怕，不过牛丽不想回头，她不愿被一只没有油水的钱包缠上。尽管走得飞快，但她并不跑动起来。因为她无法判断身后发出女孩子声音的人是不是一个警察。至少是个难缠的女孩子，因为脚步声也跟着加快，越来越近。

一个女孩子气喘吁吁跑到她面前，将手一拦，姐，这是你的东西吗？

不是。

女孩有点发蒙，她没想到牛丽会给出这个答案。

你看这像是我的吗？牛丽循循善诱，眼睛机警地扫视一下周围。几个路人没有注意她俩这边，两人看上去像是熟人在交谈。女孩穿一件普蓝色牛仔短袄，大概十七八岁，掌心托着那只棕色男式钱包。

可是，我看到从你身上掉下来的，女孩小声辩解说。

它哪里像是我的？牛丽盯住女孩的眼睛看，越看越像是个便衣。女孩的眼睛很黑，皮肤很白，眼神里有一种执拗和无辜。就算不是装神弄鬼演戏，小小年纪这么爱管闲事，以后准惹麻烦。牛丽摇摇头，这种女孩最磨人，千万不能追来做女朋友。

女孩脸上只愣怔了一会儿，就果断地收回前臂，说，可能，你不要它了？

这么丑，像是我的吗？牛丽用责备的语气说，转身拔腿走了。身后女孩嘟囔了句什么，就无声无息了。拐弯时，牛丽偏头扫了一眼，那女孩还站在原地，正在翻检里层。如果牛丽没有记错，里面还有两个超市的会员卡、一张身份证。等她看到身份证上的照片时，牛丽已经登上了一辆巴士。

一上车，牛丽肚子咕咕叫了两声，她感觉到饿，像是两天没吃饭。发烧时饿了三天，都没有这种强烈的饥饿感。今天遇上的事不大顺，牛丽只好偃旗息鼓，寻思坐两站下车，去吃个过桥米线。她总算得手了一个，钱不多，也能混过去几天。至于这种饥饿感是否来自于成功的喜悦，牛丽心里否定了这个说法，她觉得更可能是来自于前一次的失败。

她在巴士上栽了跟头，在那男人身上什么也没捞到，算是一个小小的屈辱。这跟那个疯女人当众裸着上身，没什么两样。即便没有人当街嘲笑她，这一关也过不去。她脑子一定是糊涂了，紧接着当街耍起了手艺，简直在拿第二段错误来弥补第一段错误。她一边考虑要不要吃个牛排，壮壮运气，一边安慰自己说是给疯女人的状态刺激的，她同情她，看到她就想到自己当年被赶出新房，流落在桥洞睡的那一夜。

4

油条在这个早春的上午沿东湖走了两站。天气很好，蜂蜜般的阳光从天空缓缓滴落。光线在湖面跳荡不休，几次要亮瞎油条的眼睛。他漫无目的地晃荡，敞着怀，下了巴士后他感到肚子有些饿。棉袄早不知甩哪个角落了，他身上穿的是一件皮夹克，屎黄色。他穿着它几乎要同阳光融在一处，由不得他不浑身上下懒洋洋，提不起劲儿。湖边开了一蓬蓬的花，白的李花，粉的樱花，黄的迎春花，红的桃花，还混杂了些枯萎的梅花。远处南山在这蓬勃的香气里岿然不动，仿佛这蜂飞蝶舞跟它毫不相干。东湖是鄱阳湖的分支，也可以说是它的尾巴。都城占有鄱阳湖三分之一水域,小小县城原是从水底升上来的一个岛屿。假如油条有兴致转到东湖那边,就能看到大片大片的油菜花地,天鹅、白鹭、野鸭在湖滩缭绕,农人在冬天存下的干稻草铺满了整个湖岸。但油条显然没兴致,他下车是即兴的,可能是叫车窗外的一只鸟儿牵走了视线,也可能是被一道阳光晃醒了。

总之,他非下车不可。

过了个年,油条变得很不专业。这是牛丽在巴士上瞥见沿湖路上的他得出的结论,同样是即兴的,牛丽的看法就显得很有深度。有个把月没见到他了,不知他在忙些什么。牛丽把头探出了窗子,左手在车体上拍得嘭嘭响,冲油条吼了声,上来油条!油条扭头看到她,笑笑,站了站,顺手掰了枝桃花,小步走向车尾冒黑烟的车。一路巴士喷着粗气停在路边,像是牛丽气不顺的时候。牛丽有先天性哮喘,喘不上气的时候就会掏出两粒药丸吞下肚。这个社会好像常常惹她生气,她看不惯的东西真多。其中也包括油条。

牛丽皱着眉,看他不紧不慢地上车,叮咚投了个硬币,摇着肩膀向她走来。

你吃错药了?

你吃错药了。

油条呵呵笑。他走上来,一把揽住她的肩头。听说你年前烧到四十度?真牛。牛丽一抖那只肩,把油条抖掉。他们都叫她大巴,只有油条不这么叫。油条叫她老大、老牛、牛筋、牛姐。这个人嘴上没毛,爱开玩笑,没一句实在话。他还知道她小时候有个外号叫黄鹂。他对她偶尔也勾肩搭背,搂搂抱抱,但不占更大的便宜。她为此很看不上油条,软塌塌,没有男子气概,缩手缩脚。一看见他,她心里就死想教训他,鞭策他,叮嘱他,胁迫他,提醒他,臭骂他。而对别的男人,牛丽嘴都懒得张。

牛丽翻了个白眼,掉头走到车厢中部去。她还是那样一扭,由屁股带动整个身子转了一百八十度,她的发丝蓬松的脑袋是最后掉过去的,那个白眼就显得风情摇曳。牛丽在任何场合都是不忘施展她那套

19

媚功的，车上人不多，场地也够她施展。油条挺喜欢牛丽，特别是她一扭屁股那会儿。他认为她是这个城市最有味道的女人。她总是让油条想起吃牛筋的感觉，弹性十足，热辣，有嚼头。她还姓牛，这个姓真是有味道。

老根没去伺候？油条用被抖掉的手摘下一朵桃花，插向牛丽扎起的卷发髻。

牛丽一巴掌打在他手背，哼了声，陪老婆去了！哪顾得上你死活。油条摸摸手背，耸起肩膀笑，你好好治治他，要不要哥们上，一句话。牛丽按按鬓角，撇嘴说，你们一个路数的，别老二笑老大的，遇上事全没人影儿！油条凑过头来说，我要知道你在煎熬，我在中南海也赶回来。旁边有个中年人盯着他俩看，一愣一愣地听着他们说话。牛丽冲他摆摆手，眼珠子疼不，大哥？那人把头别到一边。过了一会儿，他又转了回来。

车上有空位，油条拣了个靠后的坐下。牛丽白那人一眼，挨着油条一屁股坐下，悄声问他，刚才下什么车？那湖里有油水，还是路上有金子？油条晃着桃枝笑而不答。牛丽皱起了眉头，她很少看到他这副模样，这说明她对他的掌握还很不够。以往他逮住机会就耍贫嘴，跟她没完没了。

讲啊！牛丽压低嗓门说，得手了？

油条摇摇头。

牛丽把食指戳在他太阳穴上，眼盯着他手里桃花说，你铁定吃错药了，油条。这回油条没有顶嘴，说她也吃错了，他看出她有些气不顺。牛丽平时吃着药，说她吃错药原本是一件有趣的事儿。油条抿着的嘴让牛丽感到了一丝纳闷，觉得没劲。在她咒骂男人的时候没有得到应有的回应，几乎是不可能发生的事。不过身边是油条，油条一向是个没劲的男人，一个嚼不烂、咽不下、甩不掉的人。是不是男人还不好说，这些年牛丽没见他处过女朋友。当然，以油条的德行和业绩，没有哪个女孩子看上他也不奇怪。谁会看上一个不为未来努力、不专业、没层次的人呢。这是牛丽修理油条的主打方向，男人成家立业是古训。即便油条是一坨扶不上墙的烂泥，牛丽也不曾放弃过对他的鞭策。

嘿，你说，油条朝她凑过来嘴巴，下巴那里长出几根短毛，在阳光下闪了闪。牛丽知道他要交代事情了，翻了个白眼看窗子外的车流。大学，油条缩着肩膀笑，大学里有我们这种人吗？牛丽搞不懂油条问的是什么话，她不耐烦地摇摇头，不认为这是个谈话的场合。

你去过都大吗？油条孜孜不倦地发问，姐？

去那儿干啥？一帮穷学生，牛丽凶巴巴地刨他，我脑子进水了？

油条眼睛亮了亮。他搓搓手，说，可不是一群……学生嘛。

你是怎么了？

牛丽又伸手去敲他头，被油条机智地躲开了。嘿，你不是最讨厌学校吗？你不是说你最讨厌那些假模假样的好老师、好学生吗？你躲什么，脑子是不是坏掉了？

油条讪讪地说，听说樱花要开了。

樱花？牛丽大惑不解，那是哪一国的花？多少钱一斤？有茉莉好吃？

小日本的国花。油条很专业地答道，花，不分哪国的吧。

牛丽哼了一声，她不想回答这类话。油条尽管有点娘，平常不是个爱扯花花草草的人，尤其是在人满为患的巴士上扯这些。她估计油条是遇上了什么事，不过，人活一世，难保不会遇上点莫名其妙的事。

近来牛丽经常接到一个陌生号码的短信。这个人显然是认识老根的，因为他主要是向她汇报老根的行踪。比如，某某酒店×××房，或是，温泉村×××房。牛丽想了想老根身边的人，怀疑是他的一个对头，后来又怀疑过他公司的助理。牛丽对那个陌生号码没放心上。她没跟老根说，单是在下一次接触他那些对头或亲信时，留意查看。因为没有看出名堂，这事也就自行消化了。她想，这个人的短信目的是引起她对老根的猜忌，那么顺着相反的路走就对了。牛丽并非胸大无脑的女人，单是粗线条些，只要没惹毛她，也就懒得同任何人过不去。

过了两站，车上人多了起来。牛丽拿嘴巴努了努，肘部捅油条一下。油条的肋骨感到一阵刺痛，眼里冒出了几粒黑星。他按住没有食物的胃部，硬着头皮蹭过去，打算完成牛丽指派的活计。这是一个不难完成的任务，大挎包，紧紧勒进一个中年妇女臂弯的肥肉里。包的拉链被撑开了三分之一，里面冒出茄子穿透塑料袋的坚硬蒂把儿。不消说，钱包也混在里面。难度可能在于，能否在塑料袋发出的响声引起她注意之前，翻出钱包。油条是有一套作案工具的，比如小刀、钩子，他臂弯搭着的夹克。夹克稍微夺目了些，皮的，又是黄色，人人都会对它瞥上一眼。最好是另一件软塌塌、灰不溜秋的西服，他拿它做掩护干过不少好活。现在，他的右手就在夹克下面，紧贴着妇女身后的柱子，将包链扯开了一半。钱包是绿色的，仿皮的，就压在胡萝卜的上面，显得鲜艳夺目。只要一秒钟，它就能顺利地落在他手里。这时，妇女旁边一个大婶向他转过脸来，紧紧盯住他。大约受到大婶体态的影响，妇女侧了侧脸，将身后的包往身前紧了一紧。她低头发现包链开了，狐疑地回头看油条一眼，往前挪了挪。油条笑嘻嘻的，对她点了点头。他礼数一点不缺，连带对旁边的大婶致意。当然，他还得继续站在原地，保持姿势待上那么一阵。在作案失败后，他不焦躁，不泄气，也不能露怯。常常是这样，事情在出现小波折后，只要你还没有丧气，就有可能迎接一个小高潮。他还是有可能将那个鲜绿色的钱包拿到手里的，只要妇女不在这站下车。

到站了，车上人下了几个，又上来一长条。车上更挤了，随着车身的摇晃，油条就势朝妇女靠紧了些。那个大婶还在看他，他便朝她挥了下小手。回头没看到牛丽，想是在前站下车了。大婶眼睛瞪圆了，忽然叫出声来，大贵！油条吓了一跳。他定睛一看，面前这个大婶有些眼熟。

可不是大贵嘛！大婶哈哈笑起来，你不认得婶子了，鬼崽俚！油条定定神，搜肠刮肚，在认出她之前拍了拍她肩膀。

认得，认得。他宽慰地笑道，您，买菜呢吗？

大婶嗔怪地看他，去医院看个熟人，你爸妈都好吧，这么多年，还住在金街岭？小时候你是我抱大的，如今都不认我了！

油条赔笑说，都好，都好。我不是过来问候婶子了吗？他将手搭在中年妇女的包上，拍了两下，大姐，包包拉链要拉好，不要粗心大意啦。他在中年妇女的注视下，笑眯眯地给她拉上拉链，动作轻盈，一气呵成。

他边拉拉链，边对大婶说，车上小偷多，看见那种胳膊上搭件衣服的，有事没事贴得紧紧的人，您得提防！您哪站下？……行，得空来家玩，我先下了啊婶子！

牛丽早下了车。就在油条同邻居大婶的攀谈中，牛丽忍住对油条的巨大鄙视，身先士卒得手一个，以丰盛业绩谴责着他的不务正业。说起来，遇上这样的事情还是挺尴尬的，牛丽想油条最近的运气不济，跟他主观上开小差有关。在这个老下雨的春天，谁没有个走神的时候呢？牛丽决定找个场合，严肃开导一下油条。油条有时候像个没心没肺的人，这点让牛丽吃不消，人都长胡子了还像个孩子。当油条拨通她电话，说要请她吃东西，顺便向她取经时，她答应去。

他们在麦当劳会合。牛丽看出他哪里是要取经，倒是有一肚子话要倒。牛丽不客气地点了一堆，这个时候替他省钱就是害了他。只有口袋没钱了，油条才会想到干正事，而不是瞎琢磨什么日本的樱花。牛丽吸溜吸溜地吸着可乐，一双慵懒的毛茸茸的水眼睛在身边穿行的人身上瞟来瞟去。牛丽的眼睛在出道之初是精光四射的那种，近几年她逐渐收敛眼神，就像内力精湛含而不露的武林高手，从表面看上去她就是一个姿容艳丽体态丰腴不大用脑子的普通女人。她像夕阳把所有光芒藏在天空背后，却给人一种落日西下的放松和不提防。牛丽是油条眼里这个城市最有味道的女人。吃了点薯条垫底，油条终于有力气交代，他这些天的傻主要和一个叫锦绣的女孩子有关。首先牛丽听到锦绣这名字笑了半天，油条瞪着她，好多话只好挡回喉咙，听她笑完。牛丽要是不把笑笑完，下面的话她可能懒得听。牛丽含着一口汉堡包说好好，这名字好。听了这话，油条脸上的线条才犹犹豫豫地放松下来，像木桨荡过一圈圈的涟漪。

5

　　锦绣是他偶然认识的一个女学生。当时，她成为过他念头中的作案对象。那天夜里，油条心情郁闷，到沿湖一带走走，不想一坐就坐到夜深。一开始，油条没有别的想法，他抽了半包烟，就想离去。走到水厂对面那条小路时，拐角处传来了脚步声。凭经验油条判断出这是一个孤身女子，年纪和体重都很轻，有些急，有些乱。油条职业性地马上弹跳到路边茂密的树丛阴影里。对于这类树丛，油条十分善于隐蔽，不单因为他瘦，容易同树枝参差交错，还因为他从小熟悉这些树木。他能让它们从他身体上延伸开去，而不发出一丁点声息。甚至于，让他的身体同它们发出相同的气味。这时候他往往不说话，呼吸着树叶散出的二氧化碳，脑子里发生着些许化学变化。白天说的那些话，一下失去了意义。他只须动用部分植物属性，就可以同这夜空熨帖地融合在一处。每当情绪郁结，油条都是这样排遣的：与树共处半夜，听风一遍遍刷过树梢。他的脑子也被刷白，隐入黑暗中，失去了应有的重量。这一阵轻浅的脚步声，拨动了他身体里另一根弦，油条听到身体内部发出嗡嗡的金戈之声。这几乎是一种条件反射，类似肚子饿了发出的叽咕声，人在紧张时喉头的吞唾液声。这些浑浊声响从腹部升起，漫过大脑皮层，像风一样绷紧了油条的全身皮肤。

　　去年腊月里，油条伙同两个同行打劫过一对恋人，也是在这样的半夜。那男的很骁勇，和他们奋力撕打。他的眼睛在黑暗里简直是凶狠极了，鼻青脸肿，棉袄和衬衣都破了，还不罢手。女的不敢跑远，四下大声呼救。直到他们三个落荒而逃，那男的还手持砖头追出几百米，似乎不将他们绳之以法誓不罢休。三个都有不同程度的受伤，一个被敲破了头。油条当胸挨一脚，胸闷欲裂，几乎当场晕倒。去医院拍片子，断了两根肋骨。接下来营养费治疗费让他们这月的辛苦泡了汤。这件事情给几个人带来的教训就是，学会收敛。所谓山外有山，人外有人，不能自以为是，碰上刺头、莽汉、犟驴、强人，就要避开。当然，油条在身体康复期间，思想也发生了翻天覆地的变化。那名男青年挨了一刀，头脸被打得包子似的，寡不敌众，还是保持了勇气和力气，跟他们拼命。让油条有所触动的是，假如自己处在男青年的位置，是不是能表现得这么英勇善战，能保护自己的财产和女人？答案很让人泄气。油条就会嘿嘿笑几声，遇上事儿他很能琢磨，想了几次就想通了。假如不是不能保护自己的财产，鬼才想去做贼盗的勾当呢！他对那男青年十分服气，记住了他的长相，打定主意如果在巴士上遇到他，决不向他下手。男人都是敬重英雄的，油条也是个男人。他对自身是放任的，也是鄙弃的。既然老天没给他一个英雄胆，那只好继续这不见天日的营生。当然不是每次都这么倒霉，据油条参与的三次里只有这一次无功而返。人们面对他鬼魅般的出现，他手里虚张声势的家伙，总是比他还像油条，泡在汤里的那种。

　　油条不叫油条。油条的真名真姓没什么人记得，除了派出所的人外，包括油条自己听到也会愣半天。最初叫老油条，但油条只是身形酷似油条，不老。其实油条还真是老油条，进牢房三次了，还是照扒不误，而且有进一步优化作案方式的趋势。比如他现在厌倦面对天天升起的太阳，选择白天睡觉，而和月亮约会了。夜晚的油水总比白天肥些，而且不容易被抓到。派出所一个刚分来不久的同志说过，再抓到油条一次，一定往死里整，他说他不懂"你们这些人渣为什么还要活在人世"。油条也不知道。他还不知道什么叫伤感，很少烦恼。油条从来不像有些人那样看到夕阳、落花而伤感，这些人是吃饱了没事干，或者上了太阳的当。太阳落下是要休息，而不是死了，明天终究要出来的。油条想，说不定明天它起床了，你却起不了床，你永远看不到太阳了。这很有可能，太阳看到你为它叹息是会暗暗发笑的。所以油条从来就很善待自己，吃好喝好，并让家里吃好喝好，他知道自己没太阳活得长。油条不糊涂。在业务上，油条是一个精明的人，做什么事都很有主意，不是没脑子的家伙。

　　油条知道这次不需要太大工夫就能得手。他一般判断得很准，所

25

以他出现在锦绣面前时有些漫不经心。这条路太黑，太偏了，几乎没有什么人经过。它通向柳树堰，又长又狭，因为有大路，这基本上是一条废弃的路。柳树堰四面八方都有路，宽的窄的，直的弯的，长的，陡的，曲里八拐的。这条路上一般只有一些流浪猫狗徘徊，因为有个垃圾中转站，它们指望能找到食物顺利度过冬天。至于晚上，这条路就像是死了一样安静。油条在这里抽支烟，完全没想到这个时辰会有女人出现。他在离她五米处钻出来。她吓了一跳。油条需要她吓一跳，这样他就能顺利地进行下一步。听声气果然是一个女孩子，个头不高，发出一声类似手机信息那种一掠而过的短促铃音。

油条还没动作，她先朝他扑过来。油条一惊，这个瘦小的女孩难道有备而来？他的手摸到了口袋的那把匕首，原本以为用不着它。女孩三步两步奔近了，急促地说，大哥哥，后面有个人一直跟着我，你能不能送我回家？

油条呆住了。

油条活了二十五年，干扒手六七年，从没遇上过这种情况。一般来说，他的长相是那种不招什么人注目的，即使注意了也当他是空气。一个混混，不用在意，或是不用担心。这个就是那些社会上混得人模狗样的人的看法，他不具备杀伤力，这也是油条对自己满意的地方。谁会注意少林寺的扫地僧呢，假如他不是临到危难之际显身手，他永远不会显示自己的实力。油条喜欢这种状态，他虽然崇拜英雄，但他不喜欢自己做英雄。他知道自己不是这号人物，就像陈佩斯演不了八路军一样。他羡慕扫地僧的地方，是他本可以安静地待在佛书里度此一生，逍遥的一生。而不是迫不得已重现江湖，以佛法度人，收了两个江湖败类。扫地僧飘飘欲仙、朴实无华的态度，是极合油条心意的。当然，油条知道自己没有一身绝世武功，也就不会有暴露自己的机会。这个女孩的出现，抛给了油条一道难题，是充当那个跟他撕打过的、鼻青脸肿的男青年呢，还是继续不动声色地扫拢寺院中的落叶。一刹那，油条心中电光石火，多个念头在翻涌闪动，一时间动弹不得。

笨！牛丽笑了，你信了？小女孩厉害着呢。她就是拿这话套你，你还真当自己是好汉。

套我？油条说，脸慢慢地憋红了。

牛丽轻蔑地扫他一眼，说，这方面，你嫩着呢。姐一看就知道你只初恋过，还是十年前的事吧？现在的人个个精明，哪儿有傻子啊。

油条恢复了常态，咧嘴笑，照你这么说，这世上就没什么好人了？

大哥！我们不是好人，人家是以毒攻毒，正当防卫！牛丽瞪大眼睛说，吃药吃坏脑子了吧？

牛丽几句话彻底把油条的激动给打消了，她就有这本事，油条不得不承认自己确实有点吃错药了。一个抢劫犯，居然想充当好汉，这已经十分可笑。他还想把自己和一个花朵样的女孩联系在一起，这不是不折不扣的没脑子嘛。他油条，在这一行有些年头了，大多是在公交车上小打小闹，很少入室或拦路抢劫，毕竟不是一张白纸。即便锦绣事先不知道他的身份，但她无疑会有一天看轻他。这种事，迟早会来的，就像太阳，总会昭昭出现在头顶。

想到这儿，油条呆了一下。类似锦绣那夜奔向他的一瞬间，衣袂带动的气流把他脑子里的计划给破开了，渗透了，意识出现了白花花的短路状态。当时锦绣叫他大哥哥，同牛丽叫他大哥，完全不是一个气氛。透过树枝射来的一小束灯光里，锦绣已经在面前，小脸上一对惊慌失措的大眼睛，很像油条在野外看到的一只野兔。她迅速站到跟他并排，又稍微靠后缩了缩，不放心地向拐角处望了望。油条发愣的这一瞬间，锦绣已经躲好了，获得了安全感。她凝神侧耳听了一会儿，才说，我们走吧。

她走出几步，回过头，说，走啊，两个人不怕一个人。

油条就这样在迟疑间迈动了双腿。他的心一时间有些微妙的变化，她的算得上稚嫩的嗓音和装出来的持重，都让他不大习惯。她叫他大哥哥，她还说两个人，其中一个是他。他和眼前这个花朵样的女孩儿被她叫做两个人。虽然黑暗中看不见她的颜色，但他知道她是鲜艳的、芬芳的。他有多年的鼻炎，并非只闻得出铜臭。那夜的风实在大，把树枝吹得簌簌响。春夜有点寒，湖风浸透了身边女孩儿的身体，把一种清苦的气味不断送到他鼻端。自从春天降临，油条第一次闻到了花香，闻到春天的味道，一种略带苦涩的芳香。这个感觉很奇怪，如同他正亲眼目睹，在漆黑的夜空绽放出朵朵睡莲。为什么是莲花？事后油条百思不得其解。那条路边没有一棵春天里开的花树，更没有湖，没有睡莲。这来历不明的香气让他屏息凝神，回到了在树间呆坐的状态。

他像个木桩似的走在她身边，脑子也像是被风吹木了。她看上去是个学生，手里抱着一摞书，应该挺重的。他想说帮她拿，一直走到柳树堰也没有说出口。

他一直把她送到了家门口。其间他好像回答了她两个问题，他什么也没问她。脑子被风微微吹着，又醒目，又晕乎乎的。她还告诉他，她叫锦绣，是都大的学生。油条那会儿变得很胆小，不轻易开口，生怕他的声音泄露了真相：他其实是那个对她有威胁的人。至于最后他和她一同面对那个跟踪她的人，这一点油条是有点得意的。这是他做出的选择，他愿意同这个陌生的女孩一起面对那个更大的威胁——往往未知的、看不见的危险是最大的恐惧。油条和这个看不清面孔的女孩一起面对了，还面对得挺好。可是牛丽说出了相反的意思，而且那意思似乎更接近真相，那就是他笨，被女大学生给耍了。

后面有没有人呢？

油条被问住了。

确实没看见后面的人出现，那晚自始至终只有他们两个人。那么黑，可油条却看得见锦绣眼里的两个小小的亮点，在一跳一跳。那两个亮点，现在还晃动在他毛糙糙的心田里呢。

油条对牛丽吹了声口哨，说，以毒攻毒。他就耸着肩膀笑了，笑得很开心，他说，我怎么就没想到，你老牛已经把人世都参透。酷！

油条脑中突然一闪，有点类似突然被相机的闪光灯打了一下。那晚有一个奇怪的地方，在送锦绣到家门口时，他就想问她的。锦绣家的平房坐落在井边，从都大到她家不用经过那条小路。也就是说，走那条小路等于舍近求远。一个小姑娘，为什么要在夜里走那条又远又静又危险的路呢？

油条打了个寒噤。锦绣的音色那么真切，她不可能是狐仙之类的幻象。油条也不信鬼神。再说，他一个无房无财无貌的三无人员，凭什么叫一个狐仙花心思呢？假如像牛丽所说，锦绣是为了套他，她能装得那么逼真，都可以去拍电影了。那夜多云，四下里暗沉，锦绣不可能看清他口袋里的刀子、他肚子里的心，在一瞬间她很难做出那种判断。油条用力拍拍自己头顶，定定神看向牛丽。第一次，他不知道该相信牛丽，还是推翻她的看法。

说说看，和老根发展到哪一步？我爸妈都复婚了，他还没离？

牛丽点了一支烟，吸的时候睽了他一眼，说，什么这一步那一步的，我让他离了吗？复婚了也是他们的事，跟你有关系吗！

没关系。油条说，没关系。三道手续都没经我批准过。娘希匹！

牛丽笑起来了。她的笑声又粗哑又放浪，引得餐厅的人都来看她。她却不看他们，烟雾喷得高高，说，批准个屁！我要让老根离婚，他几个丫头片子能说个不字？

油条连连摇头。

不过，牛丽狠吸了口烟，又说，谈恋爱无非就是流浪，从一个男人流浪到另一个男人。电视里那女的说的。我说这感觉也挺好。

那结婚就是找到房子了？油条的心情彻底好了，他认真地问。

找到房子才结婚！笨蛋！

牛丽骂道。

6

老根欠着牛丽一套公寓。

老根开了几个公司，近年他同政府合作了几个项目，赚得钵满盆满，商铺连起来可以开个小旅馆，车子三天两头换。唯有老婆还是最早的那一个，老根不是没动过心思，一来没有时间打仗，二来跟那女人打仗从没打赢过。自从跟牛丽搭上了关系，他更是忙得四脚朝天，没有工夫想那些。牛丽听他讲过他四个丫头片子、他不争气的老婆，讲起来是唉声叹气，恨恨不已。一眨眼，他就同那五个女的过周末去了，度长假去了，当司机去了。春节期间，牛丽一个人在租房里，不打他电话，没有短信骚扰，也不抱恙称病，只稳稳等年过去。牛丽跑到都城，要的是一个长期安稳，不是靠使心眼换几天短暂陪伴。如此过了两年，老根对她倒也佩服，说她丢得开手，狠得下心，是干大事的。老根先提出过租一套房，让牛丽从漏斗街搬走。牛丽想一个人住在高楼上，也没什么趣味，倒不如同街面的男人驳嘴置气来得快活。那时还没有发生凶杀案，隔壁住的还是矮婆一家人。老根拐着罗圈腿来街面上走过几趟，对牛丽同街坊们露骨的玩笑稍感不快，却也促使他早日决定给牛丽买套公寓房。

牛丽亮着明晃晃的胸部，在租房里走来走去，答复他说，我不管你同你老婆的事，你也别管我跟别人老公的事。反正我同他们比你们要干净，我不图你房也不图你床，单为你不轻看我，对我有恩。你要我们长久，你就往好里想，不想安生你使劲往坏里想！

老根看中了一套在建公寓，周边有成熟商圈，离他的公司不算远。老根没有急于定下房，圈内有个说法是房价将在2017年暴跌。当然，主要是牛丽不着急。牛丽不是没想过让老根离，自打经历了医生那一役后，她凡事都不着急，落下个遇事不上心的毛病。说到底她看上老根，是看上了他能给她房子。不论大小，总归是个容身之所。这个事落实了，哪里还有让她劳神费心的。老根也觉得同她相处轻松、痛快、无拘无束，偶尔同她那些街坊混混们一起坐大排档，喝啤酒，脸色油红发亮，肚腩越发凸出，也没人看出他言行无状、出身低微。相反，他在这里被奉为上宾，总有人请喝啤酒，在那些个燠热的夏夜，他们因为牛丽而尊敬他，或因为他的财产而看重牛丽，完全忘记了从前对她的非分之想。他们闹哄哄的，赤脚敞怀，向老根打听他发家致富的经过。这正是一个他乐于充分发挥的话题，在生意的间隙，他需要在喜欢的女人这里，陷入一个自我膨胀、自我迷醉的场域。生意太劳心，妻女不省心，他容许自己有一个喘息的夜晚，在自己口若悬河、不被打断的吹嘘里，确定他在这街口的位子。

这天老根到漏斗街来了。他带来一个大礼盒，里面是新买给牛丽的春装。牛丽对衣服不怎么感兴趣，不过这一回，她倒是当着他面将带子解开了。牛丽打开礼盒，举着这套水绿色的连衣裙在身上比了比，心里掠过了一个人影。她对着镜中人笑，身后老根将脑袋凑到她肩膀上来，仿佛要同她照一个合影。老根没几根毛的脑袋发着光，呈现出能夹死苍蝇的笑纹，尽管他笑得很投入，牛丽还是迅速打掉了伸进她领口的那只手。

天是亮的呢。

老根算是牛丽遇到的男人里知冷知热的一个，说起来他对她有救命之恩。当年老根在公交站台第一次看到牛丽，赶上她哮喘发作，一时动了恻隐之心，将她扶上车送医院。一路上牛丽坚决不肯上医院，满脸通红的她在老根眼里显出一种古怪的风韵。或许是牛丽的坚决、执拗引起了他的兴致，他觉着这个女孩挺特别、挺神秘的。这是他给他那些朋友透露的观点，一个拒绝上医院又没有什么理由、有遗传病史兼不良习性的女孩，在谁眼里都是怪胎一个，偏偏在老根这里成了金饽饽。牛丽自从跟他之后，倒是顾及他的感受，减少了车上作业。但她对老根介绍给她的工作没兴趣，包括开咖啡馆茶楼那些，她天生爱在街道晃荡，喜欢不劳而获。这毛病当然叫老根头疼，也对她发作过，眼看一时根除不了，只能捺下性子慢慢来。当然，他身上的臭毛病也不少，最让牛丽头疼的是他在床上的作风。老根欲望强，花样也多，常常勾起了牛丽的兴致时，他已偃旗息鼓。等牛丽平复好心绪，他又卷土重来。如此反复，常常在几个小时里折腾上十次。无非是作为斗士的老根，从宁波杀到都城一路红旗招展的老根，不屈服于自身的力不从心。牛丽被搞得神经衰弱，整夜失眠。次日在巴士上哈欠连天，集中不了心神，严重影响了业绩。

在夜里，牛丽心里痛骂老根。在他打鼾时恨不得推醒他。但是，冬天夜里赶上牛丽哮喘发作，老根又在身侧，一杯温水一粒药丸在手，佐以顺胸口，总能让她顺利入睡。老根并不经常来，他的欲望同时被生意消磨不少，不能时时发动战争，常带着歉疚向牛丽解释一二。至于他的临阵脱逃，也是有一套充分说辞的。从这方面来说，牛丽希望老根事业发达生意兴旺。

这也是牛丽没有搬去老根别墅的原因之一。她推说无名无分，万一老根的老婆听到了风声，杀过来抓个正着。又说不捆在一块好，一周见一面，还有个新鲜感。老根见她既不逼宫，也不搬来同住，心中自是十分领情。在凶杀案发期间，老根有了紧迫感，加上牛丽发烧时他未能陪伴，心下歉疚，答应回来带她选一套公寓。电话里不便详谈，牛丽并未提及离婚的事情，所以老根单纯地认为，他已同牛丽达成了共识，漏斗街鱼龙混杂，不适合一个单身女子久待。

这天中午老根过来，是要告诉牛丽，他老婆上周从宁波过来看病。至少要待上半个月，让牛丽少安毋躁。这阵子不能陪她了，让她去邻省散散心。牛丽不去外省，只答应老根修心养性，说是近来犯了春困，有些懒。老根听罢，起初没有多想，后见牛丽确是懒懒的，吃饭也没什么胃口，心里起了疑。

例假来了吗？老根问。

牛丽瞅了瞅窗子外头，以为老根春心萌动了，就说，还早。

这个月没来？老根定住眼珠子，望着墙面，心里在盘算日子。

没来，牛丽看他那凝重的表情，明白了。

上个月推后了几天？老根手里紧张地捏着擦手巾的一角。

上个月就没来，牛丽忍住笑说。

老根站了起来，一脸的不敢相信，走到她身边，声音略微发颤说，走吧，我们去医院。牛丽想了一下，扭了下肩膀，说不去。老根皱起眉头，问她，怎么不去呢？你刚才说还早，这都俩月了，你也不慌的。

牛丽就说，慌有用吗？可不是还早，自从跟了你就不规律，比这长的也有。

所以我们去医院嘛。

牛丽想了想，说，我就问你，要是我怀上了，你怎么打算？

生下来啊，还用打算！老根兴奋地搓了搓手。你是不是验过了？

牛丽脸一沉。怎么生下来？

老根看她面色不对，想了想说，你给我生个儿子，我不会亏待你。你想怎么生就怎么生，去美国生香港生都行。

牛丽冷笑一声，要是个女儿，你不会让我到非洲生吧？

老根坐下来搂住她腰，用指头搔了搔，笑说，哪能呢？你一看就是生儿子的，就是女儿吧，只要是你生的，我也认。

你怎么认？牛丽用肩膀顶开他胸脯，大声说，还想当成龙，认个小龙女啊？你家那个让不让你认？

老根支支吾吾说，她来看病的，很快就回去了。对了，这段时间我要忙一点，今天先陪你去医院，行吧？

我不去，牛丽干脆地说，有了我也不生。你赶紧陪她去医院，看病要紧。

老根瞅瞅她，犯愁地眨眨眼。他缓和了声气，委屈地抿住嘴角，说，今天不着急，医院预约了明天。我是想带你去看看公寓，给你买的，总要你看中。

牛丽翻起眼看老根，看了一会儿心软了。她站起身，到镜子前换上了新裙子，涂了个口红。她挎上包，换上皮鞋，见他不动，头也不抬说，走哇。你是反悔了？

老根站在床边没动弹。牛丽直起了身子，把刘海抹到脑后去。

我不生孩子，你还想给我买？

老根走到门口来，牛丽给他把皮鞋摆摆正，指挥他拿上手包。老根望望脚下的皮鞋，闷声说，牛丽，今天就把公寓给你定下，以后机会成熟，我们再一块过。牛丽心里一动，抬眼望望这男人，伸手在他肩头拂了拂，什么也没说。老根忽然动了感情，抓住了她那只手，说，我就想你给我生个儿子！等她检查后没什么毛病，我跟她离，我心里还是念你好多些！

我哪里好了，牛丽嘻嘻笑，你眼神不好！

你好着呢。

老眼昏花，牛丽笑他。

我可不老，老根警告似的说，跟我说说，隔壁查出什么来没有？

查出个鬼。

我不在，你怕不怕……

牛丽同老根勾肩搭背走出门。出了院门，牛丽忽然弯下腰大笑。迎面过来了两个街坊，看到两人这个情形也不见怪，还跟着笑。这么高兴啊？老根。老根，来了？老根比牛丽大十二岁，看上去比她大二十岁，原因是他顶上头发稀少。但他皮肤好，贼亮的脑门下，闪动着一双和善的眼睛。

老根！牛丽笑得上气不接下气，让老根感到她触发了哮喘，我骗你的！没怀上，……我就是试试你。没有儿子，你想多了。

老根看着她笑。他什么声音也没发出，等她笑完，他伸手托了她一把。他们继续往外走，沿途遇到熟人就打个招呼。牛丽边走边解释说，我也是想多了，隔壁凶手一天不抓住，我害怕一天。我也不能一口气生个孩子出来陪我，能离开这里就谢天谢地了！

老根什么也没说，光是叹了一口气。

牛丽到都城近十年，大街小巷犄角旮旯都摸熟了，比她对自己支气管的分布还要熟。她并不守在那些熟悉的街道，而是每天不断跳上巴士，像个女王一样巡视全城。老根曾说送一辆小车给她开，但她没有兴致，建议他把车子兑成房子。牛丽对此的解释是，假如她有了小车，再去乘坐巴士就显得矫情。她并不是不喜欢小车，而是喜欢有个专业的司机。老根就充当起了她的司机，在他不忙的情况下，随叫随到。不过，牛丽使唤他的机会不多，都城不大，巴士能抵达它几乎所有的角落。公寓楼位于城市新区，有个好听的名字：太平盛世。据说是全城唯一一套冬暖夏凉、有地热的房子，加上七十年产权，附送设计图等装修礼包，条件相当诱人。售楼小姐是个瘦高个，长相甜美，带他们去看样板房的路上，不断推销着另外一栋大洋房户型。显

34

然，机灵的售楼小姐看出了他们的关系，极力将自己的服务提高级别之余，企图将业绩再创新高。样板房自然是金碧辉煌，正规的一室一厅，还带个小凉台。窗子落地的，正南向，采光特别好。牛丽当时就看上了，对老根说，她没啥不满意的地方。老根听了欢喜，停顿片刻，说，就是小了。

不小，牛丽一笑，不看售楼小姐失望的眼睛。我懒，小地方好打扫。

知道你懒，老根也笑。

售楼小姐也笑。

于是订下一套。老根刷卡付了一万定金，单子上填的是牛丽的名字。事情办得分外顺利，约好下周正式签合同。走出售楼大厅时，牛丽张开两臂，深呼吸了一下。三月的天空变薄了，有点透明，阴翳的云层散去，太阳光淡淡地播洒下来。暖风拂面，送来一股呛人的青草味。牛丽以为自己会十分开怀，但并没有强烈的感触，心里暗自奇怪。难道这不是自己梦寐以求的吗？二十七年的生涯里，她有三分之一的时间在用整个身心渴盼、祈求、呼唤属于自己的房子，现在愿望实现了，几乎不费吹灰之力，为何她内心反倒有一种萧条的情绪。

天色未暗，老根提出回去。牛丽有点意外，第一次小别重逢，老根竟然不碰她。她想是明天医院的事让他分神，也就放他走。

早些回吧，牛丽说。

晚上怕不怕？

怕有什么用，我也不是吓大的。

你是巾帼英雄，老根夸了她句，就喜欢你这样的。牛丽不耐烦地冲他摆手，回吧，回吧。喜欢我这样省事的，那就好好对人家那多病的，这样你就能两头太平了。

老根临到出门，又折回身，看看她说，明天你去医院，验验吧。

7

牛丽又接到那个号码发来的短信，这回是约她见面。牛丽琢磨是老根那伙狐朋狗党中的一个，哪个场合见过面，没存下号。牛丽对老根那些生意上的同伙还算敷衍，当面应酬一下，过后都推给老根自己。她对生意没什么兴趣，无非是一帮官员同一帮财主的交易，种种内幕，不是她这种智商的人能参与的。老根在这方面有着与生俱来的天分，别看他秃顶，四肢干瘦，全身有肉的地方唯有个圆肚子，这位昔日渔民的观念却是与时俱进，勇于开拓。他像一辆吉普车，摇摇晃晃，不紧不慢，永远在路上。不同于那些跑车，追求速度和外观上的快感，他要的是实惠，踏实的投机，狡黠的智慧，炮制出大众口味的新瓶装旧酒。他反对牛丽在巴士上的工作，或者说反对牛丽工作，因为他养得起她。他并不轻看牛丽，只跟她说，我们没必要干这个，好说不好听，万一哪天你伸进我兄弟口袋，面子上就不好看了。牛丽翻翻白眼，说，嫌不好看不好听，你不会蒙上眼睛蒙上耳朵！她把门重重一摔，出去了。等她半夜回来，床上的老根戴着个头套，果然五官尽数蒙上，呼呼大睡。害牛丽笑了半宿，把他摇醒，喂他吃她带回来的一盘螺蛳。鄱阳湖的螺蛳又大又鲜甜，街口那家辣得入味，两人头碰头嗍嗍地吃，不像是吵过嘴的人，像对患难小夫妻了。

因为这方面的原因，她跟老根的朋友少有交集。

她也把念头转到那个男人身上过。半个月前，他们在巴士上认识，或者说，他是她因为业务搭上的奇怪关系。年后她又遇到他一次，他很快认出了她。他这回穿的是皮夹克，咖色，不知是不是春天来了，显出一股子英气来。假如她不是盯住他一直看，看得他回了两次头，他未必记得那桩糗事。一旦看出他认得自己，牛丽十分得意，从后面走到了车厢中段。有人下车了，她侧身坐下来，任他看自己。他紧紧盯着她，面色沉郁。确切地说，他盯着她的手。过了好几站，

36

两人都没有下车。男人不断掉开视线，若无其事地折回来看。也许他想复仇，抓住她一次。牛丽心下惬意，鼻子里哼起了个曲子。她还记起了老家一个半仙的话，说她长了一双富贵手。掌心肥厚，指肚浑圆，指甲粉红，整只手修长绵软，看不见筋，只有一个个浅浅小窝儿，显然是没干过重活的手。牛丽到都城后摊面饼，做清洁，没想过爱惜自己的手。如今这手干上了这一行，在都城虽说没大富大贵，倒也没挨冻受饿。半仙说过，她会嫁给一个姓杨的男人，命运会随之改变。她没有把半仙的话放进心里，没把这双手同自己的命运联系起来，也没有工夫去想那些。遇到这男人之后，一天她忽然想起半仙这句话，心里琢磨着自己发家致富的可能。

这样的可能几乎没有。想当年她亲手布置的新房，是那医生买的一套二手房改房，房产证上没有她的名字，但装修搭进了她几万积蓄。那几乎是她到都城三年的全部积蓄，连同两人间的恩爱，一夜之间荡然无存。随后牛丽找上门去要了几回，因为那沓收据没有写她的名字，医生老婆开始不认账。后来牛丽拿出了撒手锏，每天堵在医院门口闹，还被派出所带走过两回。最终分三次，她拿回了那笔装修款。这钱在漏斗街租房派上了用场，但无论感情还是自尊她都被伤得体无完肤，大半年缓不过气来。后来遇到了救星老根，知冷知热，牛丽也就认命了。老根毕竟是有家室的人，他们不可能厮混一辈子。除了一套公寓房，她不指望从他那里得到更多。当然，等搬进公寓了，她和老根之间就不可能轻易断了，那时他要她为他生个儿子，牛丽是难以拒绝的。即便她不甘心这种结局，但是一个女人又会有多少可能，拥有自己选择的结局呢？这些是她母亲从小灌输给她的话，她没听进心里去，后来还用出走有力地反驳了这个结论。现在怎么样呢？她感觉自己当年扇给生活的那一耳光，今天抢到自己脸上了。牛丽只能接受一个个耳光，到后来越来越不疼。她没意识到自己很像她母亲了，习惯于把种种都归结为命。牛丽没想过接下来怎么过，这点她跟油条本质上是一样的，得过且过，随遇而安。她既不想大富大贵，也不希望大起大落，逐渐收敛起原始的面貌，作为一个体态丰腴姿容艳丽的普通女子混迹在漏斗街。自从派出所把她定性为疯婆子后，她干脆破罐子破摔，用她的富贵手干上了扒手的营生。不得不说，牛丽是爱上了这一行，相反她如今很难爱上一个人。

这个男人是不是姓杨，牛丽为此想过几次。她甚至想，是不是老天爷把短信发到她手机上了，如果她答应去见面，那么她见到的准是他。这样一想，牛丽就会整个脸红透。自然，男人不会知道她的电话，也不大可能追踪她的行踪，打探她的情况，假如有这类信息她在车上就能接收到。她承认自己最近有些没天没地，想法滑稽可笑，这样下去她的命运将比韩剧里的剩女还要值得悲伤。她牛丽一向是务实的人，脑子偶尔进水是因为生理原因吧。过一段日子就好了，她就可以摆脱这个让她变得莫名其妙的家伙。

当然，牛丽没有那么无聊，随便去赴陌生人的约。她有正事要做。凶杀案有了点线索，警察排查的人员里有个嫌疑犯，需要她和街坊去辨认。嫌犯是个长相萎靡的男子，身份是女方的表哥，先他们一步来到都城，在一家4S店里打零工。据说有人目击案发当晚他到过他表妹家，也就是牛丽的隔壁。牛丽仔细看过这人的相片，表示没有见过这个人，也没有听到隔壁发出什么声响。她重新做了笔录，从警察对自己的态度来看，自己并未被划入嫌疑犯之列。当然，往后在巴士上做事要更加谨慎，以免惹祸上身。据说一旦留下案底，一些意想不到的灾祸就会接踵而来，因为信任度被打了折扣，某个案件就会对一个人产生串联效应。这不能怪罪于人在办案时的机械和愚蠢，人都是多疑的、懒惰的、自以为是的，无论在犯罪时，还是在检举犯罪时。

随后青年警察问起她和老根的关系，牛丽说这对案件没有帮助。但是警察不这么认为。他看似随意却很严肃地要她交代，她和老根有没有特殊关系。牛丽就笑起来了，她抱着肚子笑出了眼泪。我们关系好得很！她用一根手指抹去眼角的泪水，说，好得穿一条裤子，你是想听这个吗？青年警察点点桌子说，正面回答。

没有，牛丽收起笑容，正色说，我们是清白的。

青年警察用笔敲敲桌面，讲实话。

我讲实话，牛丽皱起了眉毛，我对他有企图，但他不肯，他讲他有家室。

　　所以？

　　什么所以？牛丽听他每次说话都少一个字，像在一步步树立自己的威严。

　　所以你请人跟踪他，随时向你汇报行踪。青年警察轻蔑地看了牛丽一眼，你通过这种手段控制男人。

　　牛丽有点发呆。她记起了早上收到的短信，这么说来，自己的手机信息处在警方监控之中。但谁的手机不是呢？这不能说明自己受到怀疑，这个年轻人的表情告诉牛丽，他是在例行公事。

　　我不是故意的，牛丽嘻嘻笑道，你知道男人很狡猾，很难控制。

　　你知道这是犯法？

　　这人我不熟，不信你查查他。牛丽笑眯眯地说，我讲实话，老根我经常见，总有一天搞定他。同志，你姓什么？

　　青年警察被她笑得敲起了桌子，严肃点。

　　不过，后来送她出门的时候，牛丽看出他的脸红了蛮久了。当她再次询问他贵姓时，他说他姓王，刚调来两月。这一周，有人寄来了多封匿名信，声称外来户牛丽是杀害那对情侣的凶手，说她在漏斗街居住，里面有个巨大的阴谋，很可能是个连环杀手，建议局长派人调查此事，好阻止她的进一步犯罪行为。

　　你是不是有什么仇人？小王警察问她，说你是凶手，看你也没有什么动机啊。

　　还是你脑子清醒。他们一没钱，二没情的，牛丽说，我图什么呢？

　　最好收敛点，小王警察小脸一板，说，不要踩红线。

　　不踩，牛丽笑说，白线黑线都不踩。

　　短信再来的时候，牛丽正在巴士上。这一回她思索了片刻，回了一条。对方这才回话说，她是老根的老婆。牛丽拨通了对方电话，响了一阵，有个女人接了。犹犹豫豫的一声，喂。牛丽笑说，嫂子来了，总听老根说你。听说你来看病，有什么需要帮忙的你给我说。是个带着江浙口音的女声，每个吐字比较短促。你是牛丽吧，我这病要来这里看呀，要找你给我看。这会儿你有时间吗，我们见个面。牛丽瞟了眼车外，给她报了闺秀茶楼。牛丽在闺秀墙面镶的茶色镜里打量着自己，遗憾没有将老根新买的裙子穿上身。她今天穿了件茄红夹袄，在室内有些热，但不好脱下来，里面的黑色棉质衫有些起球。面色不错，浅绿眼影脱落了一点，更显得目色晶莹。牛丽捋了捋头发，重新扎了发髻，心里思忖着下回把头发染个什么颜色。

正想着，迎面走来一个女人，穿一件姜黄色连衣裙，正是中午老根送来的同一款式。这件裙子套在她娇小的身架上，显得十分得体。牛丽一眼看出她比自己年纪大，三围指数不如自己。齐耳短发精心吹拉过，染成浅栗色，衬托得一张小脸白得柔和。牛丽起身招呼她坐下。

女人打量了一番牛丽，开口说，耽误你工作了吧？我是个闲人，闲十多年了，总也不习惯占用别人时间。

牛丽接上话头说，时间这个东西，也没那么金贵，都是拿来浪费的。看谁浪费得精彩吧。

女人说，哦？听说你在巴士上争分夺秒，不怎么浪费呀。车上车下你两不误。

牛丽呵呵一笑，说，嫂子自己闲惯了，不能让老根这边闲着，男人一闲就出事儿。

女人懒懒地搅动了一下咖啡，低下眼睛看着桌面。这个时间段茶楼没什么人，几盏壁灯幽幽地散着光，年轻的侍者们轻盈地走动，显得十分悠闲。牛丽等女人开口，端起咖啡喝了一口。女人思索了一会儿，抬起眼睛，说，老根跟我交代过了，他对你是真心的。我看不得他痛苦。等我这身子缓过来，他良心上没了负担，我跟他把手续办了，你们就在一起吧。你怎么了，热吗？

女人关切地用失神的眼睛望着牛丽。牛丽脸色绯红，用手拨拉着额前的刘海，扯了下夹袄领口，口气很冲地说，我不热。我和老根的事，是我们对不住你。我和老根就是临时做个伴，离婚是你们夫妇两个的事情，没人插得上手。我对你没什么可交代的，你不来找我，我也不打算上你的门。

那我要谢谢你，在我不在时照顾老根。我其实不怪你，女人慢慢地说，就是没有你，也会有其他女人。这种事就没断过，他享尽了齐人之福。

牛丽忍不住为老根辩解，说，他认识我后，没找过别人。

今天约你呢，女人像是没听到牛丽的话，是来告诉你，这男人我不要了，你要就拿去。

牛丽拿手拉拉领口，定定神说，我没有拆散你们的意思。老根不算乱来，你不在，他就是寂寞。他……特别关心你，这两天忧愁得厉害，嫂子得的是什么病？

女人盯着牛丽的眼睛看了一会儿，像在确认她的诚意。她放下手中无意识搅动的茶匙，说，子宫肌瘤。医生说要做手术，摘掉子宫。你知道这么些年来，老根在性生活上，多少给我造成了伤害。

牛丽想想，问，他不碰你？

女人闭了下眼睛，不易察觉地摇了下头。不是。这个你清楚的，他让我盆腔老是处在充血状态，加上接触的女人杂，经常传染给我炎症。我心情也不够乐观，长期以往，就得了这个病。

牛丽点点头，说，这种事女人是受害者，老根费心思也补偿不了的。

他弥补不了，女人轻轻地说，子宫端掉了我还算女人吗？除了离婚，我没有别的想法。

不管你们离不离，我不会等老根。牛丽说完，被自己吓了一跳。她不知道自己心底竟藏着这个念头，或者，这并非她真实的想法？问题在于，她为什么要对老根的妻子说这个。

女人目不转睛地看着牛丽。在这种轻盈目光的注视下，牛丽说出了与在病中思路完全相反的话：在我生病那几天，我就想明白了，他不会像陪你看病一样陪着我。假设杀人犯杀死的是我，他顶多事后哭两声。

我知道了，女人点了点头，仿佛收下了牛丽的好意。

老根就想要个儿子，牛丽望着她说，心里承认这是个聪明女人，假如她真的不要老根了，又何必多此一举，来向牛丽表明立场呢？

两个女人相望着，一时没有话说。一种类似惆怅的春日情绪在灯光下漫过。牛丽转开头，看到对面屋舍的墙头，开了一挂金黄的迎春。

你还年轻，有自己的路要走。菩萨保佑你。女人柔柔一笑，露出了米粒般的牙齿，和颧骨上的几根轻微的笑纹。

8

最近，牛丽常常在一路巴士上遇到春上。

有时一个人，有时他胳膊上挂着一个单薄的女孩子。不管车上人多人少，他总是目光炯炯地盯着她，确切地说，是盯着她的手。而牛丽就让他看，她什么也不做，就陪他老老实实坐一路，心里不知为什么很高兴，脸上忍不住就笑出来。他一定误以为她在蓄势待发，于是越发较着劲地不肯轻易下车，这正中了牛丽的计。她只想和他同坐一辆车，顺便看看窗外的风景。有他在车上，都城的风光越来越明媚了，好几次她都想唱一支歌，来呼应投在身上的明亮阳光、微风和阳光里舞蹈的小生物。

他好像很少高兴，也很少不高兴。倒是他身边的女孩子，脸上总是咕噜噜冒出一些很白痴的笑容。牛丽猜他很不耐烦，一定是他的父母强行逼婚，或是小女孩缠住他不放。而他是想早早甩脱这个小吊线虫的。牛丽想起自己给他女友取的这个外号就好笑，真是贴切极了。女孩又瘦，又不可救药地白，她的晃荡在衣服里的身子，如果裸露到阳光下，不就是一串透明的软软的吊线虫嘛。

他肯定不姓柳，她知道他不是柳下惠。但他们中间长时间地横着一道河，总也跨不过去。每当她向那边迈一步，那条河自动增宽一尺。到了后来，她离对岸越来越远，已经看不清他的眉目。面对他那张随时会消失的、干净、无情的脸，她着了道儿似的按捺着性子。有时牛丽愤怒起来，濒临发作的边缘。有时只要对他看上一眼，或是从车窗玻璃上看到他狐疑、清瘦的身影，心里又涌上许多扭着小尾巴的莫名其妙的音符。平日牛丽嬉笑怒骂，我行我素，却要陪他演一出哑剧。他是这个默片的导演，并领衔主演，演得有点心不在焉。他无招胜有招，轻易化戾气于无形，怒火成灰烬。这灰烬刚刚好，有燥热，无血腥。当年洪七公、黄蓉都玩过这种不论结果的游戏。当然，黄蓉和郭靖修得正果。洪七公同欧阳锋也玩过，一个追，一个迎，结果因此双双送命。在这点上，牛丽认为他俩是死对头又是好基友，那种握手言和哈哈大笑的死法，看看还是很过瘾的。落实到自己的人生，她不想和他同归于尽，在可怕的沉默中灭亡。逢上周末，只有他一个人，他便坐到终点站。他下了车，在站台转上两转，垂着头离开。一次，牛丽在他后面跟过半条街，后来发现他取向邻近的派出所，只好打住脚步。心里对他骂不绝口。

　　春天来临时，牛丽吞下了整个冬天的话。那些在腹腔翻江倒海、就要从胸口喷薄而出的词汇，使得她发梢眼角加添了一种灼灼的光辉。对于自己这种莫名其妙的变化，牛丽有点茫然。她时常盯着吊线虫看，又像是穿过她软白的身子看向另一处不明事物，盯得吊线虫不安起来，摸摸头发，绞绞衣角，书包盖打开又合上。因为相遇的次数多，吊线虫也认得她。在她对他的耳语里，说不定有疯婆子之类的字眼。她总是仰起小脸，坐着也踮起脚尖，而他会把耳朵凑到她嘴边。在巴士持续的轰鸣声里，她像虫子吃树叶那样发出声音，令人无法忍受。而他长时间地把头偏着，听她沙沙地讲话。这时往往就诱发了牛丽的哮喘，胸口风起云涌，喉头打阻，有时在通红的脸色里滑出一朵泪花来。

　　她想到一个成语叫坐以待毙。这个词形容她目前的状态再合适不过了，她不能在巴士上坐以待毙。她专门翻了书，想看看黄蓉这个时候会干点什么。但他不是郭靖，没一点可能被她捉弄，任她摆布，在巴士上她就看出来了。相反，他想抓住她，制服她，这种愿望从他粼粼的目光就能够看出来。假如他是一个冷淡的人，那么她牛丽已经激发了他的关注或者说仇视。假如他并非记恨之人，那么就是一路巴士的缘故，造成他们持续相遇，叫他难忘一箭之仇。不管他是怎样的人，牛丽不能叫他抓住把柄。

在春上的监视下，牛丽没有丧失斗志，连日来频频得手，收获颇丰。业余时间她只想一件事，如何在他眼皮子底下干一仗漂亮的。机会实在难觅，牛丽只好先掏了小吊线虫的钱包。那是吊着一个白胡子矮人的黑乎乎的钱包，里面只有一张大钞，几个硬币，一张银行卡，一张食堂饭卡。那一次正赶上吊线虫落单，她的背包好下手，总是敞开一个口子。牛丽用不上工具，直接掏走了钱包和一包纸巾。牛丽吃了一顿肯德基，将里面他俩的合影撕碎，再挤上番茄酱，卷进一个汉堡包里，扔给门口要饭的大汉。牛丽做这些是百无聊赖的，懒洋洋，也有点为自己难为情。多年来她第一次对自己的手产生了怀疑，有了一种犹豫。她用它来偷学生的钱包，撕碎恩爱相片，怎么也不能算是干大事，跟富贵、发达不沾边儿，无非给自己找一点乐子。前些年牛丽想明白了，这年头找乐子，不比找饭吃容易。她的手的命运，并不比她的日常生活更值得关心。但现在她犹豫起来了，怀疑起自己的所作所为来。她制造麻烦，让他不痛快，无非是要他抓住她。从他的反应里，她不无失望地看到，现在她连乐子都图不到，只求个了断——她脑子里盘旋着那个叫春上的男人。

老根的老婆确定做手术的日子，正好是去签订公寓合同的那一天。老根分身无术，连夜送来张卡，让牛丽自己去签合同。牛丽一早去街口吃了碗牛肉粉，上了巴士，这一次她坐了下来，打算这么闲闲坐一路。第一次，牛丽觉得车厢里空阔，有些跟平日不同。风从两边窗子里穿行，落在耳边是沉闷的呼呼声。是个阴天，天空堆满了厚云团，像要下雨。牛丽拿出指甲钳，剪起了手指甲，这个过程中她看到两个同行上了车。这一站上的人比较多，车厢里的风被这些热腾腾的身体吸去了，有两个妇女站在车门前大声讨论昨天的晚餐。这是牛丽熟悉的气氛，有一种自在感、安妥感。妇女谈到各自的婆婆时，车子拐到了爱国路，这条路离广场不远，一到上下班高峰向来比较拥堵，这会儿车速减缓了，接着停下来了。

牛丽在车子拐弯前，就看到路中央有人群，三四辆小车一辆巴士被迫停泊在人群中，还有几辆电动车和摩托车在发出响亮急迫的喇叭声，急于突围。牛丽把头伸出窗外，听到人们在一起说话，非常细微，但不混乱。大多是些学生模样的年轻人，足有三四十个，男生女生都有。前面几个拉着个白色条幅，上面写了黑字。牛丽看不出来写了什么，人被簇拥着，条幅没太展开，只看到几个不连贯的字，呼，向，无罪。两个警察在学生当中，跟一个穿黑夹克衫的男生边说话边比画手势。牛丽看这情形，短时间里是无法通行了，就下了车，随人流往前走。经过几个女生身边时，她站住听了一会儿，没听出名目来，就向一个女生打听。人们都在传话，所以那女生用了些力气告诉她，他们都大的一个女学生被人强奸时，失手将对方杀死了，现被收监审讯，他们的游行活动是想为她争取自由。旁边一个老人问，谁死了，谁杀死了谁？几个女生转向他，开始向他做出说明。

牛丽挤出人群，从渊明公园穿出去，沿着东湖走了一段。一路上她寻思着那个杀人的女生，会不会被判刑。按牛丽的性子，恐怕也是要反击的，随手拿起一根棍子或是一把菜刀（视室内、室外情况），算是正当防卫吧。不过，这样的情况总是幸存者吃亏，她记得前两年看过一个片子，好像也是个女孩子外出打工，在火车站被一个老人带到家里，夜里遭遇性侵时将对方杀死，好像是判了十四年。屏幕里主持人鼓着两只敏锐的大眼睛，对女孩循循善诱，看上去采访者是没有态度的，其实，那些尖锐的问题导向的是中庸的态度。观众的视线更多被牵引到女孩的花季年龄，十四岁，以及她青春期的叛逆上，而不是她遭受的侵害本身上。当然，牛丽不赞成女孩把人杀死，不说人命珍贵，做事给自己留条后路，是在这个社会生存下去的前提。当年她被撵出新房时，也有过杀死医生、杀死自己的冲动，但最终她咽下了这种冲动。

当然，她在漏斗街变得越来越凶悍，或者她本性原就是凶悍的，一年一年，这些东西从她逐年粗壮的身体里泄露出来。她成了他们眼里嘴里的大巴、牛×。当一个人越强悍，往往越能放过自己和别人。油条给她总结了两条生存标准，一是兔子不吃窝边草，一是好马不吃回头草。这一点倒也让漏斗街人对她刮目相看。长期以来，街坊们对于外来户牛丽达成了共识，就是少惹为妙。牛丽向来喜怒无常，贵贱不分，一视同仁。既不杀富济贫，也不嫌贫爱富。她从不支持慈善事业，也不响应献血号召。相反，假如有必要弄一些血来应急，她就毫不犹豫弄一些来。那是她做过最大的一单，不在于物体的价值，大是指惊险程度。惊险不是指窃取的过程，而是因为涉及一个人物。

那是负责献血车宣传的一名干部，就是那个令她堕胎的医生，他的在场令牛丽感到了踌躇。他们分手不久，他出了一单很大的医疗事故。听说是托了他妻子娘家的亲戚才保住了公职，下到血站做了普通职员。即便他如今的身份并不尊贵，牛丽作为一个资深扒手，深具宠辱不惊的涵养，既不庆幸他的落难，也决不认为扒一个不体面的人不够体面。实际情况是，牛丽既冷静，又兴奋，在偷出新鲜血液的时刻像是又回到了她的青春岁月。当年的医生显然认出了牛丽，眼里晃过一丝暗影。正是这道暗影令牛丽有些犹豫，她摸不准自己的行为动机是救命，还是出于报复。医生没有同她招呼，默默地放下一摞宣传单，低下眼钻进了车内。那天阳光不错，广场上一切事物都闪闪发光。献血车的外形在牛丽看来是滑稽的，非常可笑，里面盛装着大量从不同身体里吸出来的鲜血，和一个无情的人。这些血用来输送给那些急需的个人，但必须用高价购买。无偿在牛丽看来是荒唐的，如同她死去的母亲曾宣扬的远大理想一样虚幻。牛丽向来以事物的出售价格来衡量一切关系，但医生的离去还是让她的生活失血过一段时期。如今他手里端着的正是血，比当年那杯红茶要滚烫、鲜艳的血。她的角色倒是从未改变，从走进他那家医院的那一天起，到现在的重逢，她从来就是一个小偷。偷他的感情，偷血库的血，都需要技术含量。那些血用来输给一个垂危的老太婆，她没有医疗保险，在一个小诊所

46

里完成了再一次的生命复苏。没人知道她下一次的晕厥什么时候发生。那一天牛丽感到面上有光，她不用向那人乞求，像她曾经对他做过的那样，而是通过技术来获得。这种获得令牛丽一天天焕发光彩，她头顶的那颗太阳仿佛也换了一颗。这颗新的太阳亮而不艳，暖而不烈，像一盏指路明灯引她到一条僻静的路上。

偷血事件如同一个转折点，路子从此顺畅通达，运气也好了起来。她无往不利，所向披靡，在这条绳索般的路上度过了几年欢腾日子。

现在，牛丽行驶在人生的高速公路上，踩一脚刹车，就要停驻在这个拥有无情而美丽风光的城市里。走到街上时，天更阴沉了。她沿着一排桐树向前方车站走去，一辆巴士迎面开来，在她对面的车站靠边停了下来。她一眼看见了车窗口的男人。他的侧脸向脖子下靠近，手撑着额头，眉目之间有些痛苦。牛丽转过身子，穿过马路，朝巴士走去。

9

这一次遇到，他看向她的目光里就有了质问，充满疑虑。牛丽一派若无其事，看看窗外，继续剪手指甲。她像是忘了今天的正事，定下那套公寓房。每天都有正事，眼前这男人不过是最没谱的一件事，她连他姓什么都没掌握。假如不马上下车，换乘一辆的士，就赶不上那个楼盘的售楼会。牛丽脑子里糨糊一片，既没有最初的喜悦，也没有后期的愤怒，甚至夜半那种崩溃前的窒息，也化为乌有。一旦看到这个男人，她就变得噤若寒蝉。她的所有委屈、热望、忧虑化作了涓涓细流，脉脉流向了大海。

中途牛丽下了车，经过他座位时将右手上扬。他瞪着玻璃外的她，确切地说瞪着那两张卡，吊线虫丢失的卡。他看着她走远，目光一定恼怒、屈辱而又无法声张，牛丽就仿佛报了仇。

他也下车了，跟在她身后。牛丽的背马上变直了，脖子有点硬，因为她想回头。心是暖的，又冲，几乎要冲破胸膛到她前面去了。她扫一眼自己的百褶裙，不是那件最爱的橙色。今天这么重要的日子，一早忙忙乱乱，她也没挑一件。这件是大红色，套了一个黑皮夹克，还是挺显肤色的。走了一阵，换作她掉到了后头，他抢在了前面。经过她时，他没有问她要那两张卡，甚至没对她正眼看一眼。

牛丽跟在他身后，一边抬头看头顶的乌云。不知为什么，她很盼望突然来一场暴雨，她和他被雨浇得透湿，喘不过气来，看不清前面的路。同时她又想不断同他走下去。巷子终归是巷子，能够围绕这个小城无限循环下去的只有巴士。

这天是有些征兆的，事事指向他们这次会合。一早天空就压着厚厚的云层。到了半上午，大朵的云团愠怒地翻滚，偶尔从生铁色的云体射出一丝金光。牛丽出门时就觉得今天不寻常，这些古怪的云给她带来了运气。就像是做梦一样，他们下了巴士，一前一后，拐进这条偏僻巷子。他的背影清瘦，很孤单，巷子里有几棵樱树，开花了，边开边落。他的步子踩在松软的落满樱花瓣的地面，不紧不慢，不犹豫，仿佛只是周末的一次野炊，没有目的地，没有时间限制，只是即兴下车，信步前行。他对这条巷子似乎不是很有把握，走了一刻钟，天也走灰了。

事情陡然有了转机，天空像是一个巨大的鬼脸。人生偶尔这样，一桩仿佛没有尽头的烦恼，迎刃而解。事实上，半空的云，地面的樱花，无人的巷子，这些在都城不易察觉的事物，造成了牛丽在这个早春傍晚的阵阵眩晕。她心里是情愿随他一直走下去的，脚下是他踏过的花瓣，那样一种脆弱的质地，阳光偶尔出现，把他的浅灰色影子直拉到她面前，她的鞋底便发起软来。这一回，他没有把她领向派出所。巷子是安全的，一段短短的路程。他很快在宾馆前停下步子，带着冷淡的神色抬头望望闪闪发光的店名。

如归。

一家四星级酒店，名字挺逗的。牛丽在大堂沙发上等的时候，脑子里想，来这里的莫非一个个像龟孙子呢。后来，她一个人在走廊里笑了出来。本来她以为他会带她去某个朋友的房子，但他抬脚就走，领她进了这家连锁酒店。走廊铺着厚地毯，她的笑声被地毯和墙纸吸去，短促、脆弱得像两声鸟叫。上了级别的宾馆这样静，像太平间。她在房间等男人的那会儿，笑意荡漾在心头，怎么也平息不下去。牛丽读过几年书，知道"宾至如归"这个词。但她没有对哪个词这样敏感过，没有什么词能引她发笑，正是因为对书上的字无感，她早早混上社会，在人堆里打滚儿。假如这是她开的店，店名就叫回家，一看就明白，不用咬文嚼字费脑子。不过，她如有开店的资本，可能先买上一栋大房子，一层租人开店，一层自己住，再把老家的父亲、小童、小赖接来住一层。这个时候想那些有点奇怪，一个人住那么一大层，难道她住得惯吗？牛丽看着雾气蒙蒙的镜子，伸手抹了几圈，笑了起来。

还真是缩头乌龟啊。

水放好了，她泡了一会儿，男人进来了。他在门边站了一站，打量着浴缸里露出半个胸脯的她。他不知道她的名字，也没告诉她自己的。他和她没有交谈过。但她大略知道他一点情况。某天他接电话时，她听到话筒里传来的一声称呼，春上老师。他是位老师再好不过，有稳定的收入和素质，她不会受到脏病的困扰。另外，牛丽能睡一个老师，也算是对多年前屈辱学生时代的一个交代。他们认识四个月了，每月能见几面。但他们没有面对面、背靠背，或前或后，一躺一站，这样相处过。说起来牛丽都不相信，他们没有说过一句话。

现在她也不打算先开口。他把衬衫领口的纽扣捏开，薄薄的嘴唇翕动一下，仿佛浴室的水汽让他呼吸不畅。她不失时机地伸出了一条腿，不，大半条。从轻盈丰富的奶白色泡泡里斜斜地递出来，面带着港台片里三级艳星的笑模样，一串细碎的水花从脖颈上滑落。有人说她长得像叶倩文，也有人说叶玉卿，早年间她在电影院里看过她们，也看过叶子楣。她没觉得这些姓叶的跟自己哪儿像。

她知道自己的腿不是很白，但是饱满紧实，走路、踢人都有力。

当年三中出了一个姐妹帮，她算是副帮主的位分，因为迷上《射雕英雄传》里翁美玲演的黄蓉，她成天打打杀杀，挥舞打狗棒将一干男生治得服服帖帖。那时她的威信由班到年级直辐射到整个初中部，三中师生没有不知道初二的丐帮。

牛丽在老家有个外号叫黄鹂。街坊们都说这个女崽俚长大了要做歌星的，说的就是牛丽有把好嗓子。父亲听到了很不高兴，截断他们的话头说，老牛不姓黄！为此他得了个外号，牛黄。他是个挡车工，眼里瞧不上电视里莺莺燕燕的女子。他一辈子活得很有尊严，无论是在厂里终日轰鸣的机器中间，还是退休后打门球的队伍里，他都以出色的技术和好人缘受到普遍的尊重。顶让他为难的是，在被人喊一声牛黄师傅时，他是答应下来，还是装作听不到。好在耳朵逐渐聋掉一只，他不用左右为难了，同时这个称呼也就落实下来。牛丽对别人叫她什么，向来不以为意。别人对她的期望、好意、歹意，她全不放心上。从小脾气里带男性，没留意过洋娃娃、花朵、蕾丝，没玩过皮筋、过家家。她是上树下河、翻墙越窗，要不是生得人高马大，便要练习飞檐走壁的功夫。在课余时段，她通常带领一帮同学玩斗鸡，或是骑着一个瘦小男生的背脊去追杀强盗。她兴奋、嘹亮的嗓音布满了操场或是回家路上的角角落落，方圆一里都能听到。每当她扯起嗓子来，街坊们就得到了确切的消息，这帮崽俚从学堂回来了。他们一下把菜倒进油锅里。有的早早做好了，便从橱窗里一盘一盘端上桌。人就闲闲靠在门上，等他们一脸油汗地经过，喊住她说，来，黄鹂给姨唱一个。牛丽当然不唱。姨手里有一把蚕豆或一只柿饼，她也不唱。她不想冒着给牛黄师傅暴打一顿的风险，吃她们手里那一点吃食。牛黄师傅并不常常打她，他的眉毛长得煞气，动气时眉毛就能杀死她。他在外面的好人缘不知是怎么来的，在家里总是阴沉着脸，没有一句好话，默默地给娘俩施展他各种技术，修煤气灶，清理排气扇，疏通下水道，甚至做出一台三叶电扇。他总在干重活、大活，日常的小活计从不沾手。做饭、买菜、洗衣、打扫都是母亲的事，这也使得母亲更容易拿到扫帚，无论当时手里抓着锅铲、撑衣杆、拖把，顺手就是一下。牛丽的脑袋被敲得发木发麻，功课越发不行。有一个时期头顶秃了一块，榆钱大小的头皮，雪白。后来扩大到半个巴掌大，母亲才慌了。她单位有个人的岳母是退休的音乐教师，一天路遇看看牛丽说，跟我一段试试。每天五点钟，牛丽就被叫起来爬南山，爬到亭子里，跟着退休教师吊嗓子。牛丽对爬山还算喜欢，但不喜欢那么早起床。天黑着，她从床上爬起来，心里对这个多事的退休教师咒骂不止。有时上到山腰，天渐白了，她眼窝里的眼屎才慢慢现形。那是个腊月天，山上风大，湿气重，迷糊中手脚并用爬上了山，身上才有一点热气。嗓子几番吊下来，背上就要出一层薄汗。到后来，天在自己的鬼哭狼嚎里大亮，看得见山脚下的鄱阳湖、楼房，甚至分辨得出哪一块是三中。她的情绪就会发生变化，嗓子越吊越清亮，心情越来越明朗，整个人像朝阳那薄纱般的云一样透明、轻盈了。说也奇怪，两个月后，牛丽的头发就长出了寸把长，一根根透着亮，直到浓密的乌发布满肩头。

在牛丽完全秃顶前，母亲领她去半仙那里算了一命。一个神神道道的瘪腮帮老头，捏住牛丽的手心，左看右看，翻来覆去，啧啧称奇。母亲脸上透出喜色，那时牛丽的弟妹们还没有生出来，她对这个独女寄托着什么期望，平日并不透露。牛丽如今寻思下来，无非是考学做工嫁人条件优越些吧。瘪腮老头咂着嘴巴，用一根枯长的手指画着她手心，连叹，好命，好命哇。母亲赶紧把两张钞票插进他胸前的口袋里，切切地望着他的嘴。老头这才摇着头，将话抖搂了出来，发达，发达哇。今后你家靠她光耀门楣了。长了一副好手，杨贵妃的手。牛丽插嘴说她不姓杨，叫母亲打了一下。本来母亲想打在她手上，念头一转，杵在了她腰上。这不能算打，只是表明母亲的态度，让半仙不要见怪。半仙毫不见怪，听了牛丽的话沉吟起来。母亲小声说，既是贵妃命，头发还能长的？半仙寻思一下，不姓杨？这也怪了。头发不要紧，不要紧。母亲赔笑说，姓牛。半仙点头，露出一口黑洞洞的牙口，释然说，牛羊不分家，果然是贵妃投胎！当年杨贵妃曾进庙里修行，一头青丝虽未剃度，却也不见天日。如此韬光养晦，保全了一世荣华!

　　从此母亲不让她洗碗了。就这一点来说，牛丽觉得半仙不讨厌，她的手从此不用拿抹布、浸油水里，而是干干爽爽，很是清闲。有时父亲让她打打下手，母亲就会杀过来，一把将她扯走。母亲心性躁，一言不合发起脾气，让一家人不自在。何况事关女儿和家族的福分，母亲是当仁不让。母亲再也没借助任何工具敲过牛丽的头，不只是头、手，她好像怕了牛丽，简直不敢碰她一下。因为半仙说牛丽长了一对光宗耀祖的手，她的功课不及格，仿佛也不多么严重了。牛丽有了更多时间用于建立丐帮，整顿男生，当然，挥舞打狗棒时是戴着一副白色手套的。帮主助理说她这范儿是黄蓉、小龙女的合体，相当于校服外面披皮草，断非一般人可以驾驭。这时的牛丽不是黄鹂了，都叫她黄帮主。仿佛她姓黄一样，牛丽顾不着她父亲了，每次都胡乱地答应。牛丽被勒令退学的导火索，是她们修理到了政教处主任的独生子头上，据说生殖系统那块给她踢伤了。为着这个"害群之马"，她父母赔了不少笑脸和医药费。母亲挥舞着扫把赶她去主任家赔罪，不惜"做牛做马"，以换得"重新做人"的机会。随着牛丽对政教处主任儿子的再教育，生生将人生的节奏打乱，就此导致母亲梦想的流产。当晚，在抵挡母亲手里那把扫帚时，牛丽的手背被划出一些细小伤痕，破了相。母亲捧着她的手泪流不止，牛丽却没有什么感觉，既不感动，也不烦恼。也是这样一个傍晚，她拢拢被扫帚刮毛的短发，在脖子上贴个创可贴，背包一搭，跳上一辆长途大巴。

　　这样到了都城。

　　说起来，她的地位一落千丈。都城人不算欺生，但总归不如在家乡得意。社会终究比学堂复杂些，世道艰难，大事小情让牛丽逐渐丧失了耐性，很少引发她行侠仗义的冲动。打狗棒不知丢在哪儿了，但也不至于做牛做马，牛丽在街面上混生活就得了两字，快活。

10

他在镜片后扫了下她的腿，那目光令人泄气。似乎没接收到她发出的邀请，春上像前几个月一样反应淡漠。他看上去西装笔挺，温文有礼，像一个绅士。可是他面对女士递出的手，并不接过来。当然，牛丽踢出的是腿。他从腕上褪下表链，退了出去。她将腿吧嗒劈下水面，心里掠过一丝疑虑：春天一来，腿毛是不是长密了。

她听到他放下窗户，打开空调。电视里两个男人在低声说话，他起开一瓶汽水喝了两小口。牛丽明白他不会进来，同她一起泡在浴缸里。他大概没想过泡她，从头到尾是她想要搭上他。整整一个冬天，他对她无动于衷。

当然牛丽不会无聊到数腿毛。这个男人已在瓮中，房间是他开的，连店名也像是他取的。她在心里笑自己，回家这个名还是太没品位了。假如家是一个那么好的词，那些开房的人还会花钱来这里吗？谁都知道这里不是家，是人是鬼都来这里。来这里的人大多算不上有家，一个像模像样的家。

牛丽从浴缸里站了起来，哗啦一下，她出水时的身姿像一匹白马。她擦干水珠，包好头发。他在等她洗完，好像也不好意思当着她的面淋浴。老师终归要正经些，站惯了讲台，一时间下不来。牛丽想到了她初中的化学老师，她们管他叫绣花枕头，人长得漂亮，比春上还漂亮。他找的是一个丑老婆，那时候她们百思不得其解。这远比那些化学定律费脑筋，但牛丽的化学课学得不赖，现在她还记得一些元素符号，记得氢气加氧气或氯气会造成爆炸。有关化学反应的过程，牛丽操作起来得心应手，即便忘了某个公式，她也会自己编造一个公式，通过添加、省略步骤，来达到良好效果。

换牛丽在外面看电视。她半倚在大枕头上，并不急于吹干头发，而是用手托着巨大的包发巾，像托着一个沉重的思想，有一眼没一眼地看电视里两个机器人恶战。她在浴室里听到电视在播新闻，等她出来，屏幕上出现的是本地台的大片。他们擦肩而过，他甚至没有抱住她喷香的身体预热一下。浴室传来温文的水声。他有条不紊地冲洗身体，脑子里大概在思考刚才的新闻。中间会不会插播她没有包裹严实的身体，她被水汽蒸得喷红、细腻的脸蛋，更加水汪汪、酸溜溜的眼睛，她不是很有把握。直到进浴室前，他看起来没有冲动，就像他人生里不存在这个状态。浴室里静默了一阵，他可能在镜子前审视自己。牛丽满不在乎地想，需要看这种械斗片的恰恰是他，她用不着。他这样处心积虑，说不定他紧张呢。

他光着走出来，浴巾搭在项上。他把电视声音放大了几格，走到床前。暖风经过他的身体，吹向牛丽。她向他伸出手，他握住了，直抚到她腋窝下。这个男人的动作像一阵清风。她感觉到那种阴天的风在抚摩着肌肤，到后来，是变天前，云层里涌动的风。风灌进血管，让她喘不过来。他的吻灌进气管，也像一场风暴。牛丽撕开胸口的浴巾，喘息着，同这具瘦弱、亭匀的身体贴在一起。在他撕开安全套包装的时候，她举手拦住了他。

牛丽和他说了第一句话，你姓什么？

他向她投来迷惑的目光，一对眼睛在光线下呈现出致命的灰色，她呻吟着，忍不住要将那眼睛碾碎在自己胸口。她感到需要他，这需要如此剧烈。她摊开自己包裹住这个男人。她卷起身体完完全全包裹住他。他的肉体像一枚花蕾，永不盛开，坚硬痛苦的花骨朵。

她感到他的痛苦，在这个过程里，她第一次被催生出怜悯的汁液。他的大手抓住她，很用力、痉挛般地箍住她，灰色眼睛大张着，瞳孔中射出一小股惊惧与厌恶混杂的光，像是要吞吃她，又像在推开她。左冲右突，不得善终，像要在她身上抗拒他的命。牛丽轮流用鼻子和嘴呻吟，阵阵快感来自于他对她的敲打，他用苛刻的自我控制加剧对她的，莫如说对自己的摧毁。那种高频的痉挛，给她无法忍受的痛苦，以及人生圆满的假象。有一忽儿她是狂喜的，忍不住要挣脱他，要用她自己的力量来回报给他欢喜。他接受了她的好意，若有所思地看着她。最后她得到了高潮，继而是他的。得手是必然的，更为销魂的反而是患得患失的那一段。他慢慢合上眼睑，脸上露出宽忍和迷乱的神情，似乎在忍受她粗暴的操作。他趴在她身上歇了一会儿，然后躺在一边。牛丽刚把一只手搭到他胸口，他轻轻挪开她的手，很快进了浴室。

浴室里传来水声。在水柱中变得淡漠的男人，雪白的身体散发一种淡青色光晕。她觉得他很轻，轻得就要飘出去了，飘出窗子被吸进那些沉重的云团里。他背过身去了，两条腿没有腿肚子。她上去抱住他，帮他搓着背上的泡沫。他肩头的肌肉硬了起来，像是那种紧张感还没有消散。她给他揉起了那团肌肉，手心软绵绵的。

从头到尾，他没有回她的话。他没说他叫春上，也没问她的姓名。这是牛丽软弱的地方，她不介意男人这么对她。或者说，纵容这个男人这么对她。她在心里替他做出解释，种种不得已。她自己也不爱这些婆婆妈妈，她叫牛丽，可是街面上有几个人记得。他们只记得她的外号。

早上，牛丽轻手轻脚起来，从包里翻出饭卡和银行卡，放在他手机旁边。走前看了还在酣睡的男人一眼，脸微微浮肿的，一夜之间像是从皮肤下钻出了一点胡楂。原来，他也是有胡子的。

油条在这个春天有些神不守舍。连续几个晚上，他窜到柳树堰去，在那条小路上来来回回用脚量。他脑子里老在琢磨一件事，关于锦绣是不是真有其人，他老是抱着怀疑的态度。对那天夜里的遭遇，他至今说不上来什么滋味。柳树堰的路灯太暗了，发出的光蓝莹莹的类似坟地鬼火。他什么都没看清，甚至锦绣的轮廓都是影影绰绰，不真切。即便锦绣这个人是存在的，他更倾向于把她当作一个狐仙，否则怎么会无缘无故在这小路上晃荡。当然，狐仙是来害书生的，油条赤条条一个莽汉，按说是不怕的。

傍晚时，油条吃了个牛柳饭，信步拐进了柳树堰。油条正在费力消化着腹中食物，陡然背被重重拍了一下。他跳起来，回头看见牛丽。他愣愣地瞪着她，还没从惊吓中回过神，牛丽的出现在他意料之外。

牛丽不满地说，来这踩点？忘记带胆子啊，姐借给你？

油条醒过来，赶紧搂过牛丽，把她揽到一边，轻声说，别大声好不？今天这事不一样。你来这干吗？

牛丽杀气腾腾说我来收拾一个人。油条问，老根躲到这里来了？透过对面房屋射出的灯光，油条发现牛丽脸上长了些雀斑，像阳光下树荫的影子。牛丽静默了一会儿，说，老根躲什么，现在是我躲他。我把他给我买公寓的卡弄丢了，现在他是我的债主。我找的是别的人，你不认识。油条急了，嗓门不觉大起来，你把卡弄丢了？丢在哪，那天不是说去签合同吗？你干什么去了？

牛丽忸怩说，没，没干吗。

你找的是哪个别家人？是不是叫人占了便宜，把你卡也顺手牵羊了去？

牛丽怒道，没有的事。我今天来堵他的，他要回心转意我也懒得多说，否则，哼。

来踩点的是你啊，他钱比老根多吗？

牛丽从牙缝里挤出字来，否则做了他！

看牛丽势在必得，油条心里叫苦，连连摇晃她肩膀说，姐！老大！这事咱不着急，包在我身上！外加请吃饭洗脚上庐山，好不？今天重点在哪儿呢，那张卡。挂失了没？……挂了哈。你得去找老根，跟他好好合计下，怎么着把合同先签了。公寓可比男人金贵得多呀！你别犯傻老牛！

卡补办后，我也懒得向老根再伸手了。牛丽恹恹地说。

油条听了，沉思地看着牛丽的脸，说，那人是柳树堰的？

他住东湖，往柳树堰送个人。

嘀！门都摸清了。下回我好好给他把把脉，话说那卡也没有自己长翅膀，会飞哈。

你别瞎来！他不是那样的人。

怎么样个人？好到你连房也不要了。

说了白说，你不懂。

行，我不懂。姐先回去，好不，今天真的不行！

怎么不行？牛丽瞪眼说，你说不行就不行？

牛丽被油条一路推推搡搡弄到了大路上。油条踮起脚尖，招了辆的士。老实说，你小子是不是来泡姐的？怕姐坏了你的破事……牛丽还在嘟囔，油条把她丰腴的身子成功塞进一辆的士，掏钱给司机时，还弯腰不断朝车窗里飞着吻，媚笑着，直到牛丽翻着白眼一晃而过。

油条摸出手机看看时间，赶紧快步走回刚才的位置，把自己掩藏在一堵墙的阴影里。他的鼻子用力地嗅着院子里某种花的味道，想打喷嚏，但没弄响。月亮很好，秋天了，不是那么耀眼，在四周镶了一圈毛边边，有点像锦绣穿的百褶裙。他又等了很长的时间，其实不过几分钟，他以为自己等过了头，人早已经回家了，也许就在刚才他送牛丽上车的那段时间。他突然一阵心慌。不知道过了多久，他听到了那些脚步声由远而近，很轻很轻，一个个都踩在他心尖上。依然是两个人的脚步，都不重，但油条还是能分辨出一重一轻，重的照例在右边，轻的响起两下半才赶得上它一步，轻的好像是飘浮在重的上面。油条不动，他出动的是他最敏锐的听觉，每天他都能听见她娇羞地笑一两声，那是她被亲了一下，他能看见两个影子的重叠和分开，根据速度和姿势，每次应该都是亲了她的脸或额头。今天两人没什么动静，好像忘记了每天的这道程序，那男的说了些什么，于是她低声说了句，明天见。脚步就轻快细碎地朝他响过来。

油条闭上了眼睛，他开始享受每晚的这一刻，她向他走来，轻快地，一心一意地，专门向他走来。夜晚的空气一阵躁动，迫不及待地聚拢，奔腾，几乎要把她的步子托起来。一定是感应到他内心的激荡吧。这激荡饱含着凉沁沁的甜蜜和惆怅。这一刻，花香更加浓郁刺鼻，油条听得见某片树叶上露珠滚动的声音，和草丛窸窸窣窣的什么钻过的响动，这些构成了一个隆重的背景，衬托着锦绣那一长串漫不经心省略号似的足音。到她踏着他的心尖走远，那滋味还淡淡萦绕，经久不散。已经是第十二个这样的夜晚，每晚九点四十左右，这些来自锦绣脚底的仙乐准时响起。油条只想看看她的被黑夜裁剪出的纸片一样的背影，听到她的一声咳嗽，她带过的一阵冰凉的空气。今天，她似乎有点心事，脚步慢慢有些沉。这时她的男友已经上了的士。她还在一步一回头地看，头发掀出肩头，扑打她的脸。油条想她的小脸一定给蹭红了，她还伸手胡噜了一下鼻子，这才回头继续走路。她走到油条身边的时候，油条突然很想叫住她，但这无疑是不好的。她会吓坏。油条记得她胆子很小，尽管半个月前的那个晚上，她表现得很英勇。于是，他还是眼睁睁看着她低头进了院门，任由越来越轻的脚步把她漂走了。

油条开始在院外走动，长时间的一动不动，大气不敢出，让他闷坏了。他在心里默数着数，数到大约一百零九的时候，西边的窗子里添了一盏灯。而平时他数到六十来下，这灯就该亮的。油条想锦绣究竟用这四十几下，干了些什么呢？她也许先去揩了把脸，或妈妈叫她喝了碗汤，或者应对了几句大厅里客人的关心，都有可能。但油条心里还是不大踏实，他不是很肯定，凭刚才她低落的情绪，他想锦绣有可能跑进了卫生间。她哭鼻子了。不想被家人发现，在卫生间挨过了这多出的四十下。她咬着小手绢咝咝地哭，然后她跑到镜子前整理红眼睛乱头发，用凉水洗脸，临开门还用力按响了马桶的冲水按钮。终于安全到达她的闺房了，她首先会放一首歌，忧伤的校园民谣。她发呆，或者记日记。可是她脑子里那些刺激她泪腺、使泪水滴到日记本上的东西，是什么呢？和那个每天送她回家的男的有关，这应该没什么问题。油条看得出她在意他。可是他们之间发生了什么，让她这样伤心。油条想着她哭红鼻头的样子，觉得她可怜。她这个年纪，怎么应付得来那么复杂的世界，如果那男的就是她的世界，他就应该好好地、温柔地对待她。

窗帘是合拢的，他什么也看不见。以前他总想象她会干些什么。后来，他脑子里就放起一部小电影，她看书，复习功课，睡觉，这些他都一一为她安排好，其中还穿插吃零食的时间。这是他每晚的功课，他做得非常精细而严肃。有时他也试着猜锦绣的心事，像猜一个谜。不过，他清楚至少谜底里没有自己。

油条并不傻，他是个有自知之明的人。油条还是傻，他有自知之明，还是每晚站在锦绣楼底下，看她窗子上的灯光。也许她早就忘记他，忘记那个晚上了。那个晚上对于她是惊吓，一个噩梦，但对他，那个夜晚恰恰是仙境的一角，一点点地展开，把他带离了原有的世界。原来它浑浊，现在正接近美好。原来他卑微，现在他更卑微。站在锦绣窗子底下，他愿一辈子这么远远地仰望着。

现在，那盏灯熄灭了。楼上的许多灯都眼睛一样先后闭上了。油条盯着那个窗口，黑乎乎的窗子上，晃动着月光的暗影，像是一副琴弦在轻轻拨动。油条听到了那些树在无人旷野发出的清冷、高亢的声线，在柳树堰的垃圾窖发出的鲜甜气味中，他仿佛又捕捉到雪白的栀子花盛开的讯息。

他在低矮的院墙下久久徘徊。

11

柳树堰位于老城区的中心地带，紧邻爱国广场的背面。从半空俯瞰它与广场，一个灰暗破败，一个光鲜夺目，犹如王子与乞儿。这里分布着大片20世纪六七十年代民居，大多是平房，近年来各种问题纷杂，成为政府下决心拔掉的眼中钉。

锦绣一家在此地生活多年，听到柳树堰拆迁的消息，开始是当一个笑话听听。她的父母包括邻居都没把这话当回事，七十多户人家相当于两个小型村庄了，这种劳民伤财的事情政府是不会做的。锦绣还是有一点远虑的，盘算着她大学毕业前，拆迁计划就该落实了。到时候她与家人何去何从，心头也是一片迷茫。

锦绣每次走那条小路时，心都怦怦跳个不停。她每周回家两次，周末陪着她母亲晒豆角、萝卜条，洗被单，做饭。有时帮她父亲提一篮子发好的豆芽、平菇，去菜市场卖。中途回一趟家，每次要拿瓶腌菜返校，她母亲腌的雪里蕻、酸豆角、姜片等让室友们赞不绝口。夜深时分，女生们谈起吃后感，舌头连起来能绕地球两圈。不管天黑还是没黑，锦绣一般绕着老吴头的屋子走，走了九年了。其中差不多五年时间的晚自习，她需要摸黑经过这条小路。遇到下雨，这条小路简直不能下脚，全是泥泞的水坑，回到家不只要洗鞋子，连裤子也要换下来。偏偏猫狗稀罕这条无人问津的路，有时也有人的粪便，那时柳树堰冲水式公厕还未建立起来，垃圾窖也没有固定的位置，坡上坡下堆满了各种垃圾。老吴头的屋总是大门紧闭，很少看到老吴婆的身影。有时在菜市场见到她穿黑衣衫的佝偻背影，锦绣就会产生她从屋子烟囱里爬出来的念头。至少有两年时间，柳树堰人没见过老吴头，有人说他病死在床上。没有人证实过这个说法，发黑的木门始终紧闭，无人进出。

锦绣从小路走，绕开老吴头的屋子，下一个坡就能到家。她家侧门正对着一口井，是柳树堰人公共用水的地方。上周开始，老吴婆带着一个六岁左右的小女孩来井边，洗葡萄，提了半桶水回去。老吴婆从不买水果，那天她洗了两串葡萄。小女孩脑后扎了一个冲天小辫，晶亮的牙齿咬着果肉，发出傻兮兮的娇嫩笑声。据说这是老吴婆领养的一个服刑人员的孤儿，也有人说是当天在菜市场捡到的被拐卖儿童。总之，那是锦绣唯一一次看到小女孩发出鸟雀般的欢笑。此后还碰过两面，她的小脸上是泥塑般的表情。那些鲜活的色泽、笑容仿佛被那黑屋子吞掉了。

小女孩很少在大门外出现。让锦绣担心的是，有一天，她会像老吴头一样消失在人们的眼帘。每当她低头走过坡地，总要禁不住用眼角带一眼那黑屋子的窗子。那窗口永远是黑洞洞的。在锦绣念初中的时候，时常梦到这扇窗，黑乎乎的油纸上面钉着两只挂着血丝的眼珠子，跟着她的身影骨碌碌转动。她总是大汗淋漓地从床上坐起来，发出尖锐的哨音，继而是经过压制后低哑的哭泣。泪水和汗液浸透了那些夜里的一具小小身体，尚未发育完全，结着两只释迦果般坚硬的小乳房，如同一片大风浪里的小舟。假如她有勇气走近那窗子，透过窗纸瞥上一眼，很可能会发现小女孩的踪迹。自从小女孩进了黑屋子，初中时的梦又衔接上了。锦绣重新梦到那黑窗子，大眼珠子，小女孩挣扎的小身体被钉在屋子中央一根柱子上。

不知道是不是因为小女孩，锦绣迈向柳树堰的腿脚，一天天沉重起来。也更频繁，有时她会莫名其妙跑回来，一周总有三四趟。连她母亲那样反应迟缓的人也感到了异常，问她是不是学堂里遇到了烦心事，或是同春上怄气了。打童年有记忆开始，锦绣从不跟她母亲讨论内心，原因复杂，母亲在她眼里太忙碌了，并非出于她的能干，而是她的脆弱，以及贫乏的感知力让锦绣一次次闭上嘴巴。从小就是这样，她不习惯向父母索取，也不寄希望于由他们来排忧解难。

周末，锦绣从学校回来，路过广场边的巷子时，一个戴眼镜的老妇人迎面拦住了她。锦绣在琢磨学校发生的事情，没料到有人接近，差点撞到对方身上。啊，锦绣低呼了一声，对不起。老妇人摇摇头，压低声音问她，小姐，你信不信教？锦绣没听过人这样称呼自己，不禁抬头同老妇人对了一下眼神。老妇人微笑地望着她，那瘦削秀气的面庞颇像锦绣小学时的一个外教老师。老师姓胡，一头卷发，活泼漂亮，第一次在校园里教那种英格兰拉手舞，都叫她密斯胡。密斯胡教了一学期就走了，他们班回复到了男女生不说话的状态。但是锦绣记住了那个和她拉手跳舞十分默契的舞伴，他坐在她后一排，他们有过一段时期恬谧的目光交流。甚至因为这个舞伴是英语课代表，锦绣有一段时期的口语发音十分标准。期中考试英语成绩进入了全班前十。直到锦绣开始做那个黑乎乎窗子的噩梦，每天恍恍惚惚，两人间的目光之谊才中断。因为老妇人长得像密斯胡，有一双和善的眼睛，锦绣对她产生了好感，尽管感觉她有点神神秘秘的，像国产大片里的地下党接头人员。

因为喜欢她，锦绣不想撒谎，看着她的眼睛摇了摇头。

老妇人看她摇头，笑着将一只手轻轻贴向她左胸，说，上帝保佑你。锦绣躲闪了一下，尽管老妇人那只轻盈的手掌并未靠实她胸部，仅仅触到她的外衣。老妇人注意到她的不自然，收回了手，放在腹部另一只手掌中。锦绣被老妇人那种微笑触动了，恍然感到她面部散发出一层光辉，仿佛锦绣的反应在她的意料之中。并且，锦绣的任何反应都会得到她的谅解。老妇人微启瘪下去的嘴巴，低声说，来吧，孩子。我们周三晚上有课，周末做礼拜。加入我们，你会得到解脱的，你会平安的。锦绣不知她口中的解脱指向什么，她心不在焉地望着老妇人，最终没有问出口。老妇人翻开手中的一本《圣经》，问她，你要看看吗？锦绣想了想，问，您是老师吗？老妇人说，我以前做过老师，教数学。锦绣问，数学不能带给您平静吗？老妇人微笑说，如果说专注会带来平静的话，数学的确带给我短暂的一段。但真正的自由不是来自这些，自然科学不能带来心灵的安宁。

锦绣问，真正的自由，来自什么？

老妇人一笑，她指了指手里的《圣经》，说，我们可以从这里得到一切。

锦绣疑惑地转头看了看，远处广场上的嬉闹的人群，将她拉到现实中来。她问，您怎么看得出来，我需要解脱？老妇人说，人人需要信靠上帝，不止你一个。接着，她略显慌张地腾出手来，在肩挎的大布包里摸索着，取出一个木制十字架，放进锦绣手心里。她那双和善的眼睛望着锦绣，做了个祈祷的动作。

一阵风吹过，老妇人不见了。锦绣左右环顾，不知道她是闪进了巷子里，还是混入广场的人群。她手心确实放着那个十字架，木头的质地带着一点暖意。当天夜里锦绣将十字架放在枕头底下，心里默默念叨着，明天让我见到小女孩吧。晚风从鼻梁上拂过，湿润，安谧，像是谁一遍遍应和着她的请求。她感觉自己置身于一张宽大的摇篮之中，被轻轻摇晃着进入梦乡。当晚她什么也没有梦到，睡得很沉。

锦绣念的是生物系，功课很好，每学期都拿奖学金。她课余时间都泡在图书馆里，每天家校两点一线，从未有过偏差。她没有参加学生会、文学社，但是写过小诗参赛，得了优秀奖。在广播站当过一学期的播音员，每当食堂晚饭时间，整个校园都会响起锦绣略显脆硬、一丝不苟的播报声。都大文学社的社长，一个长着一张四方脸的青年，多次夜访女生宿舍，游说锦绣加入文学社。锦绣每次都坚定地拒绝，也不肯参加他们的活动。到了下学期，她不再在广播里出现了，原因是广播站的信箱里堆满了写给她的情书。锦绣对那些堵在女生宿舍大门口的男生们，是有些愠怒的，他们不得不让她想些借口，来回绝舞会、电影、溜冰和郊游的邀约。有个外语系男生，搞的动静很大，忽而爱心烛光表白，忽而整夜吉他弹唱，到了学期末居然站到了男生宿舍楼顶，扬言体验一把从锦绣窗口坠落的感觉。锦绣原本就有点神经衰弱，自此，睡眠更加不好了。

　　生活里奇怪的事情不少。近半年来，她经常收到一个人的微信消息，有时是傍晚，有时是深夜。仿佛摸清了她什么时间空闲一样，不定期向她发出热情问候。她不记得自己什么时候加的他，是个男孩子，昵称是东巴子。一夜她被梦惊醒，正惶然四顾，东巴子刚好发来消息，问她做的梦可有色彩。锦绣回想了一遍梦境，回了消息。你来我往聊了几句，东巴子说他是藏族人，今年十八岁。他们的民族十分开放，男女关系更是少有禁忌。锦绣半信半疑，说，你们在宗教方面很虔诚的啊。东巴子笑说宗教和性不是对立的，他们有经商和远游传统，一生逍遥自在，可以随意同喜欢的任何异性发生关系。锦绣浏览了一下他的朋友圈页面，为数不多的几条都是藏区雪山风光图片。那些图片很漂亮，色泽饱和，图像清晰，瓦蓝的天空没有一丝云，雪山静谧、圣洁，如同一位高大、不可侵犯的女神。锦绣也曾梦见过雪山，但那一晚梦见的是黑漆漆的屋子。她没有同东巴子详细说自己的梦境，而是聊了聊各自的日常生活。东巴子是一个有趣的人，健谈，乐观，说话口无遮拦，直接、但不会让人不舒服。后来东巴子提出同她视频聊天，锦绣没有同意。锦绣把圈里自己仅有的一张相片加了密，但这次深夜聊天还是给她带来了清浅的安慰。

　　东巴子，十字架，锦绣都没有告诉春上。一方面不想他动气，他对那些男生很没有耐性，说他们是一窝虫豸；另一方面他事情多，免得他操心。锦绣担心他生那些男生的气，也就是生她的气：他们太不安分了。他们的不安分当然是出于她容貌的美丽，因为他们几乎不曾了解过她的思想，一切还来不及，他们往往就动情了。这是让锦绣感到尴尬的地方，她不在意自己的容貌，甚至不在意他们对自己的着迷，因为这种天生的东西最终也会给天收回去。对于容易消逝的东西，锦绣不会因此伤感，也不会费心维护。然而这究竟是大多数爱情的开端，性的引力，让生来务实的人们成双成对地飞舞。直到地心引力加强，一切回到隔膜的最初，甚至回到更为不堪的境地。锦绣在解剖课上表现沉着，以一种完美的稳定获得了教授的另眼相看。

入校时锦绣进的是政治系。大一下学期，春上让她转系了。原因是系主任在一个周末挑了五六名女生，带出去陪酒。其中有锦绣，她是公认的系花，被点名一定要到场。锦绣几乎是被班主任押出图书馆的，本来那天她想查找些有关美庐的资料。电话里锦绣推托了几次，结果还是被班主任两片猩红嘴唇给软化了决心，又推又搂强行载走。她来不及向春上请示，或说抱怨，陪一桌的官员喝白的喝红的，直到喝晕喝吐。那是锦绣第一次喝那么多酒，她用仅存的一线意识，把自己锁在卫生间里。她给春上打电话，说这里很乱，十分乱。她说不清楚桌面的情况，只知有两个女生被带走了，隐约听到是统一安排到某个地方。锦绣知道只要再喝一点，自己就会像那两个女生一样不省人事。自然她只要一出去，就会被要求继续喝酒。门被敲得砰砰响。外面在催促她，他们要转场子，去唱歌，房间已经开好了。一刻钟后春上赶到了，同行的还有都报两个记者，其中一个抬着摄像机。春上直奔酒桌，同主位的人一人干一杯，然后将锦绣从卫生间拖出来带走。漫长的一刻钟给锦绣造成了心理压抑，她控制不住自己，一路上又哭又笑，春上始终一言不发。那天的后半夜，春上将车开到了南山的阴面，墓地区。在斜躺后座的锦绣视野里，满山的坟地自上而下覆盖在头顶，铺天盖地，不停旋转。密密匝匝的蓝色墓碑如团团乌云，缄默不语。狂暴的天空化开一道闪电，雨水滔滔不绝。无数战鼓此起彼伏擂响，仿佛千军万马在头顶踏响铁蹄。

那一夜锦绣的眼里脑子里全是暴怒的天空，沉默的春上。随着酒意散去，她想到自己跌入的往日旋涡，心头涌上一波波排山倒海般的战栗。

12

在如归酒店度过的那一夜，对牛丽来说是全新的。仿佛同以往的不一样，同医生的，同老根的，全不像同他那般遗憾和迷惑。

只是，他没有再同她下过车。

一开始，牛丽不清楚发生了什么。她沉浸于一种从未体验过的羞赧里，等候着什么似的，如一个雨雪之夜留神辨听着敲门声的人。她有些急于见到春上，又担心起自己的打扮来。她花了二百八十块新烫了头，于是能在繁密的玉米须里尽情打量他的侧影。他的鼻子也被拉弯了，在头发空隙里像波浪一样扭动。吊线虫当然扭动得更厉害，不过她不会把眼光浪费在她身上。她深信自己已经使他做出了决定，或者说搭救了他，同时为他还不能甩开吊线虫而迷惑不解。

她已经推了老根两次，他要同她谈谈。他天天守在医院，护理术后的妻子。牛丽偶尔觉得他是可怜的，但她没有时间顾上他，也顾不上关注公寓。她不关心那张卡，究竟是在游行人群里丢失，还是遗落在如归酒店。她头脑发热，皮肤发热，想的尽是天崩地裂的极端事情，或是软绵绵暖洋洋令人傻笑忧伤的未来生活。她对老根毫无歉疚，拿自己也是毫无办法，整天几百个念头打架，个个涉及春上。有一次梦到了他在东湖边上的房子，她穿着一条水绿色的长纱裙，在门口徘徊又徘徊。那一夜最终并没有走进房子里，但是春上迎出来了，他们在东湖边看鱼看虾看飞鸟。牛丽醒来那个早晨的心情，过了很长一段日子都没有消失。当然，这些也会被怀疑所打断，破坏。后来，她确定春上非但没有与她互动的想法，反而有些避而不见。他不再露出那种既厌恶又期待的眼神，急于抓住她，制服她——他对她失去了感应，对于揭露她不再有兴致。仿佛面对一个已经揭开谜底的谜面，他露出恍然自嘲、对自己智商不抱希望的表情。他不再迎接她目光的挑战，也不呼应她的暗示和挑逗。

牛丽再看见春上的时候，他正和吊线虫在巴士上。有些日子不见了，春上看她的眼神有些陌生。牛丽走到车下，敲了敲车窗，向他偏偏头。春上不理。牛丽火了，她腾腾上了车，径直走到他俩面前。司机回头喊她，投币！牛丽近距离地打量着春上，她从没如此清晰地看过他，她的眼睛一定冒出了锐利的光。在她暴怒的时候，她往往就忘记掩藏，一把撕裂自己的胸腔，暴露了一切。他回看她，眼神有点诧异。牛丽粗鲁地说，你下来！她看也不看吊线虫，扭头冲再次张开嘴的司机咆哮道，闭嘴！

春上皱皱眉，牵起女友的手，跟着牛丽下了车。

牛丽等他走上来。他把女友安顿在一棵树下，慢吞吞走来。牛丽迎着他的眼睛，说，生气了吧？她笑起来，说，我就想你生气。春上说，我只有几分钟给你，下午四点，我在闲云吧，你来。牛丽笑道，不去如归吗？她记起了他们欢乐的时刻，脸上冒出了两朵红云。春上怀疑地看看她，说，都是成人了，你不会只有十八岁吧？牛丽说，我要十八岁遇上你，就没那小吊线虫的份了。她说得很轻，不确定春上听见没有，他说完话就转身走了。牛丽眯缝着眼，看他向那棵树走去，又看他和女友走远。她就喜欢这样的男人，有杀气，有定力，这两样东西加在一起，让这个男人显得很性感。春上身上有一种镇定，不是内敛，他的镇定也是有锋芒的，是那种不太凌厉的、很明净的光芒。他的镇定有时候让人感觉到温软的压迫，一种很舒服的威胁。

下午四点，牛丽刻意打扮一番。头发吹过了，小卷卷像一条条吊线虫。脸上扑了散粉，口红换了橘色的。她穿上那套水绿色春装，身型凹凸有致，出现时果然让春上的眼睛晃了一下。牛丽挑起双眉，开门见山说，和大姐有过一腿的，从没有过你这样，跑得这么没影的。闲云吧里人不多，放着慵懒的爵士乐，时光仿佛就是用来流逝的。牛丽说着点了一支烟，在空中警告地点了点。春上在她制造的大团烟雾后面，显得不那么冷峻，他甚至笑了一声。牛丽夹起烟盒递给他，他拒绝了。

牛丽说，不抽烟的男人，对自己一般是苛刻的。

春上说，你对男人很有研究嘛。我是个理智的人。这不妨碍我享受生活。想看清一样事物的时候，我会把眼睛放在坚冰上；但我去享受一样东西，我会把大脑浸泡到热水的深处。

那，我是你要看清的，还是享受的？牛丽问。

春上面无表情，说，没必要看清，已经相互享受了嘛。我们没有时间。

我们没有时间？牛丽说，那天晚上，还有以后，我们可以有很多的白天，晚上……

春上打断了她，说，我们有的只是契机。一次契机，仅此而已。和你之前的那些女人一样，我只有几分钟给你。

这么说，我是你的一次性消费了？牛丽怒极反笑，其他时间，都留给那个小吊线虫吗？你准备娶她？

一开始春上没听懂，后来听到了"娶"字，眉头突然就舒展开了，他几乎是轻声地说，如果结婚，我只娶她。

如果她一直不知道你是个魔鬼，牛丽微笑提醒道。

春上点了点头，表示赞同。他看了一会儿窗外，慢悠悠地说，有二十来个女人吧，她们都像你一样漂亮，身上各有不同的地方吸引我。我喜欢这种关系，简洁、干脆，不缺乏激荡和酣畅，我认为这是分与合的最人性的完美形式。它的前提是，只有一次。我们互相熟知游戏规则，就像不熟悉彼此的身体。《天亮就分手》，你没看过这本书？还是以为仅仅是本书？我对你已经是破例了，我跟你约会第二次，还说这么多废话。你看上去蛮成熟，这也正是你魅力的源头。你有许多男人，我有许多女人，不是因为爱，而是需要。需要激情，需要放松，需要陌生，需要变化。就这样。现在时等于过去时，用需要装点爱情，这不好理解吗？我需要你们，但只爱我女友。

牛丽愣愣地看着他，他还是如此镇定、坦然，他是这么文雅，这么能说，说这样让人惊骇的话，还能保持这样的风度。她的张开的口角和呆蠢的目光，一定让他感到反感。过了好一阵，牛丽指间的一截烟灰颤抖了下。她像是清醒了过来，带着愠怒问他，你和她上过床吗？有过孩子吗？

春上忽然把两道眉毛皱拢到一起，盯着尽管懊丧但却依然风情摇曳的牛丽，说，你真以为自己十八岁吗？

牛丽咬牙说，算我最后一个问题。

春上半天没说话，望了一阵牛丽，才说，她自己还是一个孩子，大二的学生，知道吗，那要留到她毕业后跟我结婚的那天晚上，这是我们说好的。我们从小就是邻居，兄妹，校友，后来我成了她的大学老师，谈恋爱也得我教她。我大她七岁。

恶心！牛丽叫了起来，知道吗，你恶心我了。

牛丽的眼里冒出了一层泪花，又冲上一层，把前面的覆盖了。他的在水晶球里一样的身影一晃，她明白他要离开，腾地立起抓住了他的手腕，就像那天车上他抓住她一样牢。

听我说，小子。牛丽恶狠狠地说，你说这么多对我没用，姐不是十八岁的小妞，你说什么都晚了。懂吗？那只是你自己定的游戏规则，我没兴趣！

锦绣上巴士后，坐了下来。随后，她看到牛丽也上了车。车上人多，锦绣一开始并未声张。从牛丽投过来的目光来看，她认出了自己。自从那回丢失钱包后，锦绣就把背包挂在胸前，在人多的场合护着胸口。一开始，她不知道在哪个地方被掏了包，春上把卡给她的时候没细说，锦绣也没有问。她不问让春上有点意外。她不是故意不问他，而是她不想问她已经知道的事情，或者说，她不愿听到别人对她知道的事情进行解释。哪怕这个人是春上。那天晚上，春上对她说了很久的话，锦绣听他讲述他有限的关于柳树堰的记忆，车外是晃悠悠的月亮，一会儿看得见，一会儿看不见。在送她回家的路上，春上甚至停下车，抱了她一会儿。锦绣感觉那一刻的安静是发自他内心的，她伏在他胸口，听他的心跳。月亮是黄色的，恬谧地挂在天空。锦绣闭上了眼睛，她想同这个抱她的人过一辈子。

她没有在巴士上同牛丽打过招呼，看上去牛丽不记得自己，也没有心思把视线投过来。但锦绣是记得牛丽的，从第一次看到她，锦绣就记住了这张脸。这是一张不至于让人过目不忘、但看多了就会念念不忘的脸，上半部分十分精致，每一根眉毛、睫毛都长得恰如其分，镶嵌在它应该驻守的位置，使得挺直鼻梁边的一对凤眼，焕发着掩盖不了的神采和热情。这种热情仿佛过多少年都不会褪去。下半部分显得潦草，包括她偏圆的鼻头、笨拙的厚嘴唇和下巴。甚至她整个身体的长势都是潦草的，即便在男人眼里它称得上性感。现在，牛丽往她这边过来了，正好身边的老婆婆下车，空出了位子。牛丽毫不客气，一屁股落在了腾出来的空位上，情形就像是老婆婆有意给她让位。锦绣对她笑了笑。

牛丽没有笑，伸手拉了拉羊毛裙的下摆，让自己的屁股同座椅摩擦几下，以便坐得更舒服。锦绣感觉她像是要开口，说一番重要的话。牛丽转过头看她，随着车的颠簸，额角一缕卷发垂到眼睛上。牛丽呼地把它吹开了，用的是20世纪江湖上那些小马哥的吹法，下嘴唇盖住上嘴唇一点，从牙缝里龇出凉风。

你男朋友，是个什么样的人？

锦绣抱紧了自己的胳膊，想了想，说，他是一个不信教的人。

牛丽从这么近的距离打量吊线虫，不得不承认她是耐看的。她梳得整齐的黑发，白净的脸，清亮、有点透明的眼珠，像是什么也不能改变它们的位置和色泽。她今天穿了一件酱色的开衫，银色拉链拉到领口。她总是穿得这么平常、随便，但在这些平淡的衣着里显出一种磊落的气度。这是第一次听她说话，声音轻软得像削皮后的荸荠，白生生的。从这句话里，牛丽感觉到她是一个不好对付的人。

你知道我们昨天谈的什么？牛丽挑衅地看她。

锦绣一直没有偏过头，目光直视着面前的挡板。她没有回答这个问题，而是抬手掠了一下鬓角的碎发。牛丽爽朗地笑着，他约我到闲云吧见面，因为你在，我们不好多说。牛丽只管说话，而不管对方说什么，这就是她对付情敌的方式。不接对方的话，不跟对方思路走，不深想对方的意图，牛丽把这个总结为三不方针。当然，她不常在人身上实施，那些女人不值得她进攻，原因是她们的男人不值得她维护。除开医生的妻子，牛丽当初手无寸铁，被打了个措手不及之外，这些年她很少在别的女人身上吃过败仗。比方说，锦绣抛出个话题，春上不信教。这句话连个骨头都不是，狗都不会接。

牛丽心里还是存了疑惑，春上信教不信教，对他的择偶会有什么改变？这句话绝对不能问，一问就掉进陷阱了，就要被这个小狐狸精牵着鼻子走了。不过，可能她没那么精明，因为她老老实实地问，你们谈了什么？

我不好对你讲，牛丽笑眯眯地说，你可以回去问他，他的过去不该都对你讲吗？

锦绣的手指下意识地抠着自己的胳膊，牛丽看到了。牛丽乘胜追击，你知道我们是什么关系？锦绣小脸变得煞白。她嘴唇轻微地哆嗦，看向牛丽，眼神里带了一点执拗。每个人都有过去，都有不堪的关系，都有权利保守自己的秘密。我不会问他，你也不要对我讲。

牛丽抽了一口凉气，重新打量吊线虫略微改变的脸型。此时她可不能撤回眼神，要一鼓作气，乘胜追击。这么说，你们不算是最早认识的啰？

我们是邻居，锦绣掉开了视线，重新看回了挡板。从小一块长大。

按道理，你该是他的过去，他的秘密是你才对。牛丽笑着看她的侧脸。吊线虫的侧脸称得上完美，比她的正面打动人。妖精就是懂得把自己最好的地方抛给男人，还装作什么也不知道。牛丽心里有几分嫉恨，奇怪的，还有点儿可怜她。她感觉到这妖精在某些方面，确实不是自己的对手，但是，他心心念念的结婚对象是她。

锦绣感觉到这女人秃鹫般的目光，紧盯自己不放，车子慢悠悠晃着像是没有尽头。她扫了一眼窗外，奇怪还没有到站。她低下头，匆匆把手滑进背包里，掏出一张卡，递给女人，这是你的卡吧？

牛丽脑子顿时有点短路。这张卡怎么会在她手里？她接过来看了看，中国银行，尾数2888，确是老根那张卡。牛丽回想起来，一定是在酒店那个早晨，她拿错了卡。那么锦绣的银行卡到哪里去了？她翻遍了包也没有找到。

锦绣说，我那张卡补办了，你不用还给我。

牛丽笑笑说，这张卡我也不要了，不如你留着做个纪念吧。

我不需要什么纪念，锦绣说。

牛丽说好，把卡收进包里。两人都面色肃穆，在摇晃的车厢里，周围的乘客已经不在她们视线里。他们变成了木乃伊，或是秦俑。这是一辆空气略显稀薄、带人驶向未知时空的专车。

你知道我为什么掏你的卡？我不是真要你的卡。我知道你在骂我不讲道德，没有廉耻，我手段卑鄙，知道他有结婚对象还插足。我就是这么烂的人，可是你男朋友还喜欢我，还跟我交往。我不管他真心假意，我知道我是动了感情。我问问你，感情是能控制得了的吗？你遇到了会控制自己吗？

锦绣的下嘴唇变得粉白，手指不断绞着背包的带子。过了一阵，她停止了手指动作，望着窗外说，考上大学那年我答应他，等我毕业后跟他结婚。他没有妈妈，性格也不好，但是……他身上的缺点，在我眼里都是优点，也不是优点，比优点还要让我不能离开他。感情是控制不了的，我们都是它的奴隶。这一点，我想过改变。

牛丽听得嘴巴张开了一点，有些憨傻的样子。吊线虫这些话让她有点疑惑，但不难听出其中的坚决。这是一次有效的回击，牛丽瞬时乱了阵脚。

13

周一上午，牛丽搭了巴士，径直来到都大。都大的校牌子下站着三五个学生，有两个女学生穿着长裙子，显得飘飘欲仙。牛丽心想，都大的小妖精多，难怪春上对她定不下心。这还倒春寒呢，就穿上裙子了。牛丽有意套了件黑色风衣，把腰身掐得瘦长，还套着中统皮靴。自从打过一次胎，她的身体就不比从前。比从前畏寒，经期紊乱，容易疲劳。要是十年前，她也早就光着脖子，不像现在还系一条丝巾。

总的来说，牛丽把自己打扮成一个有层次的人，还是自感满意的。主要因为她今天要见的人，也是有层次的人。当然，关键还是春上。春上的系主任坐在办公桌后面，从两个厚厚的镜片斜上方打量着牛丽。你是木主任吧？我叫牛丽。牛丽站在他面前开了口，刚才在办公室打听了他的姓。木主任对着她看了一会儿，然后轻悄地说，你有什么事。这位主任说话声音压得低，如同地下组织接头的同志，只是眉目低垂，显得十分矜持。牛丽说，我找春上老师，他是我哥。木主任说，哦？春上老师还有妹妹的。他大概上课去了，就在……他走到门口，指了指，那个办公室。他扬声喊了句，春上老师！

春上应声而来。牛丽看到他从走廊里低头踱过来，穿着浅蓝色衬衫，晨光下有缕额发垂到眉前，他抬手掠了一把。她心中一动，甚至，牵扯到哪里，微微一疼。她把背部挺直，看他走近，脸上摆出微笑。他抬头看到她，一愣。

你怎么在？他问她。

木主任正来回在他俩脸上逡巡，饶有兴致。这时他完全丢掉了那种冷淡和气的做派，而显得天真、欢快了。

主任，春上面色白得像得了血吸虫病，她……

木主任点头，说，我猜是表妹？不很像，不过轮廓，轮廓倒是有点儿，神似。

牛丽嘎嘎笑了，说主任好眼力，心肠也好，不肯当着我面说，我哥比我漂亮，有气质。哥，带我去琴房转转呗？让我也长点儿文艺细胞！

哎，木主任不同意她的说法，正色说，你不在我也这么说，你比他有范儿，你更漂亮。

我哥脸盘子比我白，腰杆子比我直，——大家都这么说！

木主任也不同意大家的说法，说，你的脸色多健康，健康就是美！多拉你哥出去晒太阳，整天同那些毛孩子关在琴房里，人也要霉掉了。

牛丽便来拉春上，两手拖住他手臂，带着笑的余波向木主任告别，遵命！春上苦笑着对木主任道，改日约大家上山转转……

木主任对他们挥了挥手，接起一个电话来。喂！

牛丽把手插在春上夹紧的臂弯里，挽着他出门。她装作没注意到他前臂肌肉僵硬，面色更是发硬。一出门，春上便把脚步放慢了，将她手拂开。牛丽笑着，在他耳边说，主任，主任还在后面。春上跟她保持两拳的距离，领她穿过长长的走廊。其间牛丽向两边办公室里的老师摇手招呼，边笑边轻声说，别皱眉头。妹妹大老远地投奔你，咱能不叫同事费心猜疑你不欢迎我吗？

春上在教学楼的楼梯口站定，扭头看她，说，别再来了，记住。我们两不相欠。

牛丽也看了他一会儿，笑说，你不打算给我钱，就敢说这个话，你有胆量！

春上回头看了看，阴翳的眼神在暗处闪动。我不开玩笑。你敢来这里，是不了解我，目前这世上没有什么是我害怕的，不能解决的。

牛丽眯起眼睛，说，我更喜欢你了。对，我不了解你，没关系。你不想你的人生被约束，我放你一马。我只想安排我的人生，我的人生，你配合不配合都没关系。你说散就散了，说一起就一起，我接受不接受都是这样，你的人生你做主。

你是说，春上眼里掠过一丝嘲讽。要改行了？

我没这么说，牛丽叉起了腰。

改行不比改嫁容易。

牛丽翻了个白眼，你什么意思？

春上撸了下鼻底，望向远处。

他转身走开了。牛丽注意到他偶尔拿右手食指自下而上，轻快地擦过鼻底，那是他无法忍受或不耐烦的意思。他身上有着一种深深压抑的痕迹，或者说，一种被压制的暴力。牛丽想到了一个词，冰山一角。他在宾馆床上只是释放了一部分，在她的热情干预下，他显然没有尽兴。这正是奇怪的地方，据他说有那么多个女人，为何他的情欲还是没有得到缓解。他并不完全求助于此，寄希望于她们，他像是隔着玻璃冷血地看着自己不停地实验，并且不打算从中获益。别人看到的是一张冷静的脸，在牛丽眼里不是这样，她能看到挣扎后的痕迹。像是夏天午后的一排竹席印，他永远带着没有餍足的情欲的失意，和不知何时到来的爆发。

　　牛丽走出来，看着他的蓝衬衫在闪亮的树叶间晃动。心里不知是怜悯他，还是畏惧他。她一出教学楼，头顶像是泼下了一桶冰水，大片的阳光蜂拥而至。她感到一阵耳鸣，仿佛那些光线在她耳膜上叽叽喳喳说话，或是在玩击鼓传花。牛丽裹紧了风衣，感到有风穿过身体，她想是因为几夜没有睡好，应该回去倒头睡一觉。

　　牛丽沿着来路回，沿途看到一株开着粉白小花的大树，风一吹，便撒下花瓣。她信步朝那花树走去，拐了个弯，迎面而来一个大湖。湖面微波荡漾，和风习习。岸边是密密匝匝的花树，粉的白的，每一朵都带着光环似的，闪闪发亮，像是一群陶醉在人间春色的仙女们。这是春天了，地面落满了层层花瓣，有一些化入了夜雨后的黄泥里。那是心甘情愿降临凡尘的仙女，被一只手摘下了光环。树林间涌来阵阵香气。牛丽在这繁密的花树间穿行，心旷神怡，不免折了两枝，放在鼻子底下用力嗅。粉粉的花瓣，娇黄的花蕊，散出好闻的清香。牛丽正把花枝插进包里，猛听到前方有人断喝一声，罚款！

　　牛丽一听"罚款"二字，不等来人走近，迅疾取出花枝，几巴掌将花儿悉数拍在脚下。一个戴红袖章的男学生，小步走来，脆生生地指着几米开外一个木牌子说，认得字不？折枝罚款！

　　牛丽笑嘻嘻地握着两根枯枝，说，我是捡来的，谁会折没有花的树枝？她边说边跺了跺脚，将脚面的花瓣踮下去。

　　男学生看了看她手里光秃秃的树枝，说，你是有花的，你刚刚……

74

他面色涨红起来，像无意中撞破了一桩冤案，既吃惊又无措。

牛丽一摊手说，我可什么也没干。

没有花也要罚。你要是折断了人的胳膊，讲自己放过了人的脑袋，就不是犯罪了？男学生憋了半天，一头撞开了门道，讲出了既周密又尖锐的逻辑。牛丽将树枝随手丢向草丛，若无其事地走开。

男学生叫一声，站住！

牛丽走几步，转头看看他通红的脸蛋，放缓声气说，同学，你是法官，还是城管哪？我犯什么罪了，你倒说出个名堂来。这些花，她指着地上的花瓣，不采也要落光，被风吹光，被雨打光，被闪电劈光，你怎么不治风的罪雨的罪闪电的罪？

男学生由激昂转为茫然，厚嘴唇翕动一下，没说出话来。牛丽问他，古诗教你们什么来着，有花就可以折，你们全忘了？

有花堪折直须折。

对，牛丽说，有时间多读读书，别浪费时间在这上头。没事治人的罪，罚人的款，以为自己是王法哪？我就是个偷花贼，那也轮不上你定我的罪，非定罪不可，该让这树、这春天、这大自然判我刑，对不对啊？

家有家法，校有校规。男学生缓缓吐出一句。

听说女生宿舍楼刚发生了杀人案，这么大的事，你不去管管？牛丽问他。

男学生露出木然的神色，摇头说，学校没公布，这事轮不上我管。

听说你们又要游行？

不知道。

上次游行管用吗？

不知道。

死的是那女生的男朋友？

不知道。

该管的不管！你是哪门子干部啊？

男学生的脸红了红，我没说我是干部，我不是干部。

牛丽仰起头，看着一片花瓣飘下来，这什么花？

樱花，他呆呆地吐出两字。

牛丽盯着他的脸，你怎么了？你们这些做干部的，都叫规矩弄傻了？

男学生眼珠转到她脸上，问，你是政法系的吧？

不是，我像那个系的学生？

哲学系？

不是。

我们中文的？

同学，我是音乐系木主任的朋友，牛丽眼珠一转，笑道，他叫我捡几根树枝插花瓶，惹来这么场麻烦！是不是，艺术家就是花样多。

原来是音乐系，说的比唱的还好听哈，男学生眼神活泛起来，木老师的课我也选了一门，他讲乡村音乐还是很出彩的。听课的人不少，还有校外的粉丝呢。

哦？校外的也能来听？牛丽问，心陡然跳得快起来。

选修课，可以旁听啊。男学生说，打铃了，我要撤了。就在那个楼，二楼阶梯教室，每周两堂。他边走边指着地上的花枝说，你捡走拿回去吧，别让人看见，要不该批我们不履行职责了。

牛丽出了都大，心里笑了一回，一个中文系的学生，还没有走出校门就这么教条。一路上她记起了自己当学生时的一些往事，以及来到都城的前前后后。

14

牛丽虽然有一把好嗓子，但从未想要当歌星。牛黄师傅说过，戏里都是骗人的，自然唱戏的强不到哪儿去。这影响是潜移默化的，牛丽没把自己的特长当回事。牛丽对半仙的话确信的只有一句，那就是，春上正是姓杨的男人。现在，她每周来听春上的课，一堂也不落下。

她早早在后排占了座。为了这堂课，她没有吃晚饭。她担心自己会频繁跑厕所，一般紧张的时候她就这样。不吃晚饭的原因，一方面是她不饿。另外，这样坐在座位上，不至于因为腰间的赘肉完败于四周的妙龄少女们。这是她后来发现的，原来她在暗中跟那些飘飘欲仙的女学生对比。这一比，当然比出了牛丽的好胜心。她是比她们大上几岁，比她们腰粗、腿粗、手指粗，不比她们会弹琴识谱。她听春上讲课基本上是听天书，他讲古琴、琵琶、二胡、笙管笛箫这些乐器，时而穿插些古今名人逸事，把几十号人的大教室讲得鸦雀无声。她注意了那些学生们，要么被他的讲述镇住了，听得如痴如醉；要么是无动于衷，打算下节课不来了。牛丽在这两者之外。她目不转睛看着他，对他踱来踱去讲来讲去，但没法走出她视线范围之外感到满意。她确定自己还要来，风雨无阻、千秋万代地来。这一点，准是那些小女生身上没有的东西。

　　牛丽并不为了解而来，永远不求甚解、心不在焉。脚步却是落地有声的那一种。这脚步声落入了春上的耳中，他听而不闻，照旧慢条斯理地讲他一件件乐器。讲了几堂课，讲得下面的人头越来越飘零。假如他在讲琴之时，加入一点古墓传闻，或在讲箫之际来点儿穿越，效果就会好得多。都说曲高和寡，若将那些生僻的乐器以出奇的方式带入人心，也就不值得为这种失格纠结了。也是为了烘托人气，在他偶尔提一个问题时，牛丽每次都举手。她算准了他不会点她，他摸不准她会当堂说出什么胡话来。她看着他平淡的目光掠过她周围的人时，不在她这块停留一下，那种心怀鬼胎、故作镇静的样子，几乎让她认定不虚此行。至少对于不常在晚上饿肚子、总有人请下馆子的她来说，这个晚上的课完全是一场可怕的、清教徒式的仪式。她对于常年深陷此中的他的生活打了一个寒噤，他刚过了三十岁，有房有车，她看不出他追求的人生上限是什么。听说他除了上各种课，在校外开办了钢琴班和声乐班，还为特定的人群比如部队、孤儿写歌，要价很高。但他推托了某个政府部门的要求，据说木主任为此承受了非同一般的压力。木主任所说"整天同一帮毛孩子关在琴房里，人要发霉"

的话，显然是公允的。

　　周五下午，周二晚上，牛丽每堂课都提前到。他没法不注意到她，有时他来得早一些，在讲台上稍作准备。在座位上稀稀落落的人里，她穿一条大红裙子，外面罩一件小夹克，是他们约会那次的穿戴。时而他感到心浮气躁，就会把课讲得毫无趣味。但他不得不打起精神，想一些办法，不至于让人跑光。他有一些铁杆粉丝，多是女学生。她们每堂必到，同牛丽一样执着。他不同学生产生瓜葛，在锦绣进校前就是如此。在开学联欢会上他弹琴的压轴节目总是引发高潮，台下女生阵阵欢呼，他的名字响彻礼堂。经常收到外语系、体育系、中文系女生的情书、礼品。青春期女生的心意，也是人之常情，然而春上感到厌烦。自然，她们会在失望之后抛开他，选修别的教授的课或同男生约会。牛丽与她们的区别就在于那一夜。女人总感觉过夜之后自己吃了亏，事实上，这是一种下流想法。在性的上流，应该是充满欢腾的仙乐，流淌清澈的电流，能带人上天入地的欢乐。那是两个人之间能发生的身体上最好的事。春上为自己不能在这方面为牛丽们传道解惑，稍感遗憾。性和音乐一样，需要悟性。事实上，他在讲台上的宣讲是不必要的，甚至可笑的，只有政治家才需要演讲。所有热爱性、热爱艺术的人只需要操作。

　　在牛丽这方面来说，听春上讲乐理，就像听一个人不厌其烦地谈论爱情，完全没有享受感。她没有听过春上弹琴，但女生们说他是都大的男包万，早年间拿过小金钟奖。牛丽注意到了那几个女生。一到课间休息，几个花痴就围上讲台，向春上提一些问题或说笑。笑得很响，像有人锯铁条发出咯吱咯吱声。像是唯恐别人不知道她们的感受、她们的行为。她们早知道春上不会为之动情，偏偏又常常怀疑。书上电视上都教育她们要相信奇迹，连那个女里女气的魔术师都这么说。这个时代男人大都阉割了似的像女人，有的干脆阉割了做女人，在电台、舞台各种场合抢女人的饭碗。女人为形势所迫装汉子，或偷汉子，因为被逼得无路可走，时而抱团信靠一样物事，不管可靠与否只管抓牢，也是人生如寄，红尘寂寞。牛丽从她们身上看到了自己前途未卜、精力无法排遣的学生时代，那时她打打杀杀，好像没有动过这方面的心思。当然，有机会她要警告一下这几个张扬女生，叫她们懂得一些分寸礼数。有一堂课锦绣也混在里面，同那几个互相传笔记。牛丽打听到她是生物系的，大二，还是广播站播音员，在学生会、文学社好像也有任职，经常看到他们找她。别看她长一副清水挂面的模样，却已经老早掌握了人体构造的奥秘，对于男人当然是有经验的。至于春上认为她少不更事，是因为他对她感情特殊、智商下降的结果。牛丽总感觉她身上有一种怪怪的东西，看她走路、听课、说话，却指不出来哪一处不对劲。可能还是源于春上对她的讲述，她在他心目中的地位造成他语气里那种小心翼翼、顾虑重重，让牛丽感到不舒服。经过巴士上那次接触，牛丽没法无视她的存在了，这个小女生不比老根老婆那么好对付。当然，牛丽还是看不出锦绣好在哪里，配得上浪子春上的重视和等待。正因为看不出她的好，牛丽对她平添了几分忌惮和兴趣。

一个周五，牛丽来晚了。课堂上人很多，牛丽猫着腰找位子，恰好看到锦绣身边空了一个座。牛丽一转身坐下了，扭头望向锦绣，这儿没人吧，同学？显然是有人的，因为牛丽坐在一本书上面。锦绣看见是她，没说什么，指指她的屁股。牛丽腾挪了两下屁股，这才伸手从下面抽出那本书，还给锦绣。

哟，《乱世佳人》。你听他的课还看这个哪？

我不看，锦绣朝门口望了一眼，显然在为同伴的迟到心神不宁。

你这儿给人占座呢？

没事，坐吧。

他的课我都来，牛丽说，你没意见吧？

没事，锦绣垂下眼皮，看着书封面。

你看看那几个，牛丽指给锦绣看。不知为什么，牛丽想和她说话，锦绣越不搭理她，她越说得密，心下希望春上从女生的包围圈里抬下头，注意到她们两个。锦绣抬眼瞄了一眼，那些女生还迟迟不肯归位，说，她们很崇拜老师。

真看不惯，牛丽说，他有那么好？

锦绣面色微红，说，他是完美的人，是追求完美的人。

牛丽说，上回你说，他有不少缺点。是我听错了？锦绣说，我说不清，他在我眼里是这样的。过了一会儿，她又补一句，课间你问问她们吧。牛丽哼了声，我不想问她们，只想问你。锦绣沉默了一会儿，打开了面前的笔记本。牛丽有点急，你想说，他亦正亦邪？锦绣拔出水笔，低声说，你说话影响到别的同学，他会赶你出去，不会给人留情面。

牛丽听了有点担心，偷瞟了一眼春上。春上已经开讲了，今天的姿势有点怪，两手居然撑在台面，肩胛骨耸了起来。以往他都是双臂下垂，手势不多，兴之所至，又随性洒脱。

等你同学来了，我再闪，牛丽说完就专心听讲。其间锦绣同学钻进来了，是个胖女生，轻手轻脚，蹿到她这一排察看。牛丽瞥到锦绣对着同伴小幅度挥手、赔笑的样子，假装听课听得入了神。那胖女生只好往后排去了。牛丽看到春上注意到这边的动静，停下来几秒钟，皱了皱眉。牛丽不知道他是为学生迟到不高兴，还是因为她正和他女友坐一块儿感到不安。总之牛丽很高兴，他想发脾气也发不了。眼睛既要躲开她这边，又不能不看她这边。那锦绣长着一副乖乖样，唇色淡，眉毛淡，五官大小合适，她的特点就是白、瘦、矮。当然春上也不高。他可能喜欢她这种处女（谁知道是不是）长相，假如她披下头发，眼睛描画几笔，就能选上当年琼瑶剧的女配角吧。即便参加现在的选秀节目，她也蛮可以用一种楚楚可怜博得高人气。

那堂课上，春上的视线投过来三次，不包括停留一秒、一掠而过的那些。他的措辞及逻辑明显出现了障碍，变得缓慢、模糊，衔接不到位。在课间休息时，锦绣被胖女生喊了去，跟人换了座。下半节课春上缓过劲来，后面部分讲得顺畅得多。此后，锦绣没再出现在这个教室。当时在课堂，牛丽没有机会同她做更多攀谈，也不适合再给她下马威。现在她不来了，牛丽发现她的分量在自己心里反而加重了，不知不觉会惦记她，实在让人恼火。

15

牛丽找木主任弄了一张借阅证，去图书馆借了一本《乱世佳人》。时而在巴士上翻翻，因为在床头看半页，她就会睡着。她带到巴士上看，同锦绣上课看杂书性质一样。效果也一样恶劣。这本厚书造成了牛丽在这个春日的困倦之情，读不上几页，她就眼泪水上来了，十分犯困。有时是笑出眼泪水，这本书的精彩程度不亚于她看过的金庸小说，连人物也找得出同类。比如斯嘉丽的性子像黄蓉和阿紫，看了叫人欢喜；梅兰妮像王语嫣，假里假气的让人不耐烦。多半时候，牛丽坐在后排，随着车身的摇晃似睡非睡。时而被车子陡然停下惊醒，看看窗外，暮色笼罩大地，在漫天的橙色云霞中她感到了一丝忧伤。

这是牛丽生命里难得的闲散时光。有时候她在车上昏昏欲睡，状态如同一个老人。这么多年她已经练就一身本事，包括不会被烦恼占领超过五分钟。然而在这个暮春季节，牛丽心头时常爬上一丝哀愁。这哀愁有时也映现在她的两排翘睫毛之间，假如被油条看到，就会说她又修炼到了一个新境界。那种智慧的精光完全消融掉了，像是被得道高僧点化了一样，牛丽的眼里混沌一片，又异常平静。可怕的是，牛丽对这种状态既感到忧虑，又产生一种莫名的享受感。

春天很快过去了，牛丽同春上的接触就是每周两次，讲台和座椅的距离。此外，他们没有任何交集，没有电波，没有信息，就像两个陌生人。有时牛丽会想，他的下一个一夜情对象，是个什么样的女人。他在上课的时候，念头会不会转到她身上。她也在看《乱世佳人》，思维同吊线虫在一个频道上，他俩会谈到哪个人物呢？他还记得起她的身体，同别的身体不一样吗？这些全是胡思乱想，集中在他上课的时候。她握一根笔，在本子上不断写字，杨春上。关键是他姓杨，他就是半仙嘴里的那个男人。有一天他要娶她，就算最后他娶的不是她，这也是一件挺有意思的事。比如他们的姓放在一起，就是一首解放区的老歌，牛啊羊啊，送到哪里去啊？

　　牛丽私下想过春上跟别人的不同，她想为自己变得不务正业找到一个能说服自己的理由。起先她什么也找不出来，说他长相好，却也不高；说他职业好，收入不比老根高。要说春上身上有一种镇定的气质，与生俱来，俨然压抑了剧烈情感之后的冷漠。叫她着迷的也许是这一点，这男人如此无趣，如此无情，到了坦诚的地步。她不认为那是事情的真相，某种迫切在怂恿着她，她想知道他是不是始终具有那种克制力：对每一个女性，他都彬彬有礼，只交往一次。

　　牛丽在巴士上翻完那本书，夏天悄然来临了。除开书里的男女关系，让牛丽着迷的还有当时美国的南北战争。她看向天边火烧似的晚霞时，就会想到船长跳下车子，同斯嘉丽告别，说他要去参军为祖国效力的情景。她闭上眼睛，想象自己伸出一只手臂，握住它的男子凝视着她。牛丽每当想到自己会目送春上去前线，就会感到心里涌来一阵酸楚。他是她的阿希礼，也是她的船长。牛丽想书里面这两个男人都爱着梅兰妮，认为她纯洁而高尚，而锦绣就是这种类型的女人。牛丽把锦绣当作一个女人看待，是从春上同她在闲云吧那次谈话开始的。女人会本能地重视获得心爱男人尊重的女人，完全不以那女人的客观条件为转移。锦绣长得白，读书多，一副无辜的模样，低眉顺眼，任何一个男人看了都要怜惜吧。牛丽还想到，电视剧里的心机婊都长这副模样，偏偏男人们看不透。

　　春上上课几乎不朝这边看。牛丽想，她每堂课打扮得这么出众，他却不看，即使课后她凑上前去，他也不看，说明他是铁了心要跟她划清界限。这么一想当然丧气，但牛丽又会想回来，整整一晚上，他就是不向她坐的地方扫一眼，仿佛这个方向是禁区。假如她四周的同学机灵一点，应该感到诧异的。他为什么不朝这边看呢，也不点人答题呢？他刻意不看，说明他念头里是存着她的，不然，他应该视她如空气，百无禁忌才对。

　　在一堂课结束前的最后环节，牛丽写了一张字条，夹杂在别的纸条里由人传到讲台。让她没想到的是，在那些纸条中他选答的三个问题里，有她的一个。她写的是，人的嗓子算不算乐器？他回答她说，这个问题就像是问，一把刀子是生活用品，还是杀人凶器。物品的定义和属性是有区别的，定义是指物品的天然属性，也就是首要功能，而在天然属性之外还有附加属性。比如玻璃杯用来喝水，也可以充当乐器。乐器又分为乐音乐器和噪音乐器。从这一点来说，人的嗓子可以是最好的乐器之一。他还引申到某部古书里记载了一个名叫韩娥的女子的歌声，"余音绕梁，三日不绝"；另一部古书里名叫王小玉的唱曲，令人"三月不知肉味"。牛丽听得津津有味，心花怒放。这是他在回答她，大庭广众，假公济私，还大掉书袋子。莫非他被她感动了，开始后悔，这才卖弄才学来回报她？这堂课在结束之后，还在她头脑里盘旋了一个礼拜。像一个带着翅膀飞翔的小天使，不知疲倦地飞啊飞，惹人怜爱，引人发笑。总之，这堂课结束得心潮澎湃，意犹未尽。

课后，从前排传了一些单子过来，牛丽瞄了一眼，上面说都大和电视台联合搞一个选秀活动，什么桃花杯"超级人声"，奖品多多，欢迎报名等等。过两天校门口宣传栏里贴出了海报，上面是个欧美辣妹，风吹开她的长发和领口，嘴巴张得圆圆的，十分诱惑。正看着，老根打来电话，问她这些天在忙什么。牛丽说她在都大旁听音乐课，准备改邪归正，学点东西。老根听过她唱歌，听了说好，早说让你开个咖啡厅、KTV的，你倒进修去了，学费够的？牛丽说不要学费，她就是旁听。又问他妻子术后情况，原该去探望的，只是揭穿了身份再去相见，总觉矫情。老根说不用来。现在她还无法同他算账，他清楚这个账是要清算的。到时候还要牛丽来一起商量，拿主意。牛丽回话说，她哪里拿得了他们夫妇的主意？她一不拿主意，二不要他们离婚，只想清清爽爽活几年，不要被老根搞得也躺在病床上，没人伺候还喝西北风。老根急忙说不会不会，又说等他得空了带她去看看在建的公寓房，据说进展很快，除了原先的商场项目，又在规划一条风情步行街，合适的话可以考虑定几个门面。

牛丽再去看海报，心思却有些飘远了。她脑子里终日回旋着书里烽火连天的场面、风花雪月的细节，几乎忘记老根的存在了。如果老根不是连日拨打她的电话，她就要把他视作从前那些男人，无声无息地消失了。大凡被妻子发现的男人，都是要夹紧尾巴，乖乖回归家庭的。离婚、分家太麻烦，加上还有孩子，而多年的情分尚存，大多男人会选择牺牲外面的女人。牛丽对老根倒不是没投入感情，两人就是没有那层关系，纯粹做伴几年，也难免产生依恋。好在牛丽见多识广，不到痛不欲生的地步，否则她也不能轻易给老根老婆做出那种承诺。在老根听来那是缓兵之计，他心里暗暗赞许了她，他没看错这个女人，兵来将挡，水来土掩是她的看家本领。他看中的就是她身上的匪气、蛮气，当然还有一股子狐气。在牛丽这方面却是大实话，她没把老根老婆当作对手，一副病快快的模样，根本激不起牛丽跟她宫斗的念头。当然，牛丽并不同情她，就像她不同情自身一样。她不把自己的决定或行为动辄上升到道德层面，而在实惠和人情的水平线上下沉浮。

即使春上回答她的问题，貌似为了引出那个选秀活动，牛丽也没觉得那堂课的快乐打了折扣。她为自己提了一个好问题，暗自得意。是她，而不是别人为春上找到一个合适的切入点，来推广这个活动。牛丽站在海报面前，不觉也做了一个类似的动作，就是那种撅臀仰头、极尽风骚的演唱姿势，有点像梦露站在通风口捂裙子那个样子。她还没撤回动作，便听到身后有人轻咳了一声。春上和几个学生正经过海报，那声轻咳说明他已经看到了她那副样子。他目不斜视，继续同左右学生讲话，从她身边走过去。

春上老师！

她跟学生们一样喊他，撇过他的姓，显得亲切又时新。她再次喊了一声，并紧走两步，追上来。他这才站住，慢慢回转身来，面无表情地看向她。

这个活动，她指指海报，诚恳地问，限定年龄吗？

不限定年龄，他开口说，点了一下头。他们走了，其中有个女生好奇地扭头看她，对春上说了句什么。

84

不限定学生吧？牛丽追问了一句。

这回没人回答她。他们走远了，又是逆风，很可能没听到。事实上，这些问题都不是问题，她只是想看看春上的正脸。在撞见她这个动作之后，他会产生的反应。显然，他毫无生理反应。对她提问后面的意思也没有探究的打算，他只想同她撇清关系。他选中她的问题来解答，完全为了这个活动。

牛丽站在风里，暮春的风倒像是秋风，一阵阵地要把她的长裙子卷走一样。她也穿上了长裙子、白板鞋，戴了发箍。她看上去完全像一个学生了。她转过身，再次读了一遍海报，上面的奖品部位已经被人用水笔圈了起来：

进入三强选手，各得一套精品公寓。

16

春上着手启动桃花杯"超级人声"海选赛事，这是电视台同都大联合主办的大型选秀节目，由于前期策划到位，人气高涨，短短一周，报名参赛的人数达到了三位数。他的声乐班里也有十几名学生决定报名，他的态度是不反对，不鼓励。对于他个人来说，并不热衷于这类跟艺术沾点皮毛的大众活动，对种种噱头、内幕、热闹也是隔着安全的距离，它们只是工作的一种，相对于日常教学，算是个有点挑战性的任务。原本这桩事归他的同事朱军负责，就在两周前，因为为本班一个学生出头，朱军同校领导闹翻了。朱军将担子一撩，随后递交了辞呈。据说他打算到国外游学一年，避避国内学术腐败的风气。春上和朱军是同一年分到都大的，交情平平，平日对社会人文体制的见解颇有共通处。春上虽有朱军的愤慨不平之气，却不赞同他面对强权破釜沉舟的极端。春上奉行古代圣贤的中庸之道，顾全大局，内心里倒也钦佩朱军的一意孤行。

只是，这种孤行后来发展到有规模的游行，春上不能坐视不理了。

春上在柳树堰生活到十四岁，与锦绣家隔井相望。在锦绣穿着开裆裤来他家蹭电视看的时候，他已是一名小学生，对这个肉粉粉的小女孩十分排斥。那时电视里放《花仙子》《铁臂阿童木》，锦绣的婆婆老是喜滋滋地抱她来看，有时锦绣还会尿在春上家的竹床上。这些事日后说起来，锦绣一概否认。她只记得在春上搬家的那一年，在她放学回家路上，他塞给她一大包酸梅粉。那是锦绣儿时吃过的最美妙的零食，一种酸酸甜甜、入口即化的粉。此外，春上是柳树堰少数没打过她的男孩之一，他那个后来被捕入狱的父亲很喜欢她，时常抱起她，喂她吃柿饼，锦绣记忆里的另一种美味食物。春上父亲甚至向锦绣婆婆说，要讨锦绣给春上做老婆。那是锦绣不懂得害羞的年龄，她三岁，他十岁，听凭大人们将雨水般的盟约播洒到他们头上。春上认真地打量面前这个长一对乌溜溜、直愣愣大眼睛的女孩，心里权衡一番，无奈地接受。毕竟锦绣在那年开春终于长出了薄薄一层头发，不是那一团肉粉粉、张嘴就哭的可怕东西了。这是春上后来寻回锦绣后，对自己当时心理的描述。而在锦绣记忆里，春上留给她的滋味就是酸梅粉的温馨惆怅味道。

　　春上的母亲是本地最有实力的水产商的幺女，自小习琴、练字、学洋文，成年后她同一名劳改犯一波三折的婚事成为当年的一大新闻。两年后离婚，经历几次失败的恋爱，后同春上的父亲结合。令她没有想到的是，降临在这位造纸厂工人身上的还是牢狱之灾。春上父亲病死狱中的那一年，四十岁的母亲提一口皮箱离开了家，远赴美国。春上幼年经历过母亲严苛无情的训练、体罚，养成了坚忍沉默的习性。母亲的刚愎自用与父亲的平和逍遥，以及家庭混战——外公与父亲、母亲与姑姑、母亲与邻居之间无穷无尽的硝烟，充斥着他整个幼年时期。随后，父母的离弃对于他并未造成预期的伤害，他随姑姑迁走后度过了平静的几年。柳树堰在他梦里是黑色的，回想起来是浓烟滚滚，大群乌鸦从烟囱扑腾而出，无边的屈辱和迷茫。他是服刑人员的儿子，人们在背后议论并躲避他们一家，只有肉粉粉的锦绣来串门。在他印象里，父亲待人是极和气的，留着古人才有的胡髭，修得清整圆融，笑时露出雪白的牙齿。他对锦绣的喜爱，既是出于对没有女儿的一种缺憾，也是对一个美丽生命的由衷赞叹。反而是经常暴怒的母亲让春上感到畏惧，她对父亲口不择言，用词刻毒，常常抓起扫帚驱赶不请自来的居委会主任和派出所民警。成年以后，春上痛苦地意识到，尽管同母亲之间有着巨大隔阂，他的血管里却流淌着母亲激愤偏执的血液，这种疯狂因子被他用后天强大的意志克制下来，加上数年对智识的完善，更加固了防线，才不至于使他陷入泥淖，得以静心研习艺术。他自负、沉默、焦虑、悲郁，很想大哭一场。这个愿望并不容易实现，至今为止，他都没有找到适合的场合。不如说，开启的口子也难以找到。他已经修炼得全身毛孔闭合，经络遁形，肌体完满，没有任何破绽容自己恣意妄为。

春上在内心十分厌恶政治，但他同上级打交道毫不费力，作风严谨，处事圆融，可谓游刃有余。他不承认自己是一个世俗的人，更愿意把自己定义为一个生不逢时、有反骨、有理性的人。他所具有的世俗的能力，不过是对抗现实的方式之一种。他认定艺术是一把隔开社会污水的大伞，多年来他得到了庇荫，从而能在这条道路上趋向至纯至精之境。他奔波于自己所开的三个声乐班间，参加各种音乐会、赛事、交流活动，将艺术与现实有机捆绑在一起。这看似完美的结合，固然成为他追求艺术道路上的阻碍、桎梏、局限，但也正是这种生活，使得他心平气和，声名日隆。

母亲给他留下了一架钢琴、南山脚下一栋房子。他将房子改造一番，一、二楼用来办班带学生，三楼自住，四楼露台辟为工作室。他终年穿梭于南山与都大之间，驻扎在琴房里，过着二门不迈的清教徒生活。此外，每天晚自习后他会把锦绣送回家，止步于柳树堰的外围。这个情形如同他与那些女人的亲近一样，有时限，有雷区。只不过，柳树堰不可能一次性解决，他不得不因为锦绣，一遍遍冲刷着自身有关柳树堰、有关父亲的喧嚣记忆。

令他欣慰的是，锦绣在他的照看下长大成人。即便在他不在场的几年，她还活在他关注的某个场域中。他异常清晰地看到自己的未来，假如那是一个世界，锦绣就是那个中心点。当年他离开柳树堰时，她刚满七岁。又过了七年，他回来找她，大学毕业后选择回到都城。那年锦绣面临中考，在他的把关之下没有去读卫校，而是考上重点高中。锦绣的自我设计是做一名白衣天使，春上心里明白，这个愿望跟她对身患不治之症去世的婆婆，那种无从排遣的痛惜和怀念有直接关系。而且，作为一个在柳树堰长大的女孩子，她算是人生规划最为宏伟、心性高远清奇、实践能力突出的一个了。柳树堰的女孩子大多早早嫁掉，或出去沿海一带打工，风流云散得无声无息。锦绣的父母老实本分一辈子，是没有心力为她把持人生的。这世上带领锦绣走出柳树堰的，唯春上一人。

锦绣是春上记忆里那个脱去开裆裤后，由肉粉色生物蜕变成的雪白的小鸽子。他记得她那种叽叽咕咕的笑声，啄他手里的酸梅粉时，手心冒上来的酸酸麻麻的感觉。他觉得她永远不会长大，事实上他也巴望如此，最不济也该在他的照看下一点一点长。上周发生的游行事件无疑冲击了这个初衷。他没有料到锦绣参加了，一夜之间，锦绣变得陌生。她既没有向他征求意见，也没有事后汇报情况，甚至没有一言半字的吐露。他在心底大惊失色，仿佛一个面对女儿婚礼、没有心理准备的父亲。游行的起因是朱军班上的女学生，在一天夜里受到校车司机的性侵犯，拿削笔刀捅死司机的三一五事件。这个事件闹得大，校方大致分为两派：一派主张开除女学生，支持法庭判刑；另一派要求无罪释放，认为女生属于正当防卫。三八节过去不久，女性刚刚享受了半天特权的假期，舒缓的情绪还未过去，陡然受到恶性事件的冲击，一时群情激奋。春上同朱军平日也嘲笑过女权主义，但在这件事上是有分歧的。朱军自然是主张无罪一派，那段日子他不断出现在校方办公室、教育局、公安局，殚精竭虑，多方奔走。女学生被收监宣判后，朱军在出国前，针对主刑一派的观点，连续在《都城日报》发表了名为《请不要再教妇女防身术自救术》《女权即人权》《论保障妇女权益的时代意义》等一系列评论文章。两派的文章春上都看了，利用课前零零碎碎的时间，关注了事态进展。对于此事他未在任何场合表态，也未在朱军发起的请愿书上签名，原因是这司机是木主任的堂弟。再者，他认为司机虽不可恕，但罪不至死。他没有料到锦绣参加了学生自主发起的游行活动，拉一条巨大的条幅，在市政府门前静坐示威。校方得知此事后，要求各系拿出参与学生的名单，春上在名单上看到了锦绣的名字。

当晚选修课后，春上把锦绣带到南山工作室。他们很少晚上来，因为他只有周五晚没有课。锦绣在一、二楼转了一圈，打扫了一下地面。他们在三楼停留了一会儿，锦绣等春上脱去外套，换上拖鞋，烧水泡茶。她站在门口玩了一会儿风铃，那是他去年过生日时，她在网上淘来送他的礼物。每年她都要送他不同的小玩意，比如在工作室摆上一钵钵的花花草草。春上虽嫌那些小盆小钵碍事，却也抽出时间给它们浇水。锦绣首先去看那盆兰花，听春上说开了花，早说要来看看。她把鼻子凑近去嗅，深深吸一口气，仿佛那香气吸入了肺腑，她缓缓闭上了眼睛。

当她睁开眼睛，发现春上正在对面藤椅上打量她。她笑说，开了三朵，不，四朵。它藏起来了。春上面色稍有缓和，拍拍椅背。锦绣乖乖走来，坐下来，端起茶喝了一小口。

春上哥，你有事跟我说。

春上沉吟了一下，抬头说，事情有些麻烦。法院已经判刑了，这样做于事何补啊。

锦绣眨了眨眼睛，忽然，她有些激动，说，已经判刑了，不代表不可以改判。

春上说，十年，是重了。判得轻一点儿，我们都有这样的愿望……

她是无罪的，锦绣低下头说了句。

春上微微皱起眉头，问，你这小脑袋瓜里，都转些什么？这个事情很敏感，校方正在追究责任，弄不好你们也被捉进班房。

总要有人这样做的，锦绣木然地说。春上没想到她面色这样平静，不像是认为自己做得有失妥当，反倒有一点凛然之气。他不禁敲了一下桌子，提醒她注意。锦绣果然一凛，抬起眼睛看向他。

总要有人这样做，春上重复她的话，说，这是什么时代，锦绣，你知道我们该做什么？这个时代不需要你去牺牲，为民族大义、国家荣誉、为政策漏洞卖命，我们担不起这些。不是对抗，不是反叛，揭竿起义，以暴易暴，这些历代都经历过，结果怎样？历史还是照常向前推进，那些冲动的个人都湮灭在车轮底下。每个个人都不可僭越，只须做好本分，锤炼技艺，完善自身，用一点微末的力量，尽可能影响人，有益于人。做到这些也是很难的。

锦绣两只小手互相绞着，绞得发红，她自己却没有意识到，直到春上将一只手掌盖在上面。

你又出汗了，他望着她。

撇开冲动的个人，所有人都会被碾在车轮下，锦绣说了一句。

春上一时无语，闭上眼睛。锦绣忽然身子前倾，向着他凑过来。春上哥，其实我很害怕。

冲动是无益的，春上睁开眼说。

锦绣与他对视，眼睛一眨不眨，像是望进了他的后脑勺，又像是根本没看见他。他听到她轻轻说，每个人都可能遇到这个事吧？她要怎么做……

你不会，春上心里也担忧起来了，握住她的手，说，我们一起住在这房子里，一直到老。没有下一次了，你对这件事太紧张，放松一点儿。

那天，我遇到一个数学老师，她很和气，锦绣掏出胸口的十字架，说，她给了我这个。我有一种感觉，以后你不在我身边，我也有依靠的。

别担心，春上轻轻揉着她的小手说，这事我来处理。我会照顾你一辈子。你就是太轻信了，小傻鸽子。

锦绣动了动嘴唇，低下了头。在他动情的时候，他总叫她小鸽子，而她听到就会变傻。

不要再跟他们上街，春上站起来，把她身子揽到胸前，将鼻子深深埋进她颈窝。很快他松开了她，拍拍她手臂。不早了，走吧。春上看着她无神的眼睛，低头在她眼皮上落下一吻。

17

尽管都大闹出了沸沸扬扬的暴力事件，校内外各种舆论热潮不灭，有关超级人声的海选还是轰轰隆隆拉开了序幕。有人认为，这个时候策划选秀活动很不适合，甚至有悖情理。也有人认为，这个策划正显示了校方的智慧，人是趋利避害的，是健忘的动物，需要热闹、昂扬的旋律来冲淡生之困惑。这个活动应时而生，门槛低，进展快，刺激，励志，煽情，吸金，吸睛，一样不少，势必扭转不利传闻从而乾坤朗朗。

牛丽交了五百块报名费，参加了为期一月的集训。集训组设在都大艺术楼，按类型分为五组。报名者达到上千人，其中不少从外省市赶来。年轻人居多，外形靓丽的、气质非凡的、非主流的、草根定位的、科班出身的，一时间云集在都城这个幽静之地。也有上了年纪的，长相不漂亮的，但唱功独特的。更有毫无唱功的，甚至五音不全，品位低下的。像牛丽这类从未受过正规声乐训练的，为数不少，他们或是天生好嗓子，或有赋曲作词之才，或自命不凡。这类人里面也有像牛丽一样冲着奖品来的，一套公寓，这是工薪阶层奋斗多少年才能实现的目标，不啻名利兼收，梦想与现实双赢的超级人生。牛丽被分到了美声组，大概她在试音时发出了庞大的胸腔音，事实上她也能唱三五首这类歌曲，比如《三套车》《莫斯科郊外的晚上》。

一次课间，牛丽守到了春上，他正从走廊那头慢吞吞地走来。中途他瞥见了她，临时改变方向，拐进了左侧的卫生间。大概在里间抽掉了一根烟，出来时身上带着一股淡淡的烟味。他大概猜到了牛丽还在外面，脚步并不迟疑，目不斜视地径自下楼。牛丽追上来，喊他，春上老师！春上并不停步，身边穿梭的学生也没有造成干扰。牛丽像是一个透明的人，不存在的人。牛丽紧走几步，拦在了他的面前，仰面笑嘻嘻说，我想换到你组里去。春上的脸不易察觉地一沉，摆了摆手，让牛丽让开。他们齐步下楼，走到教学楼前的一棵桂树下。

你想干什么？春上开口问她。

我会唱歌，牛丽直望着他眼睛。你没听过，我从小唱得好，我们那边的人都这么说。

春上的视线越过她头顶，投向远处的南山，眺望了一会儿又收回来。牛丽也回头看南山，没看出什么，继续对他说，你试试我吧，我晚上去你班上行吗，要不我现在唱给你听……

不行。春上断然拒绝。面对牛丽，总有点头皮发麻，他不知道这个女人会干出什么来。

牛丽笑了起来，还故意弯下腰，惹来路过的两个学生对着她看。春上看了看她们，双腿交换了一下落脚点，低声说，你不要想闹出什么动静来。你这个样子，初选就会被淘汰。

我要闹出什么动静来？牛丽不笑了，你不是不抽烟吗，怎么抽上了？给我一根行不？

春上冷冷看着她。

你退赛吧。

不进你们组也行，牛丽用力跺跺脚，把脚面上的一片树叶跺下去。姐民族美声通俗通吃，我肯定过初选！

你确定，春上想了想，缓和了口气说，我要是给你一笔钱，你就罢手？

牛丽猛然扭头，盯住他。春上也望着她，目光并不集中，然而带着某种重量。她被看得嗓门低了下去，略微发哑。我们打个赌吧？要是初选过关，你就负责我的训练。要是落选了，钱不要你一个，我从此不踏进这个大门！

春上看看她，没有说话。

他转过身，离开了桂树。他们总是在树下谈判，约定战场，或结束交易。树从不移步，哪怕风千般鼓动，万般叹息。这世上凡是天生爱动的，都受那些纹丝不动的管制。比如蝶恋花。牛丽怀着惆怅走上大街，上了一辆巴士，静静坐了一路，心头第一次浮起人生如寄的感慨。她没有想到自己会踏上这一步，因为这个男人的一夜情，他们在巴士上的围追堵截，就要换到灯光四射的舞台上。

牛丽感到前面路上充满了不可思议的光影，像是在老家湖里划船时，仰面躺着，打到眼皮上的一道水光。她只闻到周遭浓郁的水腥气，跳荡不已的光，带着一种晕眩淹没她的理智与意识。

负责美声组的是李老师，一位长着青春美丽痘、笑起来露出牙床的女孩。牛丽跟女孩子还是能打交道，知道她们兴趣广、好吃贪玩，这也是她们讨人喜欢的地方。假如是些婆婆妈妈的少妇，自认为识得一点事体，见过一些场面，人变得鬼祟起来，不讲感情也不讲义气，牛丽就没法跟她们为伍。这也是牛丽爱在男人堆里混的原因，同男人打交道不费脑子，用直觉就能处好关系。美声组男人比较多，科班出身的就有五六个，比较矜持，下课了大家各自散去，当然也有人相约去烧烤摊坐坐。牛丽回去也没事，在不累的情况下都随大家去，当街喝啤酒。五月的都城一天比一天暖，晚风吹拂在身上，让人有一种醉了的感觉。来到都城之初，酒对牛丽是个好东西，可以让她面对什么都发笑，不发愁。凡是能让牛丽想到笑起来的，都是好东西。牛丽这么定义的时候，脑子里想到的是春上。春上已经有两周没出现在她面前了，因为筹备赛事，他的选修课暂时关停了。因为不是一个组，她没机会同他遇上，也不能约出来喝酒。在他们发生关系前后，她想到他就会笑，想唱歌。现在她每天唱歌，却没有什么心情笑了。她天天想到他们打下的赌约。为此，更要喝酒。

在座的有三个待业青年，两个学生，一个中学老师，一个税务干部。李老师的男朋友接她走后，几个人开始沉默了。半晌税务干部丁当说话了。丁当是为了参赛取的艺名，参考中国好声音杨坤组里的丁当。当然，这个丁当没那么漂亮，但中气十足，活力四射。

牛姐，再过十天，我们组里过一半，走一半，坐这里的人没这么齐了。

牛丽笑笑说，铁打的营盘流水的兵，也不要太伤感。还是初选，要有点斗志。

哎，我就是喜欢牛姐，丁当把手搂在牛丽脖子上，喷着酒气说，打不倒的牛姐！我顶你！依你的实力该进通俗组，那组人气高！

每次有男学员问丁当税后价多少，都是牛丽给她出头。大概为缓解压力，男学员挺喜欢逗她们，这个说，税税，更健康！那个说，税后更健康。当然，他们也取笑另外两个男学生小王小孙，讲他们有基础，同台竞技定能激情四射。男待业青年是个贩私酒的，姓樊，都叫他饭团。女待业青年一个叫小C，一个叫米西，都取的英文名，被建议搞个AB组合。这几个的平均年龄没超过二十二岁，都属于爱玩爱笑，半夜三更刷手机的类型。老枪在外省某中学教体育，他的美声是在给学生喊口令中练成的，又在同老婆的离婚大战中得到发展，继而跌入低谷。现在，他要在超级人声中重振人生。

牛姐肯定过！老枪也跟着喊牛姐，事实上他比他们大十几岁。

什么通俗不通俗，姐戏曲组也混得了！老枪你得过，牛丽干完第三瓶，手拍在他肩上，拿到房钥匙了，咱找个嫩的！

小王小孙对视莞尔，心领神会地碰了一下杯口。丁当鼓掌，向饭团他们举杯说，走一个！不对，我们都留下，帮老枪物色个嫩的！

据说老枪离婚是净身出户，房子票子一样没要，开着个破车就冲都城来了。老枪涎着脸同每个人碰，说借大家吉言，都干了！轮到牛丽这里，她喝不动，说先去趟卫生间。一进去，刚张嘴，一口吐了出来。她吐得直不起腰，像是有人拿个吸气筒在胃里不断抽动。牛丽吐了个天翻地覆，两眼发黑，胃部还在不依不饶地痉挛，催出苦涩的黄水来。牛丽恹恹回到桌边，摸摸瓶子，寻思自己怎么会吐。脑子清醒得很，胃部还是不舒服，感觉气管都在扭曲，飘荡，随时要发作的样子。

丁当看出她不对，抬手拂她一下刘海，说，你咋了？别是怀孕了吧？老枪一个子弹没发射，你吐什么？

怀你妹啊！牛丽说，他那嫩弹不知在哪儿呢。你们喝吧，先把方向挖出来，得让老枪喝好喝爽了才会出结果！

嫩弹！

每个人的酒兴都被这个称呼给勾出来了。以丁当为首，新一轮的轰炸向老枪轰轰烈烈发动了。夜正浓，风渐渐止住。明月当空，静静俯照下来。

18

一个晴天，油条在巴士上看到锦绣向他跑来。午后，锦绣嘴里鼓鼓地含着什么，上了巴士。她大概含了一块话梅糖。油条一阵激动，就有些坐不住了。屁股底下有许多小刺，不痒不痛地扎着，指使他向她接近。

今天天气真好，秋高气爽。油条脑子里蹦出一些好词好句，它们纷纷以气体的形态奔腾而出，弥漫了整整一车厢。锦绣穿了一件粉色的夹克衫，好看得要命。她在白天要显得大一点，皮肤白而红润，上面紧紧吸附着一层光洁的油脂，她人中处的汗毛细密纤长，被白皮肤衬得微微发蓝，而眼球像两粒明黄色的大玻璃珠子。她的身材就像夜晚看到的那样，瘦小单薄，微微前倾。手短而小，露出尖尖的一截，平放在膝盖上。她就坐在油条的左后方，像一只受伤的猫，这是油条当时的感觉。

车上的人越来越多，油条忽然站起身。他看见了一个老头儿，很老，没有七十也有六十五，上衣皱巴巴的，两个口袋像他敞开的嘴一样，合不拢。油条站起来后，没立刻接近老头儿，他用身子挡着那个座位，堵住了两个中年妇女企图入侵的屁股，手搭在了老头儿的肩上，拍了拍。老头儿迟缓地回头，脖子却转不过来，但一只眼睛已经看到油条给他让出的空位，于是另一只眼睛转过来时早已充满了笑意，谢谢谢谢，年轻人，活雷锋！老头儿肥胖的身躯如一座颤颤巍巍的塔，挡住了油条的眼珠子通向锦绣的路途。油条于是选择站着。可是这老头儿嗓门大，引得车前车后的人都来看油条。锦绣的视线也加入进来，两个好看的玻璃球转过来，阳光也被它们折射得更亮。那光线里飞舞着金色的星点，那是锦绣脑子里升腾出来的好感之类的东西。油条几乎要醉倒了，他的脸红得跟超市前的地毯一样。

锦绣没认出他来。

后来锦绣下车了，油条也挤下来。他跟了她一段路，在她就要拐进通向都大大门的那个巷子时，油条喊了她一声。锦绣耳力好，一听就回头了，否则油条不敢肯定自己有勇气叫第二遍。锦绣问，你叫我吗？你怎么知道我的名字？油条说，我，我是那天夜里……那个大哥。油条不敢说大哥哥，这样的称呼会让他的心跳不止。锦绣最终还是想起来了，一瞬间，她的脸像春花绽放，欢快地攀住了油条的胳膊，叫起来，是你，我认出来了！你比那天要瘦，大哥哥。

两人就在小巷口反复讲述那个深夜，有几次油条以为这是个梦，锦绣怎么可能这么简单就和他面对面了呢。在油条脑子里，这原本是一条无限复杂艰难的路程。可是这么轻易就实现了，油条不免要怀疑它的真实性。他现在就有些头重脚轻的感觉，他无意中抬头看了看天，竟一阵晕眩。他退开两步，后背抵靠了墙，才站稳了些，两只手臂往后撑着墙，他显得虚弱而神经质。锦绣说，哦，我要上课了，你来吗？油条听明白后，摇摇头。锦绣关切地说，你脸色不大好，是不是病了。要不你上我们医务室看看吧。看见他又摇头，锦绣就说，那么，再见了。

她转身要走，油条在背后说，我不走，就在这等你，你什么时候下课都能看见我。锦绣抿嘴一笑，说，大哥哥，你还是别等了，我要上两节课的。你要没事，不如跟我去教室好了，反正也是选修的公共课。要点名，你正好可以顶一个人头。

油条就去了。这是他生平第一次进大学，进这样大的学堂。锦绣走得很快，用她一贯的小碎步，油条唯恐跟丢了，没有细看，置身其中的一些操场雕像大楼就一闪而过。进了公共教室，一个矮胖的女老师正在点名，靠后的位置基本被占满，两人只好坐在前面偏侧一点。锦绣从背包里拿出餐巾纸，细细擦着两个座位和桌子。锦绣脆脆地应了一声，紧接着，用肘子撞撞油条，示意他应声，于是在女老师对同一个名字喊第二遍的时候，油条高声说，到。锦绣和前排几个回头的女孩就缩着脖子窃笑不已。油条于是觉得刚才那声还该再大些。看着锦绣绯红的脸，油条问她，你挺高兴的吧，这些天？锦绣没听到，油条就拿过她的钢笔，在纸上写出来，递给她。锦绣回的是，为什么不高兴？不过没打问号。油条想了想，又写，你没再遇上坏人？锦绣抿嘴笑了，摇摇头。油条又写，你男朋友对你好吗？锦绣不笑了，她写，你怎么知道我男朋友，谁告诉你的。油条写，他没欺负你？锦绣回，他对我很好。油条固执地写，可是你们前几天吵架了。锦绣吃惊地看着他，然后凑过头，低声问，你是谁啊。这么胡说。

这时好些人的眼光都往这边投来，锦绣感到了异样，用肘子碰碰油条，示意他站起来。油条看见那女老师的眼睛里充满了期待，很感性地注视着这边，然后又叫一遍名字。油条依稀觉得这名字很熟悉，他意识到是在叫自己，硬着头皮站起来，一只手搔着头，窘得不得了。女老师失望地让他坐下了，她问的是一个简单的问题，是为了改善下面懒洋洋的气氛，达到互动的目的。油条让她失望了。油条感到内疚，他想早知道有这一天，从小就该好好念书。并因此联想到那样就很有可能和锦绣同念一所大学时，他的脸更烧了。那样他和锦绣的相识不是要改写吗？改成在大学一见钟情？锦绣这次没发笑，而是在那纸上乱画着什么。

那天，油条整整在锦绣学校待了一下午。他们还在学校湖边的石凳上坐了一阵。樱花已经谢了，油条没有看到牛丽在他面前炫耀的花朵。在牛丽描述都大的时候，他并没有想过自己真的会出现在这里。牛丽近来行为反常，显然是停了一阵药了。但她说的话基本属实，都大的课堂挺有牌子的，风景也不错。

锦绣自从油条提到她男友后，一直心神不宁的样子。油条发现她有一个习惯，就是不停用餐巾纸擦手，哪怕没有吃东西，仅仅是触到石凳的一角，她也一张一张地用纸。在油条看来，这是她心烦意乱的表现。她的眼睛茫然地望向湖那边，有一只湖鸥低低掠过湖面，把她的视线扯到远方。

如果有这样一个女孩，锦绣说，念小学的时候，就不是一个女孩了，她发生了一件见不得人的事情。那时她什么都不懂，现在她知道事情的严重了，可是她不敢告诉男友。她怕告诉了他，他会离开。可不告诉，她又不快乐。这样一个女孩，你说值得别人对她好吗？

油条没怎么听懂，锦绣说的见不得人的事情具体指什么，但他还是心里一阵发紧。他听到了一个天大的秘密。他不知道锦绣为什么要告诉他，也许这事他是第一个听众，他凭直觉断定这女孩很可能就是锦绣本人。他想对她说这很普通，没什么大不了，就像牛丽常说的。可他没法开口。就因为这事发生在锦绣身上，就有些匪夷所思，有些荒诞，有些不普通。连他都不能接受锦绣这个残酷的故事，何况她的男友呢。

油条没法回答锦绣。他把手插进口袋，有点冷的样子，看着锦绣，说，你还能讲故事啊。

那就是我啊。锦绣说。

她突然抽泣起来，用两只短小的手捂着脸，断断续续地说，我，配不上他，我真的配不上……

油条手足无措，站起来浑身摸索餐巾纸，锦绣拿下一只手，哽咽着说，在我背包里。她侧过身子，把背对向油条。油条在她背包里找到了纸，有六七包，码得整整齐齐。里面有一本英语书，还有几个折叠好的塑料袋子。锦绣接着哭了很久，身边走过一对大学生，惊讶地看她，锦绣于是用纸包住了鼻头以下的部分，只露出两只经过泪水洗濯更透明的眼睛。似乎这样人家就不能认出她。

油条默默想着，那就改成让自己和她在小学认识，在她还没发生什么之前，他说不定就阻止这件事了。那该多好。锦绣俯身一一拾起地上的纸，放进一个塑料袋。她做这些的时候很安静，很熟练，太阳的最后一抹光敷衍地涂在她头顶的发梢上，使她显得有点圣洁。

油条问她，你经常哭吗？

锦绣说，没有，很少。

那你为什么带这么多塑料袋和纸啊?

锦绣听了这话有些惭愧,慌乱,她说,他也嫌我这样,麻烦。可我,就是想用纸,改不掉。我还喜欢洗手,不停地洗手,我知道这很不好,但总觉得手脏,很脏……你说,他会离开我吗?

油条的手跳了一下。

油条说,今天跟我说的,你就当从没发生过,就好了。你把事情看得太严重了。锦绣认真看了他一会儿,摇了摇头,说,他以为我是纯洁的、干净的,可是我不是。我永远也回不到童年的我里去。我不说也不能和他在一起。你不知道他有多好。你没看过他的手,多完美。他弹的钢琴曲能把你带到天上去,太美,太缥缈,高不可攀。他弹琴的样子让我感到绝望。他总是摸摸我的头,从来不碰我,他说,要等到我们结婚。我知道,永远不会结婚。永远没有结婚这个词,我跟他的辞典里,只有背影。他对我越好,我越想离开他。知道吗?我都不能容忍他和我在一起。

油条怀疑地说,有这样的人吗?

锦绣肯定地说,你见过他就知道了。他叫杨春上。

油条皱眉,说这名字蛮难听的,有点土。接着油条说出了很有哲理性的话,他经常在深夜听广播里那种情感困扰之类的谈话节目,所以话说得很专业。他说,可你这真的不算什么,要么你就告诉他,如果他不接受你以前的错,说明他也不值得你为他伤心。

锦绣笑了笑,她又看向湖面的尽头,目光有些迷离。

你是个好人,大哥哥。她回眸一笑,我早看出来了。能遇到你,我好高兴。

可是油条依然在锦绣笑着的眼里看到了一星绝望,那种很深的忧伤。他忽然就有了一种冲动。他说,锦绣你看错了,我不是一个好人。我是一个小偷、抢劫犯,我的手才叫脏,可是我就没有什么包袱,我活得很好,我还遇上了你这样好的女孩……

锦绣很明了的一副样子,心照不宣地笑笑,谢谢你。

是真的。油条不结巴了,站了起来。说,我是个坏人。那天晚上，我其实是想从你那抢点什么。你、你相信吧？说完这些，油条的心迅速黯淡下来，就像厚重的天幕，透不出一丝光亮，所有的声音都离他远了。他脑子里有个声音钻出尖细的一条缝，你吃错药了？竟对她说出这些！可是他已经说了。他抱住了脑袋，那里面有些乱，但另一种意识却分外清晰。那就是他和锦绣只能在那样的夜晚相识，要么就在一路巴士上，除此之外的相识都没有任何可能。油条这时不得不承认，改写他俩的相识只是一种美好的愿望，美得好比锦绣描述的，春上的手弹出的钢琴曲。

我更脏，是吧，你看……

锦绣惊讶得说不出话来，她完全忘记了自己的事情。

你一定是被迫的。锦绣说。你被人骗了。

你家里很穷。

你爸妈离婚了。妈妈改嫁，爸爸酗酒，有好几个弟妹要你供读书。一定是这样。

可你不该做贼。锦绣说完哭了。

锦绣擦着眼泪说，大哥哥你和我还是不一样，你可以金盆洗手，我却永远干净不了。

19

周三晚上锦绣去了娇子巷。娇子巷离都大两站路，离步行街五分钟路。锦绣同两个女生下课后去步行街，逛了一圈。两个女生一人一条牛仔裤，其中一个还买了那种藤编的小圆太阳帽，买了香水和防晒露。锦绣看中了一件男式衬衫，白底蓝条纹，很海洋风，她觉得春上在生日那天穿很适合。她还价时不大顺利，店主一口一个美眉啊，给男朋友买东西不要小气啦，闹得锦绣脸红了几次。那两个女生听了她的解释，听说是给堂弟买的，就对店主说，便宜一点嘛，学生妹没钱了，买得好下次还会来了。店主最后关头还是出手了，便宜了三十块卖了。回程锦绣买了烧烤请她俩吃，吃完了，两个女生又蹲在地摊上挑手链。

　　锦绣不喜欢戴这些装饰，站在一边，环顾着街口的车流。她忽然想起了东巴子昨夜发来的一个链接，里面介绍他们藏族的风俗习惯。东巴子一般隔天跟她联系，打招呼，各种丰富表情，聊人生，各种生动图片，他还传给她他的相片，从小到大的都有。相片上是一个长相规矩的男孩子，头发厚厚的，留一个20世纪90年代的港台头，皮肤不算特别黑。俊朗的五官，坦率的笑容，每一张都露出白牙齿，十分动人。坐在草原上的、河流边的、雪山脚下的、马背上的，每个东巴子都携带着藏地风情呼之欲出。锦绣同他并不深聊，有时几分钟，有时半小时，长短都自然。更多时候锦绣顾不上同他说话，需要查找各种资料，完成作业。当然这种时候他也不黏人，很识趣地隐退了。等到她有空了，回他一个表情，他都像是守在电脑边，及时回应她，根据时间的早晚，她情绪的冷暖，跟她聊天或道晚安。前阵春上给她办了一个流量套餐，因为他当导师期间经常无法打电话，便靠微信联系。这样，她就常常收到东巴子发来的问候。

　　锦绣在这种交往上，因为隔着一段安全的距离，还是保持了某种程度的兴趣。加上东巴子不让人讨厌，虽然讲起性来很坦率，有时坦率得接近露骨，假如他不是东巴子，她就会将他划分到无耻之徒的行列。可能因为他长着一张粗野、天真的脸，心无芥蒂的笑容，并不下作的话语，锦绣看着倒有一种来历不明的欢畅。她将他们的生活，同自己过去的生活对照，将他雪白的牙齿同自己黑暗的过去对照，就会生出一种巨大的荒诞感。恍惚若梦，或大汗淋漓，不知置身何夕。

　　两个女生挑到了满意的手链，互相扣上，晃着银白的手腕亮给锦绣看。锦绣欣赏了一会儿，指着前面说，那里有个教堂临时点，我想去看看。女生就陪她一起去了那条小巷子，上楼，穿过狭窄、灰暗的长廊，看到一个高达两米多的印花玻璃门。锦绣推开一扇门，看到柠檬黄的灯光下，围坐着大群人。房间很大，足有四十平方米。有五六张小方桌，三五为伍，七八成群，人人手上拿着书本，在低声念叨，或彼此窃窃私语。房间正对窗户的是一块大黑板，看上去七成新，旁边的三个高柜子却十分老旧。一位肥胖的妇人站在一个大桌边，同十多人讲解着什么。时而她又站到黑板前，在上面板书英文单词。房间大约三四十人，不觉得吵，显得很有秩序。大多是中老年人，也有十多个学生、白领模样的。人们低声说话，更多的是默默聆听。锦绣身边的一个老先生，瘦长的五指紧紧扣着一本《圣经》，紧张地听他对面的矮个女孩拼一个单词。

L——O——V——E，女孩的唇型十分迷人，辣舞，辣舞，辣舞。

辣舞，老先生低声念叨。

等到一个空当，锦绣问那位女孩，这是英语班吗，收费吗？女孩笑着说，免费的，我们是义工。每周两次，轮流教大家一些简单英语。锦绣说，没想到这么小的都城，学英语的人真不少。女孩说，周末去教堂的人更多，她逢单周去给他们教歌，有时他们中的人还带来自家蒸的红薯、糕点。锦绣想了想，说，我知道教堂在哪儿，远是远，我找个周末去看看。女孩说，欢迎你。便侧过身，去回答一位中年妇女的疑问了。

锦绣觉得这个房间的气氛很松朗，舒适，虽然门窗紧闭，却有如沐春风之感。灯光略暗，却是正好。假如从书里抬起眼，就会看到无数个浇铸了银汁般的头顶，和暗重的阴影铺在每个人的背部、肩部。锦绣吃了一惊，为着这么多人聚在一处，却是不曾意识到他们的存在。在白天，这些人分布在大街小巷的各个角落，你分辨不出他们的面貌，一时间也看不出他们的异样。但是他们改变了自己的生活，而且正在改变她的。锦绣欣欣然在桌边立着，没有想什么，心里在跟着念那个单词，辣舞，辣舞。生活是需要辣舞的，她一时为这句陡然蹦出来的俏皮话，抿嘴一笑。两个女伴四处转了一圈，看锦绣面露诡秘笑容，不解地问她看到了什么。锦绣说她在记单词。一个女伴说，你都过六级了还在这记单词呢。另一个女伴说不早了，等回去宿管科该锁门了。三人便出门去，把一片蚕吃桑叶般的沙沙声留在身后。

回到宿舍没过几分钟，就熄灯了。锦绣本可以回家，想到次日有早课，就同女生一起回校。摸黑洗漱完毕，她上床时却没有睡意。这时她收到了简讯，一条是春上的，一条是东巴子的。她先回复春上，逛了步行街，去了娇子巷，还想去教堂看看。那件衬衫，她忍住没说。春上简单回复了句，早点睡吧，明天还有课。便没声息了。

锦绣对东巴子讲了讲娇子巷的义工，说自己也想过到福利院、敬老院、边远学校当义工。他们还谈到了宗教、政治、历史、人文、人类的命运和社会体制走向等等。这些话题告一段落后，东巴子说他最近爱上了一位姑娘，很投缘，就是没有向她表白。锦绣鼓励他去表白。东巴子问到她的择偶对象，锦绣说她没有什么标准。东巴子问她男友是什么类型的。锦绣想了半天，也不能给春上一个准确的定义。她说他是最好的，全部是好的。东巴子怀疑地说，没有缺点吗？锦绣说，有吧，但我不觉得是缺点。东巴子说这是爱情蒙蔽了她的双眼，等相互走近了她说不定会失望。锦绣说她只怕自己叫他失望。东巴子说，婚姻就是借你一双慧眼，让你看清楚人不堪的一面。锦绣说她不认为婚姻是最适合人类的方式，一夫一妻制挺残酷的，她可能一辈子不结婚。她是半个不婚主义者。东巴子呵呵笑，说小姑娘就是想法多，不结婚人类怎么延续呢。锦绣说，人类可以婚外繁衍啊，人不用对另一个人忠诚，不用对一个家族忠诚，不用对一种制度忠诚，而是对上帝忠诚，这样更能保全人的本性。东巴子连说，开放，开放。不知道你脑子里这么多东西。

月光从玻璃窗外洒进来，锦绣感到心神清爽。她想到那位义工对老先生慢慢启动口唇的镜头，L——O——V——E，辣舞，不由得笑了。老先生学会后，回去向谁展示呢？是他的一个扎蝴蝶结的小孙女，还是一位同样瘦削但不乏雍容的老太太？锦绣想到了老吴婆和那个小女孩，她有一周没有回去了。每当想到那个小女孩，锦绣心里总会有一种发紧的感觉。

临了，东巴子说，下月他要来都城周边的城市，问她是不是可以见面。锦绣推说学业紧张，见面不方便。东巴子可怜兮兮地说，他绝不打扰她，只是远远来看她一眼就走。锦绣的身体绷直了，紧张思索半天。在东巴子的苦苦哀求下，锦绣只好直言相告，她不见网友，也不曾有过他之外的网友。她以为网友就是在网上交往，谈谈心的朋友。东巴子极其失望，埋怨南方人的保守，不信任。锦绣被他说得十分为难，默默下了线。

夜里，锦绣做梦，梦到了东巴子。东巴子偷偷摸到都城来了，摸进了都大。他躲在一棵桂花树后面，鬼头鬼脑地探视，等她从教学楼里出来。她自然不出来，急得像热锅上的蚂蚁，给春上打电话求救。她抱着一堆书，和冲进教学楼的春上撞了个满怀。她老老实实地捡书，等着春上怪她，一抬头发现是油条。油条伸手要帮她拿书，并给她出了个主意，拿他的一个夹克衫的帽子罩在她头上，她就变作了油条。两个油条走出教学楼，惹来东巴子好奇地张望。锦绣闻到夹克衫上浓浓的头油味，是油条身上的气味。她夹着腿，别扭地走向图书馆，快到大门时一阵风吹来，吹落了帽子。她一下露馅了，变作了老吴婆屋里的小女孩……油条拉着小女孩飞跑，她急急忙忙随着他们跑，书掉了一地，被汽车轧得全是轮胎印。在柳树堰那条小黑路上，她一脚踩在了一条狗尾巴上，狗发出嗷儿一声惨叫。

20

春上的手机失踪了。

一开始，春上断定手机是被偷的。因为那天早上出门之前，他把它放在了皮夹克靠衬里的口袋，而且在车上自始至终没拿出来过。没有撂在车上的道理。都说春天的草多，猫多，小偷也多。春上不能保证自己总能抓住小偷。

随后春上把念头转到牛丽身上。这堂课便上得很不专注，这并非一个手机的威力。事到如今，他有些像惊弓之鸟，但凡事跟牛丽扯上干系，他就要思量半天。这当然不是说牛丽的威力有多大，他满可以忽略她，事实上他也做到了。他并不害怕她。他们之间已经达到某种微妙的压迫，对于春上而言，绝不是一件舒服的事情。每当念及牛丽，他就不得不从久远记忆里寻回他母亲，当年对他某种心理上的戕害。他母亲如此强势，暴戾，阴郁，他以为永久摆脱了她，可以开启新的征途。但是，牛丽出现了。自从招惹上她，他的哪一样事似乎都同她沾上了边。早知今日，他当初应该由着她把手机掏去，一点也不抵抗。

直到上完两堂课，被木主任喊到办公室，春上又怀疑起刚才的结论。牛丽做事好像没这么拐弯抹角。依他对她的判断，此时她正是刻苦训练忍气吞声的时候，不至于摆弄这种费力不讨好的小伎俩。只有当她退出了赛事，初选落选了，她才有可能恼羞成怒，做出这类垂死挣扎的事来。

出于对这个结局的尊重，他该好好想想怎样安抚她的情绪，达到一劳永逸的效果。当初她偷锦绣的钱包，就是因为他没有处理好这种乱象，才同她发展到了让他后悔不迭的局面。春上脑海里滑过了她扬起那两张卡时轻佻、得意的脸，不由得对自己产生了一种淡淡的沮丧感。

木主任劈面就问春上，你搞什么名堂，今天不是愚人节吧？春上被问愣了，说，不是吧？木主任又问，你的手机在身上吗？是不是丢了？春上承认丢了手机。木主任这才哦了一声。他中午接到一条奇怪的短信息，是春上的号码发送过来的，上面说，我捡到一部手机，不知道是谁的，查了里面的通讯录，看到你的名字怪亲切。请你转告手机主人，下午四点在怀旧茶楼我将手机物归原主。我穿一件黄色西装。

你看看，你看看，木主任说，这人还蛮有觉悟嘛。脑瓜子也灵，知道给我发短信。似乎短信息发给别人，春上的手机就无望归还。春上于是称谢，脑子却在急转，隐约觉得事情不是这么简单。对方说自己到时会穿什么衣服，却没要求或征询他出现时的标志，可见，这人是认识或见过他的。既然认识，却装作素昧平生，有什么企图？一时间，春上脑子里漂浮上几个有类似行事风格的女人的脸。牛丽回到怀疑对象的身份上来，因为她既有充分的动机，又能轻而易举做到。她还不用亲自动手。她完全可以一边在训练营高歌，一边让同行帮她把事情搞定。春上想，看你牛丽能玩出什么高明过别的女人的新花样。

四点，春上到了茶楼，坐在面对大门的位置。他叫了一壶茶，慢慢喝着。四点二十分光景，有一个人大摇大摆向他这边走来。是个瘦骨嶙峋的男子，丝瓜脸，穿一件灰绿格子的薄西装。他径直走过来，在春上对面坐下了。春上招呼说，你好。那男子点点头，迟到了哈。我今天没找到那件黄色西装，换了件。春上笑了笑，问，喝什么？那男子说，都行。

春上给他倒茶，边说，我们以前见过？男子舒服地抽了口烟，然后从口袋摸出一部手机往前一推，手机滑到了春上面前。这似乎就是他的回答。春上拿过手机，点开看了看。过一会儿，他从怀里摸出钱夹，说，谢了。你看我也只能用这个谢你……

男子摇摇手说，别谢别谢。你回答我几个问题就成。

春上的面色凝重起来，他的手缩回了怀里，一时没抽出来。男子狠吸了口烟，把烟屁股往桌面一按，身子前倾，嘴里的烟味直冲春上鼻端。

你爱你女朋友吗？

春上想，果然就是其中的一个。他不动声色，淡淡地问，你到底想干什么？男子想了想，说，我不干什么。我也不瞒你，你的手机是我拿的，我就是想跟你谈谈，耽误你半小时。听说你的时间很宝贵，时辰是用三位数来论的，可总有比票子要紧的东西，你说是不？

他用一双钝角三角眼盯着春上，春上只好点了点头。尽管听一个小偷说世上有东西比钱重要，春上不是很习惯。

男子对春上的反应感到满意，面色略缓。他又点着了一根烟，也不抽，就让一股青烟袅袅从指缝间上升。这个姿势大概给了他信心，瘦长的身板陡然有了一点气场，神态越来越笃定。

我只问你，你是不是很看重女朋友的贞操？

春上思索着，居然拿锦绣要挟我，只能是牛丽了。我只对牛丽提到过她。我为什么对她提到她？那回喝酒了？有没有跟她提到锦绣的学校？

怎么说，春上不动声色地问。

是不是不管怎样你都会跟她结婚？男子的眼睛紧张地闪烁起来，有一边眉毛蚕一样动。

春上冷淡地问，牛丽让你来的吗？

男子一愣，有点结巴了，牛丽？你、你怎么认识牛丽？

春上说，你转告她，出局是一定的。我的耐心是有限的，别玩这些青春期的把戏，恕不奉陪。

等等！油条站了起来，大声问，你说你他妈的认识牛丽？

春上握住下巴沉吟起来，情形如同一个警察看透了罪犯的心理，不予作答。

你、你们什么关系？油条完全不笃定了。他意识到了这一点，将那烟往嘴边一叼，双臂撑住桌面，重新坐了下来。

我女朋友肯定是我的结婚对象，春上慢腾腾地说，不管是牛丽、马丽、兔丽，都不可能取代她。

你们……

没有我们，春上厉声说。

油条完全没想到春上和牛丽有一腿，他的脑筋一时转不过弯来。这个看上去人中龙凤般的人物，怎么看也是个正派男人。据说他还是大学讲师，人类灵魂的高级工程师。锦绣把他当作神，认为他能把她带到天上去。油条从心里冷笑起来，感到五脏六腑发酸，发疼，眼前仿佛又出现锦绣那天绝望的眼神。

一个教授，一个贼，……

油条嘿嘿笑起来，怎么可以搅到一块？这太搞笑了。想想看。

到此为止，春上说。

春上似被这个话题刺痛了某处，嘴角紧紧抿住。他想不到自己会容忍这荒唐的现状，一路走到这个地步，给自己、给锦绣带来多大的危险和伤害。

你搞了牛丽，是不是？油条怒极反笑，你背着锦绣搞了牛丽！

春上站了起来，面色有些发白。你知道她名字？你到底是什么人，最好离她远点！

人渣！

一时间血往脑门上冲，油条突然跳起来，当胸一拳，把春上打得一个趔趄。第二拳蹿出时，春上站稳身形，一把拽住油条手腕，一拉一扭，把他的手臂送到了腰后。

油条另一只手亮出了那把许久未用的匕首，自从遇见锦绣那夜之后，它就没有见过天日。春上的眼睛寒了一下，很快变成了愤怒。油条刺向他时，春上只一闪，并不放开他手腕，于是手臂上被划了一道。

春上把他的头揿在桌上，大声说，你和我有什么仇？要杀我？

人……渣！

油条努力从嘴缝里发出回应。他的脸被按在桌面，旋转着，扭曲着，就算派出所的熟人看到了，一时间也认不出他。刀早被春上夺过，扔到老远，吓得围观的人跳着脚躲闪。

你准备把锦绣怎样？牛丽找你来，是要杀掉我们吗？春上怒不可遏，拳头一下一下招呼到油条头脸、项背，又用手肘顶住他后颈，力道挤压得他吐出了半根舌头。

一开始茶楼里乱成一团，客人纷纷离开。但他们又从门口、窗外探出半边脑瓜子，既舍不得放弃这样难得的热闹，又怕刀子不长眼殃及自己，于是全聚在外围，以便进可攻，退可守。后见行凶者动弹不得，保安才到了。人群迅速呼啦一下包抄上来，还有人拨打了110。穿制服的人随后赶到了。

21

锦绣三天没看见春上。还是在同学嘴里听说他受伤了，被一个混混拿刀子刺破了胳膊。等她急急赶到他办公室，他像个没事人一样。

办公室里有十多个师生，乱纷纷地穿梭，都在筹备选秀的事。她看到春上手肘包扎了纱布，面色如常，心里才放松了些。锦绣从不来办公室找他，这一回没多想。春上看见了她，快步走出来，匆匆交代了几句话。大意是不要自己一个人回家，最好这段时间住在宿舍。等他忙过了初选，他有事同她商量。

他的事她插不上手，就出来了。晚上没事，她去校门口上网。平时她手机不常联网，不上微信和QQ，不听音乐不打游戏。有同学说她是古董，举手投足、神态语调总跟人隔着点什么。唯有春上说她恰是这个时代的叛逆者，长直发，不穿耳洞，不化妆不染发，脸红，不人云亦云，这些都是他眼里独行侠的特征。你愿意独立思考，有时他注视着她，看不出目光里是迷恋还是害怕：这习惯好。只有他这种注视，才让她不至于感到紧张，包括他对她的触摸、亲吻，她都会产生置身云端的旷远感。有时也会让她出汗，更多的时候，春上对她的亲近类似水对鱼，一种凉凉的安慰。曾经有一段时间，外界的一切都让她紧张，她觉得自己身处一个乱纷纷的大屋子里，到处是人影、人声、各种器械的噪音，看不到具象的东西。她抓不住那些事物，以及事物的核心，目力的局限使得她动用了所有感官，听觉、嗅觉、味觉、触觉，也恰是这样的全体参与造成了更大的障碍。她不得不承认自己是一个残缺的人，在这残缺的天地间，唯有顺从，唯有隐藏。

春上的出现是自上而下的，他对于她仿佛没有性别，年龄，辈分，哪怕他比她大十七岁、七十岁，都没有妨碍。她残破的余生就是为了等待他，让他照亮她的一部分。在他出现以前，她差点走向一个极端，就像是疯狂滑轨冲向悬崖，陡然拐到了一片舒缓的坡地。她可以躺在翠绿明亮的草地上打盹，因为周围有他照看，不会有野兽和蝇虫出现。有时她会在梦中哭泣，担心她遇到的草地是一个梦。春上有一天消失不见，这种担心犹疑、统治着她整个青春期。另一方面，她还会回头看一看那悬崖，走到崖头望向谷底，忍住恐高症状去感受那种不确定情绪的冲撞。她认为克服自身病态的最好方式，莫过于经常去冲刷伤口，如同同学半夜刷手机一般。她还是常常会激动起来，被一些社会现象甚至泡沫，引向一个个悬崖。她怀疑自己是一个女权论者，暴力美学粉，或者干脆是一个潜伏的SM爱好者。她在浏览时事、明星婚恋的娱乐快感，远不如探究历代政权更替、名人野史来得悠长。

有关都大命案的网页只有零星几个帖子，不像前段时期那样铺天盖地。敏感帖子大都没有了，仅存的几条下面倒是跟了一些正面评论。而超级人声的帖子有上百条，关注率节节攀高，这真是一个疯狂的年代。锦绣走出网吧，漫无目的地沿着立交桥走。桥下车流如织，灯火通明。一阵阵风灌进锦绣的衣领，吹得头发乱了起来。锦绣信步走到站台，上了巴士。锦绣本来不想回家，打算听春上的，去图书馆坐一坐。不知为什么，她管不住自己的脚要回去。宿舍里三个都交了男朋友，她还撞到过其中一对抱着在蚊帐里摇晃床栏，当时她臊得满脸通红退了出去。其实她什么也没瞧见，近视眼，不戴眼镜是因为不想看清这世界。但有时你越不想撞见、不想看清的，越是毫发分明摆在你眼前。比如童年遭遇的那件事，总也迈不过去。至今她除了那位帮过她的陈大哥，不曾向谁透露过。婆婆去世后，她更加谁也不愿意说了。奇怪的是，自从那天对陈大哥说出之后，她感到胸口一块铁门被挪开了。浑身上下松朗很多，轻快很多，像是门打开后，那些发霉的、湿重的苔藓被太阳烤干了，剩下的泥浆也将被风干。也许有一天，她能彻底卸下那块门，跨过它，走到一个全新的锦绣里去。

在走过那条窄路时，没有遇到人，一只老鼠也没有踩到。锦绣顺利地下坡，走近了水井。她站在了自家门前，掏钥匙时，觉得有什么不对。回头一看，井边坐着一个人，黑乎乎地一动不动。锦绣一声惊呼，谁？那人半弯着腰，听到响动直起了身子，两手从脸上放下来。锦绣借着月光，看到老吴婆面上闪闪发亮的一道水痕。老吴婆在哭泣，坐在井口，脸上不知是口水、眼泪还是井水。锦绣打开门，正要进去，老吴婆对她开口了，锦绣。锦绣按灯的手停了一停，忽然转身，问，那个妹呢？老吴婆说，在屋困觉，她不知世事啊。锦绣，我说给你听，老倌今朝要死了，你注意听，阎王爷招他去哪。说完嘀嘀哭了起来。锦绣按捺住心里一阵揪扯，抬脚进屋，将门反锁。

灯灭了。她没有进房，靠在厨房的门后，听着井边的动静。老吴婆轻轻啜泣，像一只无力的病猫，哀哀哭了一阵。她擤鼻涕的声音听起来不像是要跳井，很坚决，像是要回屋了。不过，她还是没有动身，像是月光把她冻住了一样。锦绣的头在黑暗中一圈圈变大，像是那一年夏天浸在湖水里的感觉，天旋地转，听到的任何声响都是嗡嗡的电波状。那一年她失足落水，却并没有死掉，被一个路过的人救上来。她鼓鼓的肚子，吸饱了水，像一只濒死的蛤蟆一样躺在沙子里。

锦绣深一脚浅一脚进房间，没有开灯，抱住双臂把自己放进被窝里。这一回，老吴头真切地从她脑海里升上来了，头大如斗，鬼魅般悬浮在三米开外。她闭上了眼，他更加剧烈地震动，甚至向她飘来。锦绣屏息瞠视，克制着不跑出房间。这样的情形在从前无数次出现，那时父母也像这样早睡了，四周听不到一点声息。她整夜做这样的梦，分不清梦里梦外。到处一样的黑。她一直自己面对，直到进入梦乡。现在，她手心开始出汗了。她的手伸进枕头下，摸到了一个硬东西。木制十字架的手感使她心神一定。她把它取出来，紧扣在手心，心里默默念着，你走吧，你走。过了十来分钟，她睁开眼，四周一片寂静，夜色澄澈。老吴头的脑袋不知飘去了哪里，月光从窗棂漏进来，有虫子在草丛里叫。她的窗子向阴，不知道老吴婆此时在不在井边。老吴婆的话像一把锈掉的钥匙，开启了某些可怕的记忆。她是不是真的坐在井口，此时锦绣有些不能确定。她怀疑那是自己的一个梦，多年来她希望他死，难道不是事实吗？她大睁着眼睛，不想入睡，担心会做雷同的梦。事实上，她的生活和梦时常重叠交错，无从分割。

天一亮，她下床推窗。一夜无梦。她打开侧门，看到一口沉默的井。湿漉漉的地面，铺着极薄一层暗绿色苔，似乎还沾着女人们清早的喧闹声。她把目光抬起，看向远处拐角，老吴婆的身影并未出现。昨晚老吴婆坐在井口的情形很不真实，她担心他死，软弱哭泣，这使得锦绣的夙愿显得古怪：他最好烂在床上，化为脓水。在清早的风露里，锦绣打了个寒战。她反身进厨房，坐了一壶水。她喝过一碗粥，拿了块萝卜饼出门了。母亲在院子里晒衣服，嘱她晚上带一斤幸福路的红豆酥回来。她应了，推开院门，又停下脚步问，老吴……头，要过了吗？母亲搭了块手巾在竹篙上，说，回回说要过了，回回撑了下来，谁说得准？倒是命大！

他屋那个妹，还在吗？

昨前天还看见她，女崽俚认生得很，来了两个月了。这一回要是撑不过去，就是命里碰到了克星！

不要扯这些，锦绣忍不住要反驳她母亲，对老吴婆更不要提。

不提就不提，她母亲气鼓鼓地回屋了。

在巴士上，锦绣想到今天是超级人声初选录制的日子，春上一定忙得不可开交。他分在通俗组当导师，担子很重。即便分了几组，最后汇总下来，重头戏到底是通俗组。那些美声民族戏曲，如果不是特别突出，一般就被筛掉了。最后留在舞台的永远是通俗，再通俗。就像网上留下的页面，永远是新的热点、新的泡沫。人们不相信那些缓慢的东西，复杂的东西，没有耐性听完一句京剧台词，品咂那种九曲回旋一波三折的况味。他们只迎接刺激和遗忘，周而复始。人们也不再跟随那些正大雄伟的音乐，编织悲怆壮丽的梦之篇章。没有战争，也没有和平。只有琐碎，只有腐朽，只有肤浅的庸俗的生存。在简陋、畸形的空间里，他们分不清高尚和意淫，正直和伪善；权利和义务，权力和责任；高贵和矫情，理想和利益；死亡和生育，癌症和病痛；娱乐和幸福，平静和虚无。

这不是他们的问题，锦绣苦苦思索着，并不是人的问题，不是时代的问题，那么，造成这种全民娱乐、见利忘义、舍本逐末乱象的根源，到底是什么呢？

进了校门，发现与往日不同。大门口插了很多旗子，红的，黄的，粉的。很多学生围在一处，讨论着什么。有人分发单子，分发水、垃圾袋。一队人走了过来，走在前面的她认得，是文学社的一个干事，姓王。他身边有两个学妹，一个白裙子，一个红裙子。锦绣奇怪他们今天的队形，神情也端严，与现场热烈的气氛很不相符。走近了，她看到白裙子手里拖个扩音器，卷着的条幅和小彩旗在红裙子手里。王干事听到叫他，停下来，身前身后的人也止住了脚步。红白裙子继续朝外走，后面的人慢慢跟了去。王干事扶了扶眼镜，说，今天趁着人多，造成的影响也会大些。锦绣问，是在校内吗？王干事点点头，先绕主干道走一圈，再去电视台。锦绣说，你们不上课，会记处分的。王干事低声说，请假。最好不惊动学校，我们大多上了黑名单。你来吗？

我，……

你来分发这个，王干事交给她一沓单子。

锦绣点点头，我去下班里，就同你们会合。

锦绣走过女生宿舍7栋时，铁门口旋过一阵风，那风像是从暗处来，带着阴凉和一股铁锈味。锦绣站立不动，听任普蓝色裙子的下摆张开去。她感到两腿间一阵湿冷，有什么滑滑的东西从大腿内侧扭了下来。她低头看时，是一道暗红的血。这年的春天奇怪，来得早，暖得迟，总有一股股的大风，要把人吹昏去，才放手催开那些红的花朵、绿的树冠。

22

老根有一天摸黑来了。

他显得十分疲惫，头仰在床头，半天不动弹。牛丽给他绞了把手巾，递到他手里。老根把热手巾盖在脸上，过了一阵才窒息了似的扒下来。他打了下呼噜，戛然而止，这才眯缝着眼找牛丽。

牛丽坐在一边问他，人好清爽了吧？老根端过桌上的水，喝了一口，说，没事。人是瘦了一大截，黄不拉几的。牛丽说，明天我炖个猪肚汤你带去吧。老根说，不用，门口餐馆有现成的。那哪有营养啊？还行，每天不重样。牛丽说，我这边炖个汤不费事，不然我心里过不去。老根搔搔后脑勺，说，你还是先不露面。鬼事！她怎么找到你的，女人这点厉害，不服不行！牛丽说，那好，你莫想那么多，这个时期顺着她点。女人不容易，生养一肩挑，你是家里的主心骨，当然心思围着你转。老根愣了会儿神，叹了声，人这辈子忙忙碌碌为的什么？要说，我没给她享过什么福，几个丫头吃喝拉撒够她操持的，得这个病也是累出来的，人动个手术精神头就没了。牛丽想了想，问，医生说子宫端了，对人有没有影响？老根摇摇头，还不知道，那方面会有点影响。现在她不能再怀了。牛丽叹一声，这等于是一个废人了。

嗯，老根用浓重的鼻音说，生第一个丫头，她还得过产后抑郁症。

两个人在渐渐转暗的光线里坐了一会儿。牛丽起身去开灯，被老根捉住了手。老根把牛丽拦腰抱住，脸偎在她后背上。他两只胳膊交缠着，绕到她的胯部箍着。牛丽出了一层汗，她没有转过身来，也没有抽身走开。老根慢慢地把她扳过来，右颊贴在她腹部，深深地舒了一口气。

我去冲个澡？牛丽想了想，低声问。

老根听了，松开了手。但是牛丽又不走，在他对面椅子上坐了下来。他盯着牛丽腹部看，问她，肚子怎么胖了？

牛丽说，昨天吃红薯，胀气呢。

老根又伸手去抚她肚子，撩开衣服，拍拍她圆圆的肚腩。丽丽啊，你给我生养一个？

哎呀，牛丽拍下大腿，说，粥潽了。她赶忙往厨房跑，老根跟了进来。牛丽把锅盖揭开，说，上次你打老家带来的小米，熬了点粥。我们学校有个老师胃不好，给他熬的。我想进他的组。

老根听她说过春上的事，当然不是全部。省略了去宾馆的事，以及他俩的赌约。牛丽暗暗把这桩事搁心里，搁得久了，就会生出一汪子酸水。像腌萝卜，腌出酸甜的水。她心里也清楚，他们的事有可能就是冤案一桩，再也无缘见天日了。牛丽搅动锅里的粥，看了看墙上的钟，又看了眼老根。他闷闷在餐桌边走动，拿眼角掠着她，说，不炒个小菜？牛丽说，肚子胀气，喝点粥吧。我一会儿要出门。老根不说话，在案板边停下来。他抄过砧板，拿刀拍了个蒜头，一会儿工夫，凉拌了个黄瓜，摊了个香椿蛋饼。牛丽一手拿半个咸鸭蛋，一手来端菜，说，今晚要比赛。我唱《三套车》。老根坐下来看她吃，看到油汪汪的鸭蛋黄要流出来，下嘴唇焦急地啜着。

你看看我，头顶都掉光了，老根说，愁的。

牛丽瞅瞅他头顶，想了一下，我给你买个假发吧，我们学员里有人戴了，好看得很。

咳，搞那假名堂，不累得慌。老根一摆手，你真参加什么选秀？

蒸的。还煮的呢！

这类活动黑幕多，你要换个事做，老根咬了根牙签说，哪个不比这个有脸。

你走，牛丽脸一沉，我不给你丢人。

老根哀怨地盯她一眼，转开头说，你给我生个儿子，我让你选上头三甲。

牛丽动手推他出去。老根被推到了门口，扭转身抓住她手腕说，你考虑下。这个事我做主，她管不了的。她已经知道你，我就同她当面锣对面鼓，明对明说。她自己现在这副样子，也奈何不了你。

牛丽用力一耸，将他推到外面。她拍拍手说，你这说的是人话？除非你同她离了，再来跟我说生养的事。不然你就是把我俩，当作同你一样的猪狗不如！

你骂老子畜生！你高尚，你不是为公寓？

为公寓怎么了？我不单卖身，还卖脸呢！

老根隔着门咳嗽，动静弄得挺大。他想以此震动牛丽，让她请他回去。但是里面没有了声音，好像牛丽从另一个门出去了。老根知道她生气了，只好拍门。

我把新卡给你带来了，你开开门。

还是没动静。女人就是这样，要你变着花样哄。刚才牛丽还准备去洗澡呢，现在连个回声都不给。老根就把卡拿出来，瞅了瞅，蹲下往门缝里塞。吭吭哧哧进去了。老根刚站起身，那卡刺儿一声，从门缝里弹了出来。

老根十分沮丧，气哼哼地将卡扔进包里。好你个牛东西，我说什么了？就得罪你了？我也没说为公寓不好啊！不是你先骂我的嘛，你还生气。我对你怎么样，你好好想想。

老根在外盘旋一阵，悻悻然走了。

牛丽将粥盛在一只保温桶里，旋紧放进布套里。她把香椿鸡蛋饼也放了两块在夹层，因为春上的胃，她没让老根放小红辣椒。牛丽匆匆出门，并没有注意到在电线杆下停着的一辆小车。在牛丽招了辆的士后，车子一直尾随她到了都大。

春上的胃病由来已久。每当胃液上涌时，他的面部就会出现一种细致的痉挛。这种神情对牛丽是充满了吸引力的，相对于他清冷秀气的面部，这种剧烈的波动无疑是提供给研读者的一份珍贵的线索。牛丽一开始把这当作一种春上情绪上的泄露，后来在学生们的议论里得知，只是客观的疾病。据说胃病的成因比较复杂，未必真正是消化系统的病变，很有可能属于心理范畴。牛丽对此不以为然，她恰是善于将一切心理问题物化为现实问题的，于是，她赶在登场前回家熬了半锅粥。

牛丽知道通俗组没有解散，他们叫了盒饭，在排练厅一遍遍试练。在如何将粥成功地送到春上手里的问题上，门外的牛丽内心纠结了一番。本想让一个女生转交，又担心春上搁下不趁热吃。她其实是想看着他，一口口喝光那碗温热的粥。于是，她最后一次清清喉咙，鼓足勇气，伸手推门。门从里面反锁了，这使得牛丽鼓起的勇气迅速泄掉了。她在门外无聊地走了两个来回，后来她对自己有点恼怒，快速敲起了门。有个女生的圆脸露出来，门只开了三分之一。牛丽问，春上老师在不在？圆脸女生说，在，你有什么事？牛丽说，我是美声组的，你们吃饭了吗？圆脸女生说，吃过了，过十分钟录制要开始了。牛丽点点头，说，你能喊他出来一下吗？圆脸女生为难地说，他在给我们讲评。牛丽想了想，把保温桶递给她，说，我不进去了，你帮我转交他吧，一定要催着他趁热喝。我知道他肯定没吃饭，胃不好，嗓子哑了。圆脸女生犹豫了下，接过了保温桶，点了下头。

牛丽跟着大部队走进排练厅时，一眼看到她那只保温桶放在一只矮凳上。周围不见春上，她走过去提起来，掂了掂。牛丽心里一喜，因为手里的分量轻，说明她为他熬的粥被吃了不少。牛丽脸色通红，像是哮喘即将发作。在她登台之时，面上的喜色都没有褪尽，一首《三套车》被她唱得格外爽朗。显然，她的演唱给全场观众带来了一种新的感受，下面掌声雷动。在座的评委老师一致认为，格调虽是不对，唱功委实老到。李老师的青春美丽痘在歌声中一颗颗被催发，笑眯眯点评说，牛丽的优点像她的缺点一样明显。通过这些日子的刻苦训练，相对于她的优点，我更看好她的缺点，在接下来的环节里，怎样打破自身的局限，甚至发挥局限，是个吸引到我的问题。哈哈，女人被女人迷倒是不是很正常？总之，这是个有个性、有识别度的歌手，相信她的晋级会给节目带来精彩。

负责民族组的赵老师说，女人被女人迷倒很普遍了哦。我觉得李老师对牛丽的评点很中肯，客观，牛丽的确有一副宽广的音域和对声线的天生控制，我甚至对她的职业产生了想象，是一名护士，还是司机？

牛丽想了想，说，我能不能保密？因为还没有确定下一步。我只能说，我是一个有可能让医生和司机丢掉工作的人。

哦？负责戏曲组的孙老师来了兴趣，这个职业够牛，够力！你的意思是，假如在这个环节落选了，你就会告诉我们答案？

牛丽的回答让台下的观众起了一点波动，加上孙老师这么一本正经地挑逗，台下便有人拍掌笑。在座的四位导师只有春上面无表情，其他的都露出了与现场温馨气氛相符的微笑。

不是的。你们就永远不会知道答案。

牛丽直视着耀眼的灯光说，站在台上，她压根看不清导师和台下的观众。但她知道春上在看着她，期待她落选或丢丑。她必须施展浑身解数，才可能在这个台上站下去。

台下响起了笑声掌声。孙老师左右旁顾，打个哈哈，说，你威胁到我们了。为了对整个现场以及电视机前观众的好奇心负责，我们想请你来一首其他的歌，不知道你愿不愿意？

牛丽说好。她给主持人报了一个歌名，然后说，老师，我能不能唱两首。孙老师大笑。伴奏响起，是《不能忘记你》。

夏天夏天悄悄过去留下小秘密，压心底压心底不能告诉你。

晚风吹过温暖我心底我又想起你，多甜蜜多甜蜜怎能忘记。

不能忘记你把你写在日记里，不能忘记你心里想的还是你。

浪漫的夏季还有浪漫的一个你，给我一个粉红的回忆。

牛丽曲风一变，一改《三套车》的浑厚沉重，松朗又轻快，带动了现场气氛，台下齐声跟唱。这首20世纪的甜歌无疑给神秘职业的选手加了分，牛丽唱得轻俏又活泼，台风有些模仿《射雕英雄传》里翁美玲饰演的蓉儿。她是对着春上唱的，而他也在听她，全心全意、面对面地听她掏出心里话。

喔夏天夏天悄悄过去依然怀念你，你一言你一语都叫我回忆。

就在就在秋天的梦里我又遇见你，总是不能忘记你。

这首歌的反响比上一首仿佛更好。在掌声中，牛丽说，谢谢老师给我机会，我还想唱一个《青藏高原》。孙老师沉吟说，你再唱两句，好吧，李老师？李老师笑说，你唱完民族，该唱戏曲了？这是你的专场吗，牛丽？台下难道全是牛粉吗！

台下响起了尖锐的呼哨声、掌声，以及"不能忘记你，牛丽"

"再来一个"的呼声。

牛丽清清嗓子，开嗓来了一句高的，"呀啦索，这就是青藏高原"。全场掌声雷动。牛丽紧接着在"这就是青、藏、高、嗷、嗷、嗷、嗷、嗷——原"这一句来了个大爆发。登时，台下一下静默了，仿佛被牛丽的嘹亮声线、粗野气流给镇住了，久久没有做出反应。一刹那，幡然醒悟过来，全场沸腾。

23

春上得知锦绣在街头被派出所强行带走，是在初选之夜后的次日。他匆匆赶到看守所，托了个熟人打听。熟人说，五名学生是以扰乱社会治安，被行政拘留十天到二十天不等。春上申请了暂缓执行拘留手续，交纳了保证金。

半小时后他见到了锦绣，头发汗津津的，粘成了一缕缕。两只灰兔般的大眼睛失去了神采，看见他一亮，又灰了下去。春上的心倏忽一下疼，他没有料到会到这一步。自从在那个夜晚的包间找到她，酒喝得糊里糊涂、涕泪交流，活像一头雾中辨不清方向的小动物，他就知道今后不会顺畅。她可不就是那种需要他时时刻刻寻找、监护、包庇的小动物，一个疏忽，就会在这尘世消失不见。跟那次被动陪酒不同，在这件事上是锦绣的过失。她的小脑袋瓜里转动的片面、复杂、幼稚的念头，必定要将她牵扯到某个极端的境地。他再次预感到，她有一天会像他的同事朱军，跳出他的世界，将一连串重担撂在他的身上。这件事他也不能不埋怨朱军，整个事件简直是他一手导演，从而牵涉到锦绣、牵涉到这些无知无畏又容易激动的学生。他也不能不责怪锦绣，在这个事件里他完全被当作了局外人，她不同他商榷就自作主张充当了这事件的牺牲品。

他们没有对你动手吧？春上到嘴边的只有这一句。他在心里是对此预先设定了否定的。然而，锦绣的眼泪扑簌簌掉了下来，一长串，

119

想必憋了很久。这个倔强的家伙很少有这种表现。春上心里抽搐一下，手指抓紧了桌面的水杯。就整张脸来看，看不到外伤，手肘以下的皮肤也是完整的。大概是一夜未睡，她看上去憔悴、焦虑、无精打采。他把水杯递给她，她接过来喝了一口，又喝一口。

今天能放我们出去吗？

我来接你的，春上说，现在你只能想你自己，不存在你们。还喝吗……走吧。

锦绣低下了头，双手不断绞动着衣带。她穿的是一件白底咖花的衬衫，两条长领带被打成了一个蝴蝶结，现在被她扯得歪歪斜斜。

上了车，春上帮她把安全带系好。

我告诉过你，不要跟他们上街，春上说。他忍住了后面的话，想了想，伸手把锦绣的手取了过来。

锦绣用黑白分明的眼睛对着他看。他手掌里传来的暖和、关切和爱护，她似乎没有感应到。她的睫毛还沾着一两星泪花，神情出奇的平淡。

别担心，春上碰碰她的脸，我们回家了。

我老给你惹麻烦，锦绣说。

爱闯祸的家伙，春上望着她，记住，不要同他们对着干。

我们打算罢课……

不要和他们对着干，春上重复着说，没有你们，记住。笔录的时候你要说，你是在不知道状况的情况下，被人拉进游行队伍的。你不要随便说你想说的，那样很危险。

我想说，锦绣低下头补了一句，她是无罪的。

春上对她做了一个手势，车子开动了。一刹那他做出了一个决定，让锦绣退学。她太容易受到周围环境的影响了，而这个社会的不良因素那么杂那么多，已经干扰到她自身健康、平稳的成长。当初他鼓励她考大学，看来是个错误的决定。他必须用下一个，来挽救上一个决定。哪怕这个决定突兀、怪异，甚至无法被他自己接受。春上扯动嘴角，笑了一下，被自己陡然产生的念头吓了一跳。同时，他对映在玻璃窗上自己的侧影备觉陌生。

没有对错，他突然俯身对锦绣耳语，没有罪与无罪。

锦绣对他抬起头，眼神里充满了陌生的质疑。车边是呼啸而过的车子，发出轰的鸣叫声。这城市的黄昏像是倾倒一般，将成吨的灰色块，以及橘色、锈红的曲线卸下半空。楼房、人群、车辆带着某种恍惚的质感一晃而过，什么也抓不住，锦绣疲惫地合上双眼。

春上在接下来的夜晚，还沉浸在她那浓郁的倦意和疑惑里。锦绣想必是感应到了他对于她的所作所为即将做出的制裁，也将对那个决定，进行不屈不饶的反对。一时间，他感到了一种虚弱，或者说，一种虚空。如同嫩阴天里那云气弥漫的天际，必须迎来一个粗暴的太阳，才可能真正开始新的一天。

在初选中，牛丽意外晋级复赛。这是他没有料到的结果，本来，他以为他可以拿捏分寸，轻而易举逐她出局。不仅因为她唱的是美声，还因为她在大笑时那副粗糙的嗓门，他对她的预判及低估是正常的。现在，他必须负起她声乐训练的责任，这是他们的赌约。奇怪的是，他并没有产生沮丧之情，相反心里有一种灼灼的怪诞情绪，这几天在蔓延。这阵子事情又多又乱，选秀活动，班里的事，锦绣被抓，牛丽晋级，每一桩都触及了他的心理底线。他却没有倒下，面对种种挑衅没有发作，即便烦躁、不安，也是笼罩在一种巨大的古怪的氛围中。这种虚空若谷的气氛，使得他想买醉，想号叫，也使他精神百倍，所向披靡。晚上他做了迷乱的梦，在一个女人的胯下长出了一颗人头，那人头有一副络腮胡子，一副洁白的牙口。牙齿咔嗒咔嗒响了一夜，他跳来跳去躲了一夜，最终他毫发无损，却在头部清理出了类似精子的亿万脑细胞的尸体。液体源源不断从他头顶流淌下来，四周响起几个女人合奏的浪笑声，他感觉到头晕眼花，一种透支般的恐惧使得他发出了不能自抑呵呵的叫声。牛丽也出现在女人当中，奇怪的是没有锦绣。当他慌乱不堪的时候，牛丽将他一拽，拉着他离开了那个女人的半截身体，出现在另一个城市的车厢里。后来的镜头淡忘了，他能记住的是牛丽那强有力的一拽，现在他左手臂的一根筋还在疼。

牛丽当然会制造各种机会同他亲近，即便他不配合，也是无济于事。事实上她已经把粥桶送到了他手上，他配不配合，又有什么区别。她说过，不需要他的配合，她的人生与他无关，说得那么自信，又那么伤痛，当初他就能感知到这个女人的麻烦和能量。他终归缺乏决断，一开始他就该在木主任面前拆穿她，揭露她的本来面目，她就不至于横行到今天。当时，他是怎样一种考量，没有揭穿她，反而纵容她一路走到这个境地。他当然对此要负全责。

这与对锦绣的职责是通源同体的，说到底，他是软弱的，不能在关键的事情上克己律人，坚守到底。现在，事情不按他的逻辑走，不按正常规律走，越来越失控，出离原本的轨道。他要将锦绣拽回来，如同梦中牛丽拽他一样。至于他要如何安排牛丽对他产生的迷恋，将她的爱情狂热处理得水到渠成、寿终正寝，接下来留给他的机会有限，时间所剩无几。当然，他对自己还是了解的。一旦下了决心，事情就会按既定方向走，少有偏差。

牛丽早早到了声乐班，在二楼找一把竹椅子坐下等他。春上踏进院子里，她就像是听到了喜讯，上半身从椅子上竖直来，从楼梯口狭小的间隙里等他出现。她看着他的头顶在楼梯上晃动，脸上笑开了，喊，春上老师！春上听到她的声音，身上哪里像被扎了一针，脸上露出古怪的揶揄的神情。他这样子像笑又不像笑，想叫疼又没叫疼，也让牛丽吃一惊。这时候，春上眼里的牛丽无疑像一条蛇，一条竖得笔直的、意欲扑过来的眼镜蛇。他快速、轻巧地从她面前经过，脚步故意踏放得沉稳，伴以轻轻咳嗽。牛丽跟着他走进了房间。

人呢，春上踱到窗口察看。

瞧你这些天累的，牛丽说，又咳嗽又胃病。

春上微微侧身，用眼角余光扫了她一眼。

谢谢你的粥。我不喜欢吃粥。

你喜欢吃面吗？

……不喜欢。

行了，你的胃适合吃这些。你吃饭了吗，我给你做点吧？

我说过不用了，春上厉声说。

干吗这么凶？牛丽撇撇嘴，就知道我赌赢了，你不高兴。我保证我个人不让你多操心。

春上不满自己在这女人面前老是发作，克制不住，又坚持不下去。显然这是个永远挑衅、触摸人底线而不自知的女人。想到这里，他换了一种口气，依然是冷冰冰的。

你那个同伴，出来了吧。你对他讲过我什么没有？

我没什么讲的，牛丽翻翻眼睛，你觉得你很有趣吗？

他怎么知道锦绣？你对他讲这个干什么。

他们熟得比我早，对她我更没什么好讲的。

他们怎么会认识？

我怎么知道？牛丽哼了一声，她可能认识的人比你多呢。

春上觉得这种谈话难以继续下去，但还是发出了警告。你那伙计有暴力倾向，以后可能惹出命案。

命案？牛丽又哼了声，他杀鸡都不敢。那天他是吓唬你的，为了我，他啥都肯干。

哦，他是为了你。

牛丽原地转了半圈，伸手捋捋脑后的卷发，笑道，这孩子有点儿傻气。

这种人就该长期关监狱里，对人对己都好。

牛丽吃惊地注视春上。

你不是在吃醋吧？她想了想，犹豫地笑了两声。

春上阴郁的眼神闪动一下。

他当我是姐。我们干的活不光彩，可他心不坏。

春上若有所思地盯着她。牛丽两只手向上托起头发，无意识地打了个髻，半晌又放下来。

他不是坏人，春上似乎在慢慢咀嚼她的话。

他不是，牛丽盯着他看，你觉得蹲牢房的一定是坏人？

蹲牢房的不是？

你那吊线虫呢，不就在里面待过吗？

牛丽的话让春上难受起来。他躲闪了一下眼神，打开了琴盖。这个女人的嗓门这么粗，这么扎人，怎么就晋级了呢。

好在一阵悦耳的琴声覆盖了思维的死角。春上眼前开了一道一道门，它们被风吹开，被雨叩开，被鲜花的香气熏开，金色的门、粉色的门、绿色的门，通向一个璀璨的新世界。

24

油条出来后，先去面摊喝了一碗辣乎乎的刀削面。他跳上了一辆巴士，回家洗澡换衣裳。在看守所里他倒是没有多想，牛丽来看了他一次，中途接好几个电话，丢下一袋子吃的，火急火燎地走了。他听说了牛丽初选晋级的事、锦绣被拘留的事，他的感觉是天下大乱。

一切乱套了。如果说他油条被关进来，默默地被炼成油渣，是一件十分正常的事情，锦绣的被扣押，则是一件再荒唐不过的事了。这件事情的荒唐指数，或者说疯狂指数，同牛丽参加超级人声一样，刷新了油条的认知和接纳底线。油条认为，锦绣不但没有犯错，不该被关押，不该被校方处分，反而应该受到嘉奖。因为，她是那么勇敢。油条没有想到，纸片一般的锦绣，心事重重的锦绣，内心竟然那样张扬。油条对某些人生态度是无感的，比如坚定，比如正义，比如规则。油条内心是没有什么秩序的，但他天然的善感，能感受到锦绣身上一种干硬的东西，并为这种他毕生不会追求的品质而惶惑，而受到感染。

油条想，杨春上不会管锦绣了。他知道了她的过去，现在连她的未来也这么一目了然，他肯定明哲保身，顾全自己。他不大可能为了锦绣，像他同事为了那个杀强奸犯的女生一样，丢掉事业和身份。他不会同伤害锦绣的团体决裂，只会同它斡旋直至汇合。这一点油条敏锐地看到了，他们不是和谐的一对。

在油条眼里，春上无疑是渣男。甚至比他油条还要渣一点，他是徒有虚名、徒有外表的伪君子，比东方不败还要不像男人。锦绣的幸福在油条心里是有分量的，这使得他在牢房里的日子有些沉重。以往的牢狱生活对他是家常便饭，这一次显得尤为难吃。好在他刚吃了一碗刀削面。

洗澡出来，油条第一个给牛丽电话，我出来了，你在哪？牛丽说她在步行街逛店，她有件衣服的纱网掉了扣子，在补什么的。油条觉得牛丽有点婆婆妈妈的，就问，那个，杨东方呢？牛丽一开始没听明白，后来明白了，就嘎嘎笑。

他可不是东方不败！我试过，对！

油条听牛丽这么说，心里挺不是滋味。但是牛丽说得爽朗，没觉得自己没脸，或是吃亏，倒好像光荣一样。她紧接着还警觉地告诫他，别再找他啊！他现在是我导师。别拦着姐发财，你想进班房找别的事！

油条打断了她，说，你没脑子吧？干什么还缠着他，这人渣。他有女朋友！

我不管他怎样，有没有女朋友，你操的哪份心？

你是做惯了三儿是吧？打个不恰当的比方，要是有个女人插足你跟老根，你会怎么想？

牛丽在那头火了，说，油条你有脸了是吧？老根、老根，老根被我甩啦！他是有老婆，这个还没结婚哪，我就是三儿了？我做没做惯轮到你教训了？你算哪根葱！

油条的耳膜被她震得嗡嗡响，大概那边店里的人眼神惹到了她，他听到她在抢白人家。油条喂了几声，牛丽才又把手机扯回来。

老牛，我不装蒜也不装葱，我是为你好。锦绣你记得吧，就是你说的吊线虫！

这个用你说，牛丽说，我早知道。你他妈为谁好，我看不出来！

你知道？好了，好了，我当然想你们俩好。

哪们俩？

你和锦绣。

我和她只能一个好！

你好，你好。

不希望自己好了？

我烂命一条，能好到哪儿去。油条剥了只橘子吃。

当时我也想，怎么咱哥俩这么倒霉？栽在这一对儿手里了！想想也是命，最后哇，咱俩都是空欢喜一场吧！

我让他娶她，对她负责。我没什么空欢喜不欢喜的。你口气怎么这么喜庆？

我还能哭哇？告诉你，人家也不可能把女朋友让给你，你让他娶她，这不显得假吗？

油条似乎看到那头的牛丽又是撇嘴，又是翻眼，也没多做解释。他喜欢同她嘻嘻哈哈的，说，老牛，你眼神这么犀利，还送上门给他当羊宰，大哥莫说二哥。

行了！等姐空了，一块合计合计这事。

油条转而问她跟老根的事，牛丽只说他们要断，他老婆知道了这事，还找过她。油条问，她没怎么你吧？牛丽说，一个和气人，在家净受老根欺负，能怎么我？你别操这份心了，好好开工，手脚麻利点！别真又进去了。油条又抓了把瓜子吃，问，比赛完了你还回不？牛丽说，肯定回来呀。我家底快清了，几月没进账了。等比赛完了，我跟你上路干票大的。

油条琢磨着牛丽说大的指什么。他觉得她没一句实在话，完全被男人给糊弄得没形了。她不让他找春上，怕他不给她辅导，实际上完全是丢了西瓜捡芝麻。他下了巴士，就给春上拨了电话。春上听出是他，淡淡地问什么事。油条说，肯定有事找你，见一面吧。这回我不带刀子，放心。春上想了想，说上午有课，中午能空出半小时。

油条看时间还早，倒头睡了一觉。闹钟响后，他抹把脸出了门。

油条早到了一点，离约定时间差五分钟时，春上推开了茶楼的门。油条打个招呼，说，嗬！人越来越精神了！春上坐下来，浑身一副凉凉的气息，以及"说吧，随便说"的坦然神态。

好家伙！把我弄进去了，油条跷起大拇指说，你一条腿踏一条船，走得多平稳，没翻船没进水的！

春上说，有事说事，你来为说些闲话，我没什么耐性听。

油条嘻嘻笑，传授点经验呗！我在牢里想得头疼，屁股疼，浑身疼，也没想出点门道来。

听说你救过锦绣，春上往后靠靠。

不值一提，油条笑笑，你给的机会，嘿。

春上点点头，说，上回你为锦绣出头，看得出你油条是一个仗义的人。结果你进去了，这里面肯定有误会，我在这里向你道个歉。

哎，油条摆摆手，错的是我，不该对你动刀动枪的。我也是冲动了，冲动是魔鬼。不说了，一笑泯恩仇！

春上也笑了笑。我今天就表明个态度，我如果结婚，娶的人只有锦绣。我有个私心希望你谅解，就是你能离锦绣远一点。她还小，不知世事，爱闯祸，容易受旁边人的影响。

不给更大的机会了？

我不开玩笑。

油条收敛了笑意，对着春上看了一眼，点了根烟。还有呢？

还有，春上眼神有点犹疑，说，如果你不对锦绣透露我和牛丽的交往，当然最好。

好！

油条一口答应。春上微微有些诧异，端起茶杯抿了一口。说说你的来意，有什么想法，你提。

油条想了想说，我就两条，尽快同锦绣结婚，别让她一个人走夜路，一条道走到班房去了！再就是给牛丽经济赔偿。这两点你做到了，我彻底从你面前消失。不然呢，我也不找你了，我跟你那个主任还挺有共同语言的。

这时，春上的手机响铃了。他对油条示意了一下，油条摊手让他接。春上就离座踱到屏风外接电话。油条听出那边是女人的嗓音，春上没怎么接话，只是嗯嗯地答应，语气很有礼貌。油条听到他轻声细语说，静琳同学，你的好意我心领了，我现在外面谈事情。我们都好好努力，争取好成绩，这样就够了，好不好？

春上回来时，油条耸了耸鼻子，咧嘴笑，哇，女人缘真好哦。校里校外粉丝不断，处理得过来呗？

春上不理会他的嘲讽，低头略想一想，问，牛丽要多少？

油条说，她为了你，是性情大变。我跟她这么多年交情，她再胆肥，也没见她敢抛头露面当众唱歌的。这得需要多强的心理素质？这是地下党的自我牺牲精神啊！她还打算离开那个要跟她结婚的财主，房子都不要了。她现在经济有困难，你给她一笔分手费，多少你看着办，也是让她死心，不要老叫她在你这里看见希望。

春上微微沉吟，说，我给她，她未必要。这么的吧，缓一缓，我把款子打给你，你替我给她。不多，一万，条件是她马上退赛。算是赞助她另谋职业吧。

行，油条说，我先替她应下了。只要你同锦绣结婚了，她也就死心了。退赛的事我做不了主，得她想通。

那就这么的吧，春上抬抬手腕看表，站了起身。

上次多有得罪了，油条拱拱手，说，你也不能算太渣吧。

春上只当没听到，从怀里掏钱包付账。油条哎一声，制止他说，我付，我付。你先坐下不忙，欠条你打一张吧？今天我不能白见你了不是？

春上蹙眉想了一下，落笔写下欠条。油条来回睃了两遍，眉目舒展说，这样就妥了。牛丽跟你，那是不图钱，她一味冲锋，可我得为她断后，兄弟嘛！是不是，你也别轻看我们，钱财乃身外之物，你的就是我们的，多少年后，我们的也是你的，这是哪个哲学家说的我忘了……还是不在教授面前掉文了，那什么，同锦绣结婚的保证书。

开什么玩笑，春上一愣。

128

不高兴了？不是我不信你，我总觉得锦绣玩不过你，油条又点了一根烟说。

春上面上的青筋露了出来。油条睃他一眼，喷了口烟。

我以为我是谁？对吧？你心里肯定在骂我，没事。我谁也不是。教授你呢，也不是什么好鸟。你管不住你自己，你比我们疯，我没看错吧？这保证书不写也罢，人生就短短几十年，对吧？

别过分，春上压低声音说，离我和锦绣的生活远远的，你听到了？

好，好，油条作揖说，我听到了听到了。东方教授，你赶时间先走吧。

25

最近老根来得勤，隔天来。遇上牛丽上训练课，他有时就送她去南山那边。牛丽总是让他停在坝上，不让他下车，不叫他接她。老根在车里看过春上两次，知道春上有个小女朋友，最近出了事。他给牛丽提过，要不要他出面找朋友，牛丽说已经出来了。老根想，小女生还是麻烦多，不懂事，不像牛丽这个岁数的知道轻重。

牛丽对他还是不错。逢上周末，她去山里练嗓子都喊上他。老根倒没有睡懒觉的习惯，得空也去健身房锻炼一下。他估摸着早上打车困难，也就一副利索打扮，六点半准时到漏斗街接她。车子停在山脚下，两人拾级而上，爬上一个小时。停在半山腰的亭子里，等汗收了些，牛丽开始吊嗓子。在牛丽练声时，老根有时也会鬼哭狼嚎几下。登山的人多，来得再早，也总能遇上人下山。老根还遇上过几次熟人，当然，这不影响他对着山谷嘶吼，牛——丽！怀——上——了！早晨的空气十分新鲜，山霭薄得透明，将喊声送出去很远。牛丽听了气急败坏，讲他为老不尊，说下次再不带他来。末了，她都给他起一个调，要他唱一支歌，《故乡的云》。

天边飘过故乡的云，它不停地向我召唤。

当身边的微风轻轻吹起，有个声音在对我呼唤。

归来吧，归来哟，浪迹天涯的游子。

老根听她骂自己，越发兴起，老是唱乱，到后来只有一句，"归来吧，归来吧！归来吧，归来吧……"牛丽由他去，自顾自地练嗓，每次唱半小时下山。复赛定在五月，牛丽志在必得，来得勤的那一周，登山四次。其余早晨，遇上雨雾，她打把伞去渊明公园吊一吊。

几次唱下来，老根感觉神清气爽，身轻如燕。上周体验，连血压也降下来了。身体一好，老根更是心心念念，不忘生儿子这回事。牛丽显然没有精力应付他，对他一天天不耐烦起来，有时还会打断他的话，让他滚回老婆身边。老根并不着恼，在一边悻悻然待着。假如惹得牛丽恼了，他还会下厨给她煲一道雪梨银耳汤。牛丽也就不好同他吵，向他说，你老缠我干吗呢，你想要个贼儿子？老根答，你天生旺我子孙的，我找人算过，越贼越旺！牛丽就说，我今后要生，也是同别人生。我也找人算过的，只能生一个，你别做这个指望了。老根嘿嘿笑，你同谁生？屁股这么大，十个也生得！别人你就别找了，离婚的事我同她谈。

因为时间紧，任务重，牛丽不同老根多说。回家拿样东西，拾掇一番，砰地带上门就走了。老根像她带回屋的一个影子，一点儿也没在她心上落下印迹。包括他的那些话，要求或承诺，也就像是门带上时的一股风。

这天老根一进门，就放下两张机票。牛丽正在换衣服，见状问，你要出远门？老根坐下来，给自己倒了一盅茶，纠正她，不是我，是我们两个。牛丽一愣，没说话。老根继续说，你不是想去新马泰吗？咱这就去。我陪你玩个十天，她那边也恢复得差不多了。

牛丽问，我什么时候说要去？

老根说，你不是常说吗？就算你不开口怪我没时间陪你，我心里也有数的。我检讨了自己，要改！没时间也要找时间，陪你好好散散心！你看你累的，脸色都黄的，正好出去轻松一下。

牛丽一侧身，将一件毛衣扔向床上，说，我不去。你陪她去吧！

老根用力咳嗽了一下，说，我们要离了，还能一起去?!

牛丽听出他语气里有恼怒的意思，就坐了下来。她把裙子的下摆扯了扯，老根看了就说，这裙子还是你穿好看。牛丽垂下眼睛，想了想，说，老根，你还是和她一起去吧。老根说，我同她摊牌了，不是我心狠，我是放不下你。她没表示反对，情绪上还好。

牛丽说，我实话实说，老根。我跟你是看在你的钱上，看上你给我买公寓。你上次说对了，我就是这样的人。我也想过要不要给你生个儿子。现在不行，我实话对你讲，现在不行。

老根问，为啥不行，现在你出名了，看不上我了？

牛丽说，不是，我出什么名了？没那回事……

老根嚷道，电视台不在播你们？现在你是红人了！

牛丽摇手说，听我讲，我们就算了，你放过我。

我知道，老根说，我老婆找过你，她也知道我给你买公寓的事。我已经订了一套。

我是真心话，牛丽望着老根的眼睛，公寓我也不要你的。

老根一下站了起来。他指着牛丽的鼻尖说，你是失心疯了？这机票我随时能找人去，想去的排队哪！他气呼呼地来回走了几步，扔下一句话，你再想想！我要是出了这个门，不会回来。牛丽，你想清楚！

老根叫她牛丽，让牛丽愣了一会儿。很久没有人喊她的全名了，听上去挺陌生，怪怪的。在老根走出门后，她心里还是轻微地抽动了两下。继而，她感到了一阵轻松。

牛丽在这件事上想不清楚。加上事情多，精神上时刻处于临战状态，她可用来想的时间不能保证。她正好不去想，只管将眼前的事做好。春上在训练过程中是尽责的，他那两天跑派出所，跑锦绣的事，也没让他丢掉那份职责和专业水准。他给她编曲，指导她发声、演唱，甚至在装扮上给她建议。与此同时，他同学校协调锦绣他们闯下的祸，等到傍晚到班上，一天比一天看上去疲惫。丁当有时来串门，给她咬耳朵说，春上长了一副日本男人的衰相。牛丽听了挺欢喜，她一向觉得日本男人有男子气，丁当这么一说，果然觉得春上有几分像。他们组里过初选的还有老枪、小C和饭团，分别进了民族组和通俗组。丁当看出了牛丽对春上的心思，糊里糊涂的，浓得化不开。这是她的说法，她对牛丽的选择不看好。

老根多好啊！对你真心，为了你愿意离，给你大房子小房子！

牛丽告诉她，老根老婆的子宫被端掉了，他还是想跟她离，这样的男人为了儿子什么事都干得出来。当然，他的想法能理解，但她就是没法陪他一起干这事。丁当把嘴一撇，说，你就作吧。要是没有春上老师，看你不干得不亦乐乎！你别告诉我你有多正义！牛丽就拧她的腮和嘴，在排练厅闹得动静挺大。下一回，春上就对她说，别带旁组的选手来我们班，这是规矩。牛丽就老老实实守规矩，惹得丁当大为不满。

春上老师吧，好是好！就是身上一股子阴气，跟他一块过，天天得猜他在想什么，围着他转，什么都得听他的！

那就听他的啊！牛丽笑了。傍晚时分，夜宵摊当街摆了出来，两人点了一盘螺蛳、一盘毛豆、一条烤鱼，慰劳自己一天的辛劳。

丁当看她笑的模样，做了个问苍天的架势，说，天底下也有降得住你的人，问世间情为何物，一物降一物啊。牛丽捶了丁当一阵，不小心岔了气，揉肚子半天。丁当笑她，一说到春上老师，她整个人都变了。牛丽问，哪儿变了？丁当说，还会肚子疼。牛丽说，哎，我最近可能吊嗓吊坏了，老是不舒服，没精神。丁当就说，你太用功了，姐！适当给自己卸压，别拒绝老根给你放松的机会。牛丽笑骂，我给你松松，松松！两个人当即一通闹。

闹了一阵，牛丽喘息着喊停。丁当拿起桌上的手机，说，我现在给他拨电话吧，把他喊出来。牛丽白她一眼，神经！喊谁出来？丁当凑过脸来，笑说，春上老师啊，我就说，你怀孕了！牛丽一手拍在她腮上，说，脑子没坏掉吧？你这是捉弄别人，还是毁我啊！丁当摸摸脸，有点无聊，说，看他反应啊。他要是也喜欢你，表现不一样的。

牛丽眼睛亮了一下。

我不管他喜欢不喜欢，牛丽吐了个螺蛳壳，偏头剔了会牙，说，我现在没别的想法，走一步算一步。先把这个比赛搞完，做到没遗憾吧。我也不算是为他，他有个吊线虫呢，尾巴似的甩不掉。我是为自己，能走到最后当然好，赚一套公寓，不比拿老根的强？万一失手……谁没个失手的时候呢！

丁当夸张地看她，你不能失手！你是咱牛姐，牛爷！

两人从夜宵摊出来，刚过七点半。天黑中透着点儿亮，初夏的气息随着暖风拂来，让人感到舒坦。丁当随牛丽回屋拿网上买的表演服，她选了一条荧光绿纱裙。进屋后，丁当扯上窗帘，趴窗口看了一会儿。牛丽以为她要试裙子，说，没人偷看你，换吧。丁当不动弹，过了一会儿，对牛丽招手。看看，那人是怎么回事？电线杆下，进车里了！

牛丽凑过来，扫了一眼，说，别神神道道的。邻居家接送上夜班的，你以为你真成明星成人物了？还狗仔队吧？

牛丽大概有点累，点了一根烟，按住额头闭上眼。这时她把烟递过来，来，要我给你放松一下？

丁当接过烟抽了一口，说，我讲真的，这车里的人一直跟着我们呢。是不是狗仔队不好说，肯定是针对你牛姐的！好好想想，最近树什么敌了？

牛丽把裙子兜头脱掉，进了卫生间。我哪有什么敌人？哈，全世界都是我的敌人，也对！

丁当丢掉窗帘，仰在躺椅上吐烟圈，说，我看，最大的不过那姓毛的妖精？你可是她最大的竞争对手，人家走闷骚、柔情路线，你偏性感走火，铁定水火不容。

我火我的，她水她的！老师还打算让我们合作一把呢。

你记住，台上一定要霸气，压住她！她自知没你的气场，当然台下要做点工作了！

你就编吧，她派人盯我梢，能长自己志气？

你说，丁当忽然一下坐直了，她会不会拿出撒手锏，对春上老师做点什么？

水声一下变小了。水流静静注入地面，发出嗒嗒的敲击声。过了一会儿，牛丽在里面问，做什么？

两个人脑子里同时出现了三个字，潜规则。丁当就说，我听人说过她的事，她就一路这么过来的，前几年还参加过中国好嗓门哪。牛丽甩了甩湿淋淋的头发，说，他不是那样的人。他对吊线虫可真心了。

丁当冷笑一声，掐灭了烟。牛姐，你是真纯情，还是真矫情？你知道什么是男人，权力！但凡能行使权力，男人一般都不会闲着，就像放着性功能不用一样！

牛丽从帘子里扎出头来，眼睛冒火说，你懂几个男人？丁当！你知道春上对吊线虫，一个手指头都不动！他闲这么多年，跟性功能、权力无关的知道吧？

丁当奇怪地问，你咋知道的？

牛丽胡乱地将自己一包，出来说，你回去吧。明天还要训练，我不留你了。

好，好。丁当看她一会儿，做了个缓和的手势。我走，当我什么都没说，你好好休息。

等她走了半小时，牛丽刚要迷糊过去，电话又被她拨响了。牛姐，你注意门口那辆车，真是针对你的！刚才有人下车，跟了我一段路。我说，报警吧！

牛丽听了，紧张了起来。她想到的是隔壁的凶杀案，心里在后悔没有留下丁当。她压低嗓门对丁当说，你到家了？……那你早点睡，我看看情况再说，别见风就是雨的。她收了电话，悄悄走到窗子前，夹起一点窗帘张望。电线杆下空荡荡的，没有任何车子的踪影。她放下一颗心，笑丁当比自己还要咋呼。

这样一来，她没有了睡意。心里琢磨着那套小公寓，假如自己能拿到冠军，就可以摆脱这里的一切，漏斗街陈旧、混乱、险恶的生活将被彻底翻过去。

26

学校根据锦绣等五名学生导致的不良影响，分别做出了勒令退学和留校察看的处分决定。学生遣散的遣散，做工作的做工作，游行不了了之，罢课计划搁浅。事态仿佛遏止了，平息了。都大看上去万里无云，风平浪静。

锦绣最终接受了春上的退学建议。这个过程是充满纠结和痛苦的，对她来说，留校察看算不上一种否定，而只代表校方的武断态度。她抗拒过春上的决定，关在他的房间里，她以沉默、绝食来反抗。春上出乎意料地柔软，像一片吸饱了水的海绵。他是一个救生圈，随她怎么压迫、倚靠，他都能很好地解决重量和压力的问题。或者他就是泳池本身，无边无际，无止境地任她倾倒身体里的负能量。

我不能退学，退学表示我不能对自己行为负责。我留下来，表明我承担。

锦绣像是刚从看守所出来，头发油淋淋的，瞳孔上蒙着一层半透明的雾状物。房间里隔音很好，空气足够，也不闷热。她像一头小兽，没有方向感地奔走着。她的肩部痉挛着，时而半举起鸡爪般的手势，向他喷发一些带有身体低烧的碎片式话语。

我们没有错，我们没有错。

你们没有错，春上第一次承认她的话。他抓住她肩部，感受着这个瘦小身体内部的风暴。是这个社会的错，我不想你受到它的伤害。让我照顾你，锦绣。

锦绣仰面望他，春上哥。

嗯。你搬来和我一起住，春上知道他的话能让她平静下来，他的眼睛熠熠闪光，说，打理我的一切，你想过这种生活吗？

我想过，锦绣一动不动地看着他，可我没有准备好。

你可以有很多时间准备，春上放开她，划动长腿走动起来。他抬头望向灰白的窗外，一年四季，你想在哪一天嫁给我都可以。

锦绣软绵绵地靠在椅背上，望着他顾长的身形、优雅的侧影，忽然捂住脸哭了起来。

我太幸福了，她从指缝里流出泪水，被他拿开手后，闭上双眼，抽抽搭搭地哭着。

是我，春上说，幸福的是我。在你七岁那年，我就爱你。

春上温柔地环抱她，转到椅子那边坐下。月色照了进来，拖到桌边的地板上，压住了锦绣的半只鞋面。

春上哥，假设是她，锦绣睁开眼，眼底清冷、迷茫。你会娶她吗？

谁？春上心里一紧。她终于要谈到那个话题了。原以为他可以避免被问及，牛丽的一切，他可以回避得滴水不漏。即使隔天她都要出现在他卧室的楼下，在那里接受他无情的训练。

假如她是我爱的人，我想娶的人……他含糊地说。

牢房里的她，锦绣眼巴巴地盯着他。被人侮辱过的……

春上一阵轻松，同时感到这个话题的无聊。他转过眼睛，看到锦绣的双眸在渐暗的夜色下发出莹光，不禁捧住她的脸，在她眼睛上落下一吻。锦绣越发圆大的眼睛显得干涩、深重，春上没有从中找到幸福的光辉，反倒是一种风暴前的燠热神情。他看着她的眼睛，补充说，我想娶的只有你，我在这世上只有你一个人。

春上找了一天，去锦绣家里拜见她父母。这两件大事，当然由他同他们说更合适。锦绣已经像一张绷得过紧的弓，不能任由她的亲人再加一把力了。两位从钢铁厂退休的老人，摆了一桌子热菜，来款待这位极少现身的准女婿。除了一年三节、二老生日，他从不进柳树堰。他说过要带锦绣离开柳树堰，假如他们同意，他可以为他们在湖边买一套小房子，离他俩的房子不会太远。

顾伯，伯母。他带了螺旋藻、蜂胶、水果和酒。锦绣父亲爱喝点酒，他便也陪着，慢慢喝了几盅。锦绣的事，你们不要太放在心上。

春上看着去厨房端菜的锦绣的背影，说，都大是这么一个传统，君君臣臣那一套，容不得有点反骨的人。我的一个多年同事，因为和学校不相容，辞职去了国外。人家发展得还不错，比在国内多拿几倍薪水，还有独立工作室、经费……

咳，绣绣不懂事，这毕不了业，将来怎么立足啊。锦绣父亲摇头说。她不是能独当一面的人，会拖累你。

春上谨慎地说，还是有不少工作适合她的，假如她不想工作，到班上帮帮我，我就能省心一点。

锦绣母亲走了过来，系着围裙的腰身圆乎乎的。她端着盘红烧鲫鱼，说，工作还是要有一份的，帮你料理班上杂务，那是分内的事。不是吗？

春上帮着挪动菜盘子，给鱼腾位置，说，伯母说得对，我也这样看。锦绣母亲冲厨房叫锦绣，来吃吧，汤搁那儿别管了。

锦绣出来了，坐在春上身边。春上给母女俩倒上果汁，锦绣母亲夹了一块鱼肚皮放春上碗里，说，春上，我看着你长大，离开这柳树堰的。你做事像你爸，稳当持重。锦绣有个把舵的人，我们也放心。她就是一个犟，认准的事非做不可，你要帮她多把关。

锦绣父亲说，咳。提老杨做什么，都走了多少年了。不提，不提。

春上慢慢把鱼吃了，说，一个是我班里一个家长开的妇科诊所，在招聘护士。另一个是朋友代理的品牌服饰，需要一个店长。我看锦绣都能胜任，她耐性好，有韧劲，就是要吃点苦。

父母看看锦绣。锦绣光扒拉饭粒，不说话。

春上放下筷子，说，我今天呢，是来给自己提亲的。父母都不在了，我对柳树堰有记忆，放不下的也就是锦绣。顾伯，伯母，我想请你们成全我，把锦绣嫁给我。我不能给她金山银山，能给的只有一份真心，一个牢靠的家。

父母还看锦绣。锦绣起先不说话，后来脸慢慢地红了，问，你们看我做什么，我又没有女儿可嫁！她一摆手，起身往厨房去了。锦绣父亲咳嗽一声，说，你伯母和我，对你是满意的，知根知底嘛。慢慢来，我看绣绣要一样一样接受，不着急。来，喝一个。

锦绣父母一关算是过了。头一周，锦绣把自己关在家里不出门。春上为训练的事忙，两人只在一个傍晚在湖边碰过面，春上陪她沿着南山大坝走了两个来回。锦绣也不提自己的打算，一路无话。只有严实密集的风，在两人之间的空隙撕扯着。一会儿将锦绣的裙摆摔打到他腿上，一会儿将锦绣的辫子甩向湖心。这样的沉默曾出现在他们最初的约会中，也是在南山坝上，也是风很大的春天。那是一些夜晚，他们很少白天结伴同行，仿佛白天必须要说一些话，夜晚则是允许静默的。因为夜晚已经被黑色涂满了，可以不说了。锦绣常常抬头看月亮，总是一轮黄月亮。假如那月亮是一句甜蜜的誓言，周边的星星大概就是一些零碎话吧。如今，他们在白天走在大坝上，也可以不说话。有风，填满两人的胸腔，犹如早年夜里的黑涂满天空。

锦绣偶尔在井边遇到老吴婆，也看到小女孩。小女孩变得白了些，胖了，脸蛋像是不太新鲜的奶酪，辫子扎成了两条小扫帚，一边一朵红绸花。自从那夜坐在井口哭，老吴婆的眼睛好似干涸了一样，看东西装不进去，像是不认得人。半夜里，锦绣听到过小女孩的哭声，仔细听却没了。一个周末，老吴婆请三姑娘到屋里来，做了半天法。小女孩从屋里出来了，一个人跑到井边。锦绣坐在厨房的竹椅上，看她一会儿捡石子，一会儿踩水玩。有两次她趴到井口朝里看，一只小腿朝后翘起，不断把脑袋往下面埋。锦绣看出了一层汗，她忽然起身，走出来招招手。

你过来，姐姐这里有糖。

小女孩抬起上身，两只手从井沿上撤下来，将右手的拇指含进嘴里吮着。她见过锦绣几次，每次对锦绣的注视毫无反应。锦绣从口袋里摸出一颗乌梅糖，弯下腰递给她。小女孩不动，也不搭话，单是用乌溜溜的眼睛盯着那糖。盯一会儿移开，过不了一会儿，在锦绣不断地摇晃下，又将视线骄傲地转过来。终于，这颗乌黑的糖放在了小女孩粉红的舌头上，牙细小洁白，像一粒一粒的糯米。锦绣跟她站得近了些，问她平时吃什么，爷爷对她好不好。她一律点头，糖含了一会儿，脸蛋就红润了起来。此后，每天傍晚，小女孩都要出来玩一会儿。像是和锦绣之间的一个约定，有时锦绣没有到，她就在厨房门口站上一阵。门口长着一排草丛，锦绣妈拿菜刀斫过，怕惹蚊虫。草越斫越长，越茂盛，有时在黄昏的余晖里会停上一只蝴蝶。锦绣看着她捉蝴蝶，扑来扑去，看得有趣。过了两天，厨房的门口就放着一只捕虫网，小竹竿上拴网线，用铁丝扭得紧紧的。老吴婆站在坡顶，有时呆呆地对着她们看上一阵。锦绣觉得老吴婆的眼睛空空的，什么也没看见。她暗暗心惊，怀疑不是老吴头要死了，是老吴婆要死。因为那种眼神，不是一个健康人的眼睛，充满了濒死之人的轻松。

春上忙着训练选手，一周没有现身。锦绣整日关在家里看书，干些协助父亲发平菇的轻活。父母眼看女儿即将离家嫁人，往往拦下她手里干的活。这阵子东巴子倒是有空，时常在微信里发来问候。无非是扯东扯西，讲他那里的好，询问她这边的近况。锦绣告诉他，她最近遭遇了一系列突发暴力事件。虽然她没有细说，但东巴子挺理解她，有些笨拙地安慰她，并说他下个月要结婚了，邀请她参加婚礼，顺便来散散心。东巴子还说，他们这里，男人是女人的天，女人是男人的云朵，高兴了飘，伤心了下场雨，一切都会过去的。锦绣觉得东巴子的话像诗一样，东巴子的新娘会有一对幸福的耳朵。

有时她一个人逛南山坝。一次撞见了油条，油条穿一件黄色衬衫，像一条被包裹在灯光里的鱿鱼。油条看到她总是笑眯眯的，总是缩手缩脚。那天是油条进看守所后，他们第一次碰面。两人交流了一会儿对看守所的印象，对某名民警的共同看法让他俩笑开了。这样一来，仿佛在某件事上严重到无法平息的东西，得到了缓解。看守所成为一个荒诞的梦，成为他们并不回避、反复提及的经历。天黑下来后，油条送她回柳树堰。次日周六，两人相约一起去教堂。油条显然心甘情愿，别说教堂，即使是牢房也要去。他在一路上向她兜售他昨晚从网上搜来的教堂趣闻、中外牧师笑话，也告诉她春上要他远离她的话。

都大的教堂只有一座，位于甘棠路的尽头。一片小树林围绕着一座尖尖的屋顶，平日鸟雀聒噪，鲜有人往。油条默默跟着锦绣走进大门，心里有些奇怪门的高度，像是能容高头大马通过。里面却是简陋，并没有电影里那种阶梯式的座椅，也没有宽大的讲台。黑板有一块，排排座椅漆了清漆，一位脑门发亮的中年男子站在一本打开的书面前唱歌。在油条耳朵里，这首曲子是有些怪的，几乎是平调，没有轻重缓急，抑扬顿挫，像是一大段宽阔的河流从男子的喉咙里倾倒向底下的人。盖过他们低垂的头颅，淹没他们的脊背和脖颈。人人沉浸在这河流中，神色安详平和。

两人面前放了一本书，书上是一页页歌曲，都是赞美耶和华的诗句。有的写得优美虔诚，有的光芒四射，有的朴素实实。两人跟着人们一起唱，边唱边忘记曲调，比他们身边的老先生老太太还要手忙脚乱。唱到后来，心里慢慢静了下来。

> 风雨中是你的身影，
> 是你的脚步，
> 默默保守我这么多年，
> 从来不曾离弃我。
> 虽有痛苦和软弱，
> 也曾流泪失迷过。
> 总是有一双钉痕的手，
> 叫我更加执着。
> 你就是耶稣，
> 啊，爱我的耶稣，
> 孤独的眼泪是你擦去，
> 黑暗中你同行。
> 你就是耶稣，
> 是我唯一的耶稣，
> 再没有一人能像你，
> 深爱我到底。

油条偷瞥一眼锦绣，只看到她鼻尖上一粒小痣，像一颗黑色的泪珠，摇摇欲坠。油条不确定她是不是同他一样融入四周，他觉得锦绣的侧脸像画里的女神一样光洁。油条在光洁里能看到一种痛苦，眉目低垂、逆来顺受的面相里，包容着隐秘的痛苦。这种感受无法求证，无法传达，然而犹如牧师额头的汗滴一样，昭然若揭。油条越唱越响亮，心里越来越明亮。亮到透明，几乎能看到通往过去和未来的小路上，那个摇摇晃晃的自己。

27

网上有关超级人声的页面，涌现了大量对牛丽的披露报道。一些知名不知名的报刊煞有介事地披露了牛丽鲜为人知的秘史，这类秘密不外乎事关人品、道德，刀刀切中要害，貌似由一个专业团队周密操作，以批判手法和质问方式铺开的一场全方位围剿。首先是身份，《她是一个扒手》。接着是经历，《未婚先孕，混世魔王or堕胎天使》。关键是情史，《牛！秒杀有夫之妇，"偷"汉上瘾》。更有爆出赛事暗箱操作的大料，《晋级四强，导师春上暗销魂！》。上面有春上、牛丽数张合影，依照角度和光线看，显然是偷拍。相片上两人在一扇窗户里，一前一后，其中一张两人脑袋叠到了一起。图文直指在春上的私人住宅里，二人趁着夜色私会。正是复赛前夕，春上连夜联系到那几家网站，要求他们删帖、道歉，究查发帖来源。然而，这场风暴大有屡禁不止、愈演愈烈之势，同时将超级人声的人气带到了前所未有的高地。

复赛这天，牛丽的打扮十分夺目。头发剪到齐下巴，烫成了细碎的苞米须状。全染的酒红，额前脑后各挑染了三缕，姜黄色、粉色。她的眼妆非常浓，近似烟熏，更为坚决，黑与白泾渭分明。一袭黑披风挂在她耸起的肩胛骨上，黄金般的肩章流苏从肩头刺落。披风下是墨绿色的缎感包臀裙，狭长的开衩、明黄色高跟鞋将她的长腿优势展露出来。一副巨幅菱形水钻耳环从厚重幕布般的头发里劈出，闪烁不已。这霸气十足、不失性感的帅气形象，把整个现场镇住了。

春上心里赞叹了一声。这女人身上有妖气，有匪气，她有耐性周旋，也有力量爆发。今天，她是他的作品，是经过他打磨、锻造的一件接近完美的艺术品。她不是易碎的，她的目的是叫观众的耳膜碎掉。她的意志能叫这个赛事的奖杯发光，她仿佛天生是为这舞台而生，为奖杯而生。这种震翻全场的气度盖过了所有选手，这一点连春上也感到纳闷，她并不比他更出格，更放肆。她的巴士生涯其实是循规蹈矩的，感情生活也是，她有固定的男人。她对成为他的一夜情对象感到愤怒。她是辗转在最底层、最污秽领域里的一头觅食动物，野性尚存，她总能带来风，带来兴奋，带来一股股刮进男人血液里的风。

牛丽从地底缓缓上升，艳丽、威严，犹如万物主宰，她的出场带来了响彻全场的欢呼声，以致忽略到另一位选手的登场。毛静琳，四川妹子，年方二十。她有一头长及脚踝的美发，在她闯荡众多赛场的化妆包里，随身携带二十四把不同材质的梳子，其中五把正插在她披散的发丛中。她的眼睛以上部分被密密麻麻的银色小亮片包裹着，额头，眉梢，头顶缀满了银光，犹如一个月光女神，拖着一袭粉红色凤尾长裙从空中降落。两人既是对手，也是合作者，在共同演绎一首歌曲时，给出既相互衬托又竞争的精彩现场。歌曲名叫《决不屈服》：

　　哦，决不屈服。
　　你给的爱，
　　恍如一道光，
　　一帽子的雨水。
　　他们说幸福的真相是自由。
　　你给的金币，
　　恍如一道光，

一帽子的雨水。

他们说自由的真相是勇气。

决不屈服。

决不屈服。

......

春上注视着两人的表现，牛丽纹丝不动，偶尔的甩发和逼视的眼神，透出狂野和暴烈的火焰。毛静琳则柔曼如水，身体的扭动使得绸缎裙荡开一道道的光波，声线在牛丽大分贝的轰炸下始终不灭不绝，天外来客一般回响。她还十分注重同牛丽的互动，时不时地同她对望，微笑。

你是那光，

你是绵绵雨水，

你戴上帽子，

告别了这个旅馆。

一曲终了，掌声雷动。在打分环节，屏幕上滚动着数百条对两位歌手的赞誉短信，大众评审团交头接耳，观众自发做出干扰现场评分的举动，喊着牛丽的名字，伴以疯狂挥舞写有口号的字牌。

三位老师中两位选了牛丽，一位选毛静琳。春上最后做点评，说，台上两位都很刻苦，很专业，知道功夫用在什么点上。有时候，她们是我的老师，在一些旋律的直觉、爆发点上，她们有不一样的见解。她们共同完成了这首作品，给了这作品一种貌似侵犯实则体恤的诠释，实在是不简单。我祝贺她们，也祝福她们。

毛静琳突然捂住眼睛，抽泣起来。牛丽听着通过麦克风传达全场的哽咽声，心里也泛起一点酸楚。一步步走来，多少煎熬，结果终于在这一刻揭晓。按照赛制，假如春上把票给了毛静琳，也就是两人各两票，牛丽只能被淘汰。也就是说，两人的命运抉择权在导师春上的手里。

这时，那位饶舌的主持人开始吊胃口了。他开始了头头是道、煽风点火的推理预测：根据各方面综合分析，毛静琳年轻，音乐高才生，有海外背景，长相甜美，声线婉约，极具潜质和可塑性。牛丽年龄略超选手平均值，无职业，非音乐专业，风格多变，颇有发展和上升空间。究竟哪一位会进入四强呢？在我们的春上老师做出决定之前，我们来问一问毛静琳，现在你有什么想对你的导师和观众朋友们说的话？

毛静琳抽了两下鼻子，背过身去按了按眼睛，漂亮的眼睫毛下瞳孔亮晶晶的。她用浓浓的鼻音说，我就是特别感动，站在这个舞台上，我没有想到会和我的偶像春上老师，朝夕相处这么多天，一起做音乐，教会我很多……同投缘的牛丽姐一起演绎这首歌，一起挨过春上老师很多批评，各种崩溃，但是他没有放弃我们……我想说，我很谢谢您！春上老师，我爱死这个舞台了！把我留在这个舞台，我会继续给您带来不一样的感受，不一样的毛、静、琳。

春上在座位上微笑。他显得欣慰，平和，慈祥，对着话筒说：静琳同学，我纠正一下，我们没有朝夕相处，朝九晚五比较准确。台下笑声掌声。毛静琳吐了下舌头，迟疑地说，哦，我太激动了……这一轮发言掀起了预期中的高潮，观众的情绪还未在歌声中平息，再次被萌妹子的软语送上了新的浪头。一旁的牛丽感到胸闷气短，一颗心跳得有点慢，有点沉。话筒递交到她手里，她感觉到左边太阳穴那块一阵刺痛。

第一次登上这样漂亮的舞台，我很知足。牛丽把手按在起伏的胸口，按捺住里面一阵熟悉的翻涌，类似哮喘的前奏，我很喜欢这首歌，尽力把它唱到最好。因为它有春上老师的心血。歌词我很喜欢，幸福的真相就是自由，自由的真相就是勇气。你戴上帽子，离开了这个旅馆。这样子的人生，我想，我做到了。

春上内心漫上一股奇怪的气体。过于庞大的台子，幽暗喧腾的观众席，在酷烈响亮灯光下升腾的彩色雾气里，他看不清牛丽的表情。

她低哑粗嘎的嗓音传达过来一股凉气，四周降温了一般，这个台子具有了某种时空感。画面切换成19世纪欧洲某车站，巨大的汽笛声扬起白色的气浪，一位贵妇同青年军官挥手作别。

你戴上帽子，
告别了这个旅馆。

他先告别了，而她还未离去。春上奇怪自己会选这样一首歌曲，好在除了他和牛丽，没人听出其中关窍。饶是如此，他还是听到自己心脏过于迟缓、沉闷的搏动声。这就是一个追求心速的舞台，让一夜情对象出现在这舞台，当然比一夜情本身更刺激、更冒险。但是，多么无奈。告别这个旅馆，她还在外围徘徊，喃喃自语：决不屈服。

我的选择是，——

全场屏息。毛静琳抓住了自己的领口，胸部呼之欲出。牛丽面色煞白，呼吸急遽，突然，她抽搐着栽倒在地。

牛丽！台下欢腾一片。观众席站起来一大片，他们望着地面痛苦蜷曲的牛丽，不断地朝前拥来。牛丽在倒下之际听到了巨大的、潮涌般的自己的名字。

周四上午，锦绣和油条约好去东湖监狱。她在那家妇科诊所已经工作了一周，这天请了半天假，同油条会合后坐上了一路巴士。车厢里人不多，座位空着一半。本来油条说打的去省时间，锦绣说自己习惯了坐巴士。油条就落在她后面，有点玩世不恭地随她上了车。油条先上车，十分响亮地投进两个硬币。

阳光不错，锦绣坐在窗口，不时扫一眼湖面。油条坐在她身后，把下巴搭在她旁边的椅背上，偶尔注视一会儿她的侧面。当锦绣把目光转过来，油条就掉开了视线，看起了车上的广告屏幕。

我们俩去看她，你说，她会感到不舒服吗？

油条听锦绣讲过这个女学生，就说，不会。是个烈女，心里能跑马。锦绣点了点头。两人进了办公楼，油条让锦绣在门口椅子上等，他去打问探监事宜。一刻钟后，油条出来了，对锦绣说，判决下来了，说是家属可以见，我们见不上。

锦绣脸一紧，问，判了几年？

没有讲，油条说。

两人只好回去。路上阳光很烈，路边树上蝉声凄厉。锦绣穿着一条灰格子裙，光脚套了双偏男式的棕色凉鞋。油条有点蔫头耷脑，说，怪我没早点打听，害你白白请了假。锦绣笑说，没什么，我正好出来散散心。油条瞅瞅她，说，锦绣，你将来想干什么？锦绣说，你可把我问住了，将来？我还有将来吗？

怎么没有？油条正色说，你才多点大。

你这口气，锦绣又笑了起来。

油条不好意思地搔着后脑勺，看了看自己拖鞋里露出的大脚趾，指甲前面黄黄的，像是用脚趾夹过烟似的。不由得往后缩了缩，想说的话也咽了回去。

我将来，锦绣说，想去看一眼雪山。什么也不干，看看就会幸福。

好啊！雪山很漂亮。

我梦过一次，真漂亮，真冷！我醒过来一点不怕，而且，我梦见的雪山是蓝色的。

你经常做梦吗？这是个好梦。

嗯，经常。雪山闪闪发光，巨人一样，镇住了我。

锦绣伸手够了一下前面槐树的枝叶，阳光明晃晃地跳到她额头上，她闭了闭眼睛。油条笑了起来。他想的是锦绣前世难道是白娘子，或是白雪公主、冰雪皇后？但锦绣误会了，看到他笑，脸微微红了。她抿一抿嘴巴，换了种声调说，我就是做了一个梦，梦里很幸福，我这辈子不可能去的。

一切都有可能，油条望着她笑，那广告里不是说吗？

锦绣抬起头，看着油条，也笑了起来。

人怎么能随心所欲呢？就像我生在柳树堰，那个同学遇到了色狼司机，你遇到了我，每一样安排都是命中注定的。锦绣像是不需要他的回答，径直往下说，我一直想做的事，是开一个自己的诊所。

诊所？

嗯，从小到大我都这么想。

这样，就可以把那个该死的流氓用针打死。油条想，看着那一小片阳光照得锦绣面颊上透出了隐隐的红色。

锦绣转过头，陈大哥你呢，最想干什么。

我，油条呆了一下。他搜肠刮肚，想找到自己小时候的理想，但是他只记得自己爱玩弹珠，扇纸牌。他还养过一条狗。

我还没想好，油条慎重地说，把刚才撇下的一根树枝往嘴角一叨，下意识地咬了起来。开诊所要些什么条件？

执业医师资格证，这个我在考，锦绣说，还要一笔钱。

多少钱？

锦绣说，十五万吧。

油条吓了一跳，这么多？你有吗？

锦绣摇了摇头。她边走边看着自己的脚，说，这就是个想法，我先考资格证，然后注册，想办法借钱，一步一步来。

一步一步来，油条看着身边这个女孩儿，重复着她的话，笑说，好啊，我争取入股，做个股东。锦绣笑了笑，点头说，好。到了公交站台，她停下脚步，说，你别送我了，我回诊所，你有事去忙吧。油条抬头看了看站牌，说，我没什么事，车来了，我正好跟你同一路车。

两人上了巴士。油条抢到一个座位，让锦绣坐了。车上人不多，上来的几个乘客闲散地前后分布着，随着车身缓慢地摇晃。油条望着车窗外，寻思牛丽上次找他说的那番话，无非是撺掇他搞定锦绣，而她凭借这一箭双雕的计划，好雪中送炭地霸占春上。油条对自己运用的这两个成语，满意地哼了一下。他掉开视线，正好撞见锦绣一对妙目正看着自己，不由得闹了个大红脸。

你在我们学校下吗？锦绣奇怪地看着他。

我在前面，油条讷讷地说，前面芙蓉路口下。

锦绣抿嘴说，我以为你要去学校等你的歌星姐。

歌星姐？油条还没回过神来。

她唱得真好。

油条转过弯来，拍拍头说，你说牛丽啊？歌不赖，人不坏，就是有时候犯糊涂。

锦绣没说话。过了一会儿，她轻轻站了起来，我到了。陈大哥，我回头找春上哥问问判刑的事，不过他不喜欢我管这些。

油条一拍胸口说，别问他了，我来打听。老牛有个朋友，路子广，我找找他。

锦绣点点头就下车了，油条望着她瘦削的背影，被林荫道的细碎阳光照得明明灭灭，心里有一种说不出的怅然。这样炎热的一天，油条走在锦绣身边，无端就感到阴凉些。又过了两站，油条下了车，两手插兜晃着在楼房的阴影里走。他两眼骨碌碌地盯着对面的店面，看准了，晃过马路，进了一扇玻璃门。门里柜台里坐着一个中年男人，头发漆黑，在看电脑播放的影片。他听见有人进来了，就移开身子，面对着油条打量了一下。这里是瑰丽整形，中年人软绵绵地说，请问有什么可以帮您？油条想了一下，问，你们有医师资格证吗？

有的，中年人指了指斜前方的墙上，我们很正规，很专业。

油条摇过去，看了看。他忽然说，这个人不是你啊！

中年人面带微笑说，那是我们周主任，他正在做手术。请问您需要整哪里呢？

油条折了回来，掀开汗衫，露出肚皮上一道一尺长的刀疤，说，这个能不能做掉？

这是老伤了，中年人走出柜台，伸出一根食指，轻柔地按了按粉红色凸起的刀疤。

可以做吗，油条巴巴地盯着他。

是刀伤吧，中年人询问起来。油条点点头，当年不懂事，街头群殴中了一刀。晚上都没看清是谁干的，也没去搞，睡一觉自己止血了。

可以做的，但是不保证能像没受伤前那样。你这个过了多少年？

十年吧。你们可以保证怎样？

我们可以用激光给您尽量去疤，但是痕迹肯定还有的。中年人说话柔和、缓慢，带着令人信服之力。

今天能做吗？

我来看看安排，中年人又轻盈地转回到柜台，低头查看，说，能做，您对什么过敏吗？

没什么过敏的，油条说，要多少钱？

我们价格是七千八，中年人说，你这个长度，可能做不下来。

这么贵，油条说，六千能做不？

中年人摇头说，我们不议价。

那行吧，我再问问，油条斜着一边肩膀，转身走向大门。中年人目送他说，我们是专业机构，在电视台报纸常年做广告，有口皆碑的。不是杂牌，做了不保证效果那种。

油条走得够慢，才听得完他的话。刚碰到玻璃，他就听到中年人说，您回来。油条满意地回过身，站定了看向人家。中年人快步走出来，轻声说，来吧，周主任手术做完了，让他给你看看，兴许他能给你打折呢。

中年人带油条走进一间办公室，油条看到了一个脑门绵软的男人，没有皱纹，看不出他多大岁数。油条勉强记得墙上那证上写的是五几年，这个周主任也有六十多了，看上去要小些，但是脸有些虚胖，怪怪的。周主任将价格给他减到六千六，油条没再多说，先交了两千，说好回去再打余钱。

我要求就是尽量铲平这个东西，油条对周主任说。周主任理解地点点头，给他翻看自己做过的手术图片，喏，这个。这个也是刀伤。别紧张，你这个风险不大，但要有耐心。

油条便随一个护士走进一间房，躺在了一张窄窄的床上。

28

牛丽当晚从诊所出来，已经凌晨一点。她身上还穿着那件薄如蝉翼的裙子，包得太紧几乎迈不开腿。披风外面披了谁一件西装，宽大得盖住了大半个大腿，肩章歪向了胸口，流苏流进胸口有股细细的凉。两个女生陪同她从诊所出来，按校方安排送她回家。牛丽邀她们去街口喝一杯，两人明天有课，推说时间太晚了。

牛丽当街坐下，拍着桌子说，走吧！不想喝的，走！两个女生给春上拨电话，迟疑地看牛丽，说……医生是这么说的……嗯！好的。一个女生把电话递给牛丽，说，老师让你听电话。牛丽接过来，笑说，没吓到春上老师吧？我没事……要来喝一杯吗？这是第一次邀请，一起喝一杯吧？为了庆祝……晋级，是不是我晋级了？亲耳听到很幸福，你过来再说一遍吧？我保证，不晕倒，不怀孕，不提别的要求……我没胡说八道，就喝了一杯……

牛丽把电话啪地扣桌子上，满上一杯啤酒，仰头倒了。

两个女生边走边回头说，丽姐，你早点回去啊？有什么事打电话。牛丽朝她们挥挥手，说，谢谢你们啊。她看着人家的背影，觉得挺高兴，掏出电话，找可以喝酒的人。丁当不合适，人家老公刚从外省回来，她在这一轮被淘汰了。老枪也被淘汰了，心情不好，可以喊出来遛遛。老枪的电话打通了。

喂！老枪，在睡呢？

谁？……

老牛！你在哪儿，吵死了。

我在喝……酒，你，来吗？

在哪儿？

在，在……

几个人？

在……在哪儿？

你出来，打个车，到斗街口排档！

你，干一个！

你把电话给同去的人，喂……

……

牛丽骂了句娘，又拨给油条。本来她想第一个拨给油条，但油条自从上次见过一面后，叫她心里不踏实。她担心他来了之后，自己一个口不择言，他就要动刀动枪找春上。

死哪去了？今天我复赛，你不来瞅瞅我的风光！

姐，你今天大日子，我本来要到的。可我在庐山，前天就上来了。

我找你喝酒，你在庐山！

对不住啊，姐。下去我陪你喝个够，明天就下去了。

上山干啥，天不冷不热的。

处理个情况，非上山不可。正陪兄弟打牌呢，挂了啊。拜拜！

牛丽心里不痛快，给自己连着倒了三杯，都是一气喝干。她念头刚转到老根身上，就掐灭了，虽然这个时候她需要人陪，但是老根无疑是最不合适的人选。

刚才几个队友要送她上医院，下了车，她清醒过来，拒绝去医院。同去的饭团脑子转得快，马上指挥的士司机将车开到临近的一家私家诊所。诊所不大，两家店面中间打通了，外间门诊，内间治疗。牌子挂的是"贵妇诊所"，牛丽进门的时候骂了句，哪个贵妇迈这个门槛，怎么不叫贵妃诊所？坐诊的是一个老太太，戴着细框眼镜，笑眯眯地给她听诊。她说自己姓魏。

牛丽简单说了自己的哮喘病史，在舞台上突然昏倒的经过。魏医生凝神听了一会儿，说，双肺没有听到哮鸣音，不是哮喘发作。还有什么别的症状？牛丽说，没别的，就是训练强度大，压力大吧。魏医生点点头，说，排除心脏疾病，工作压力过大，引起脑供血不足会导致晕厥。魏医生轻轻掰开牛丽的下眼皮，左右都看了看，说，不贫血，还有点火气呢。牛丽说，难怪，我最近老是反胃，干呕，给我开点败火的药吧。

魏医生建议她明天去医院做个心电图。又问她近来例假怎么样。牛丽皱眉想了想，问，什么怎么样？……

魏医生解释说，她反胃的情况，可能与月经期间受凉有关，往后要注意保暖。

牛丽脑子里黑了一下，像突然插了个插片进来。她记起自己两个月没来了，自从参加集训以来，她就忘记了这回事。

魏医生看她神色不对，就从抽屉拿了一盒早孕测试棒，让她带回去明天早上做。尽管牛丽对着陪同的女生说，这完全没有必要，她的例假一向不准。她脑子里却在急速旋转，倒带。脖子后黏黏的，出了一层热汗。在这事上，她有经验，知道不用等到早上就能测出来。随后她借了诊所的卫生间，偷偷把测试棒用掉了。阳性。这一下，牛丽完全蒙了。她不知道自己是怎么走出诊所的，两个女生急于回家，没注意到她的失常表现。

牛丽掐算了日子，毫无疑问，是在那个叫如归的宾馆种下的。回想起来那天春上主动戴套，是她打断了他，问他是不是姓杨。这一问，差点逼退春上的欲望，就是这一打岔，那个撕开包装的套子没派上用场。

牛丽喝着冰啤，觉得心里的火降下去不少。月色正好，施施然从夜空倾泻而下，挂在了树枝上，又从枝头滑落地面。远处的花树在风里轻摇，像在演奏一支莫扎特的小夜曲。牛丽的心无端变得空荡起来，两个多月来密集的赛事一下远去了，心里一点点软下来。她忽然很想哭一场。

眼前灯光一暗，一个人进了帐篷。牛丽抬眼一看，愣住了。春上扫视全场，看到了她，停顿一下向她走来。牛丽从没有在这种光线下打量过春上，个子其实不高，偏瘦，头发过于厚重，迈步的姿势缓慢轻快。她起身迎他，笑一笑，你还是来了？春上看看她面前的酒菜，说，我路过这里，看你是不是还在。两人坐下来。牛丽要了个杯子，给他倒酒，笑说，今天我是不是制造了个热点新闻？春上接过杯子，轻轻搁下来，说，这种新闻，少一点的好。两人举了一下杯，各自喝了。牛丽还是很快，春上慢慢地喝尽。牛丽说，等着收视率大增吧！我想想，下一轮我唱什么好？来个美声吧，《我的太阳》，哈哈。

春上没有笑，没动筷子，他给牛丽满上酒。

你不高兴吗？这不是你想看到的局面吗？牛丽还在笑，有些停不下来。

牛丽，春上缓缓给自己倒了一杯，举起说，今天我来陪你喝几杯，不是讨论我的工作。

牛丽一笑，还是你定的规矩，行。作为你的学生，我好像必须服从。

春上略感意外，把酒喝了，说，你不是我的学生，你是你自己。

吃口菜，牛丽看着对面的男人，眼睛有些迷离，我喜欢当你学生。刚才，你第一次叫我，牛丽。

春上望了她一眼，拿起了筷子，夹起一片黄瓜，放嘴里嚼了起来。

你什么时候知道我名字的？

春上放慢嘴里发出的清脆声音，似乎在回想。

牛丽仰起脖子，看着远处的天，说，在我报名的那天吧？要是我没有参加选秀，你就不会知道我叫什么。

春上看了看杯中酒，斟酌了一会儿，说，名字倒不重要，生活比较重要。我准备结婚了，她现在退学在家休整。我们打算旅行结婚。

是吗，恭喜啊。牛丽脸上笑容不变，打算什么时候，去哪儿旅行？你那些床伴一个个处理好了吗，是不是组个团能打折啊。如果她们有人怀孕，你怎么办？

春上眉头皱了起来。他在她面前常常露出无法容忍、微微迟钝的表情，这是牛丽喜欢看到的，尽管此刻心里不平静。

春上喝了口酒，把杯子蹾在桌面说，你是最难处理的一个。

两人对视，笑了一下。

牛丽说，别光顾喝，你还没回答我的问题呢。

春上倒上酒，说，我不知道怎么回答你。今后你尽量别恨我，忘了我，总之，我是个自私的人。一个自私的人总是因为没有能力，胆子又小。

我从不恨人，牛丽把杯子干了，杯底也往桌上一蹾，说，我想过，等我夺冠，一鼓作气把你拿下。你的事我迟早全兜给吊线虫，把你俩拆散！拿不下你，好歹拿到了公寓吧……

牛丽望着他微笑了。春上面色一僵，过了一会儿嗫嚅着说，你这副样子，很像一个……熟人。牛丽望着他，心里暗暗思忖，他刚才跟我分析自己是哪种人，这是什么路数？又说我像他家人，难道他是对我动心了，终于……金石为开？不可能，不可能。

谁？我像谁？

……

是不是一个丑女人，你不好意思说？总有人说我像他们熟人、亲戚，我长得那么有人缘吗？牛丽摸摸自己一边脸颊，笑着说，我到都城整十年了，哭过，乐过，哭笑不得过，过得还不坏。我的第一次恋爱，第一份工作，是个医生给的，……他甩了我，我又甩了好多男人，然后轮到你甩我，哈哈，真有意思。这在书里怎么说？历史性的一幕，又上演了！

春上不去看牛丽笑，笑声比哭还难听。

不说了，牛丽嘎嘎笑，喝酒！

不喝了吧，春上问她，有些事好像是由她做主的。

牛丽点点头，说不喝了。她按住肚子，自言自语，这个时期不能喝吧？春上环顾四周，还有两桌，一桌是两个男青年，一桌是两女一男。摊主夫妇熄了火，坐在门口桌边，只等收工。牛丽站起身来，拍拍身体两侧说，回去吧！你来陪我喝酒，我好像喝醉了，感觉好开心啊！……我有一次没喝酒，一个人在街上走，碰到两个醉汉，喝醉了很难缠啊！我当时流产不久，……你知道那感觉吗？我在桥洞下躺了一夜。天快亮的时候，我告诉自己，我今后不会这么惨！

春上安静地听她说，在她打个趔趄时，扶她一把。牛丽的胳膊被握在他暖和的手掌里，登时感觉手肘发软。她听到春上说，你自己能行吧。

他松开了手。

我该说我不能，牛丽笑说，我一个人不行。

春上去门口结账，她走出门去，站在路灯下等他。起风了。那层薄裙子全贴在她身上、腿上，一件男士西服罩在肩上，歪斜着就要滑下地去。这个女人喝多了，但她毫无倦意，还在对着灯杆轻晃脑袋。仿佛这马路上还回响着几个小时前舞台上的音乐。春上迎着路灯踱过来，眼底有一层深重的惶惑，面对这个精力充沛的女人，心里总压抑着一种异样的掺杂着抗拒的情绪。

你喜欢过我吗？牛丽走上来，站在他的投影里。

春上暗自想着，她总像是舞台上的主角，即便已经谢幕，熄灯，剧终。她身上的能量仿佛无穷无尽，取之不竭，然而，他是个破坏者。在两个人的关系里，是他剽窃、消耗着她。她提到她隔壁有个潜伏的凶手，她应该没想到，他正是割断她情感的咽喉、扯断她前途的引线的一个真正的凶手。

一天也没有吧？牛丽抓住他衣角，用劲扯了扯。春上纹丝不动。牛丽就势凑上来，张开嘴，把酒气哈到他脸上去。如果我反对你结婚呢？如果，我怀孕了呢？就是说怀孕的是我，你要怎么办？

春上的脸在灯光下是惨白的。过了一阵，他扭头望着别处，说了句，走吧。他也抓住衣服下摆，胳膊、拳头，整个人都是绷紧的，但衣角还攥在牛丽掌心。牛丽觉得他脸上有一种恐惧，他在用全力拒绝她，反抗她。

如果我反对？她追问他，并摇动着他的衣角，把那种疑问的回荡输送到他胸腔里。他脸上多了一重暗影，可能他移动了脚步，或是风把树影拍在他身上。她莫名觉得他可怜，就松了手。她心烦意乱，想告诉他实情，老老实实、一五一十地告诉他，但她又疑心他已经听懂了。她很想尽情说话，有什么都倒出来，哪怕从此再不开口。但她只听到自己的高跟鞋踩在地上的响声。

如果是那样，我不敢想，她听到他慢慢地说，我会辞职，然后离开这个地方。

月色碧绿，在前面的背影涂上些毛边。一向鲜明的牛丽变得有些暗沉。春上跟在她身后慢慢踱步，他发现手里还抓着自己的衣服，自嘲地丢开。风从东边吹了过来，像是被暗处什么人送过来一样，这应当算一年中最好的季节了。

你要去哪儿，不再回来了？

牛丽走到巷口，突然转身，把脸拱进了春上的胸前。这句问话是不是说出来了，她并不记得。她使劲闻着男人淡淡的汗气，一股薄荷糖的味道。春上没有推开她，双臂抬起，轻拍了下她背。有人从巷子里出来，是两个路过的人。牛丽迅即和他分开，闪进了暗影憧憧的房屋里。

29

当牛丽在重播的电视里，看到春上报出"毛静琳"三字，一下子蒙了。因为不是现场直播，节目中剪掉了牛丽晕厥这一段。当春上说出最后晋级的选手名字时，电视机前的观众当然不会留意随后节目中不在场的牛丽，所谓成者王败者寇，人们不会过多关注一个失败者……

牛丽前前后后回想，感到脑子要炸开了。谁都能看出，当天震翻全场的是牛丽，掌控观众情绪的是牛丽，带领所有人翻山越岭看风景的是牛丽……而不是毛静琳。怒火在她心里燃烧着，可是，却是蓝色的长火苗，幽幽地细密地咬噬着自己，她对春上怎么也恨不起来。这个可恨的人，之所以选择毛静琳，是因为要跟他的吊线虫结婚，因为他要摆脱她——他已经对她的入侵容忍到了头。牛丽哗哗流着眼泪，心里承认他是那种对来犯者可以一退到底，必要时一举歼灭的人。无奈的是，她内心深处欣赏他这样的绝情。

牛丽疯狂浏览着网页，看到了那些对她大肆揭底的帖子。牛丽当场哮喘发作被大做文章，说她的倒地并非出于身患隐疾，而是怀胎三月所致。牛丽在贵妇诊所吊盐水的各种相片，甚至有张莫名其妙的早孕验血单子，真真假假，一一挂在上面。这些页面像一个个鲜血淋漓的猪肉铺子，生猛辛辣，直叫人热血沸腾，咂舌不已。她和春上的相片是被删除了，但是对他们关系的猜测又添加了几个版本。对于她的出局，其中不乏抱不平者的吐槽，甚至有一个牛丽的粉丝团专门开设的讨论帖，大张旗鼓地讨伐被诟病的导师及其陪审团，意图伸张正义，推翻重来。他们也知道现有制度下是不大可能实现的，没有哪个公家会向哪怕群情激愤的个人团体屈尊纠错，能瞄上一眼，解释两句，已是仁至义尽了。牛丽一方面对这些感到安慰，另一方面觉得泄气，她这么亦步亦趋跟随他，小心翼翼不影响他，结果，她还是给他声誉带来了不良影响。这也难怪他大铡高举，大义灭亲（何况她还不是什么亲），置她于死地而后快。至于他会不会像他那个同事朱军一样，被学校除名或是不再委以重任，要等超级人声结束以后才见分晓。现在，他就像公家人对待不利于他们的帖子一样，只想从生命里彻底删除她。

　　通过同一家网站交涉，该网站交给她一些爆料人的数据材料。她发现来源全是都城本地的，这原本不值得注意，但是她想到毛静琳是成都人，假如说她们是对手，是潜在的敌人，是对方失势之后最直接的受益方，爆料的理应有些四川方面的才合理。当然，不排除对方使用混淆视听的心理战术。看时间，帖子出现的时间集中在复赛开始之后的两小时，那种铺天盖地的劲头，似乎不置牛丽于死地不罢休。现在牛丽处在风口浪尖的当口，帖子停止了更新。牛丽想不出除了毛静琳之外，她还得罪过什么人。当然，念头转到过锦绣身上，但马上被她否定了。应该说，被油条否定了。

　　油条下山后，专门请牛丽喝酒。电话里牛丽说她戒酒了。油条听了奇怪，就约她去肯德基。坐下来后，牛丽给油条看网上那些帖子。油条看过后，大呼老牛，你火了！这顿该你请。牛丽恼火地说，你敢让我请！我是真要火了。油条赔笑说，你听我给你分析啊，不说锦绣不是这样的人，就算我眼睛瞎了，她是个没层次的人，做这事倒把杨东方扯上？这不是损人不利己吗，人家大学生文化这么高，不会做这么不讲究的事。牛丽听了不舒服，哼了一声，你就为她说话吧，到时候查出来，我看你怎么个瞎法！油条说，我没讲完。你真想知道是谁干的？牛丽懒洋洋翻个白眼，嘬了口可乐说，无所谓！我反正要回到车上，车上又没网，谁管它上面扯些什么鬼东西。油条说，就是杨东方有点倒霉了。不是我讲你，还跟他扯什么？咱有点定力好不好，人家是快要结婚的人。

牛丽被一口汉堡噎住，咳嗽起来。油条赶紧伸手给她拍背，正拍着，听到上方咔嚓一声，有人给他俩拍了个照。

油条跳了起来，蹿过去揪住那人的衣领，说，手机交出来！好大胆子。那人是个高中生模样的人，理着油淋淋的小分头，吓得脸色变了，小声说，放手，放手。他旁边跑来两个女生，喊着，牛丽！一人站在牛丽一边，冲她又跳又叫。

牛丽，是牛丽！

牛丽想说话说不出来，咳嗽得更急促，整个脸憋成通红。

呀，你哽到了！一个女生体贴地递给牛丽可乐，另一个女生拿出手机要合影。油条一看又来两个，就把高中生提溜过来，按他坐下，问两个女生，你们是一伙的？两个女生抢着回答。

一个年级的！他八班，我们三班。

哥哥你给我们合张影吧！

终于见到活的牛丽了！

牛丽姐姐太牛了，她应该进四强，不！

进决赛！

拿冠军！

我们都为你哭了一夜，太不是人了评委。

我们班有个女生给你折了三千六百五十只千纸鹤！

油条把高中生的手机要过来，先把他俩的合影删了，引来高中生不满的嘟囔。牛丽脸上红潮未褪尽，更显娇艳，她已经推开了面前碎成一包渣的汉堡盒子，用纸巾擦了擦指尖，盖在吐满鸡骨头的托盘上。她俨然一位明星大腕，微笑接受粉丝们的膜拜。油条过来问她，她微微颔首，同意了合影。牛丽端坐着，三个学生或站、或蹲，造型各异来了几张合影。油条加了高中生微信，合影各自保留一份。三人还拿出笔记本请牛丽签名，牛丽踌躇半天才落笔，一笔一画十分用力。

牛丽轻轻摇手，目送他们下楼后，脸上还久久保持着潮红。油条对她做了个敬礼的动作，说，你好啊，牛丽姐姐。他捏着嗓子学那个女生说话，你还需要吃点什么不？不要饿着了我好牛好牛的牛丽姐姐！牛丽噗地笑了出来。油条凑近来看她，说，你真火了！看见没？我再要个全家桶吧，庆祝一下。人都走了，你就别作了！牛丽翻个白眼，说，早知道我就街上学个签名了。刚刚签得我冒汗！

油条果真抱个全家桶回来了，一屁股坐下说，刚排队还有人认出你，向我打听，头都痛！不得了！你要请个保镖！那个小鬼拍照，我还以为又是网上那些人捣鬼。别只顾吃，听我分析啊，肯定不是锦绣。

好，好，不是她。牛丽气顺了，口风和缓了。

在你的熟人里，在你得罪过的人里，有哪个的名字没出现在网上的，八成跟他有关！

牛丽抬起头，脑子里冒出了一些男人的脸，还冒出了最早的医生。她甩甩头说，都过去多少年了，忘光了，谁动这心思！吃饱了撑的？

油条说，现在进行时吧，只有老根了。老根的老婆有可能干这事，她知道你干的活，是吧？写你跟有妇之夫，说一个土豪、老板，愣是没写人家老根的大名！为什么？

牛丽狐疑地望着他，不至于吧？我对她没威胁啊，都把老公还她了，都说不要他公寓了！她搞臭我，我不是更要靠着老根吗？

油条说，你们具体的我不清楚，她有动机，也有条件，一个手术后的女人心凉了什么都做得出来，这老根不是要你给他生儿子吗，她能容你生？生了是一套公寓的事？不对啊，她把你有孩子的事兜出来，难不成要把孩子栽赃给杨东方？

就是他的。

油条惊得下巴都要掉了，合不上，也说不出话。

是他的种，牛丽低头扫了一眼肚子，说，快两个月了。我糊涂，这阵子累瘫了，还喝酒，现在晋级的路断了，我得尽快打掉它。

油条喉咙口响了一下，噎了半天，打出一个嗝来。

你怎么了？你爷爷死了，也没见你难过成这样。无所谓，还只是一团影子样的东西，我不难过！牛丽塞了个鸡块到嘴里说。

你糊涂！油条挤出一句，告诉杨东方了？

牛丽抬头看了他一眼，油条蔫蔫的，刚才生龙活虎的活跃劲头一下消失了。他一脚踢我出局，我告诉他又有什么意思？他要结婚……胸口有点闷，吃太多了！

你真准备打掉孩子？

牛丽站了起来，走吧！

油条提起她的挎包，给她拿着。牛丽走了十几步，回过身，从油条手里抓过挎包。油条跟在她身后，说，我的意思，这事还得让杨东方知道，结婚人选上可能没悬念，可他得有点代价，对吧？至少……

牛丽正下楼梯，陡然站住了。油条一个收脚不住，差点撞到她背上。牛丽慢慢回过身，瞪着对于油条来说的铜铃大眼，说，你说的话，我怎么这么不爱听呢？什么叫悬念？什么叫代价？你爸妈离婚前没教过你，怎么招人喜欢、学说人话吗？

代价，就是……油条一时语塞，搔搔后脑勺，血债血偿！

你敢！就知道狗嘴里吐不出象牙！

两人脸对着脸说话，感受着对方的唾沫喷溅到面部的清凉。牛丽看上去一点就着，粗声寡气，恢复了本来面目。他们招来了一些注目。油条拍拍她背，同她并排下楼，尽量把话说得轻快。悬念嘛，就是我爸妈虽然复婚了，不知道还离不离！咱这肚子也是一大悬念呢，比方你不打算拿它逼婚，对我的智商真是考验。你确定要怎么做吗？……好了，我好好说话还不行吗？注意形象，这店里不知道潜伏你多少粉丝呢！

牛丽没再理他，噔噔噔往下走。

两人一前一后上了巴士。牛丽赌气横在门口，身子随着车的节奏轻轻摇晃。油条站牛丽身后，凑过脑袋对她耳孔说，别伤心了，我肯定给你出头。牛丽转过头，躲开油条。油条正欲再说，牛丽向前面努努嘴。一只鼓鼓的咖色钱包正在一个胖子的裤袋里跳动。油条心领神会地噤声，往牛丽那边蹭了蹭。这时有人在他背上一拍，说，这位年轻人。油条扭头看是一个中年妇人，衣着时新，面容端正，正严肃地盯着自己。

你能不能离她远点儿？

油条眉一皱，回头说，你哪位啊，她是我女朋友！

不可能是你女朋友，妇人说，她是牛丽，对吧，如果我没认错。

对，对，油条说，她不是我女朋友。你眼力太好了。

我听过她唱歌，该进四强。网上有人造谣说她是小偷，能把《三套车》唱那么棒的人怎么可能是小偷？这个社会啊，像你这样嘴上跑马的年轻人太多、太不负责了！

对对对，大姐批评得对。我错了！我也看她很面熟。

她是超级人声的牛丽！怎么好讲是你女朋友？

因为她长得太迷人了。

你该听听她的歌！

您说得太对了！

她还没谈过朋友！

太正确了！

牛丽，我支持你的。希望你重返舞台！

牛丽风情万种地回过身，脸上早已布好了准确无误的微笑。

30

牛丽接到老根老婆电话时，正在同一名广告界大咖的助理谈话。

这场会见直接决定牛丽是否接下人生中第一支广告。说大一些，是牛丽进军广告界娱乐界的第一步。这是一款避孕套广告，当然，后期还会有内衣、卫生巾等产品跟进。这位助理长着一个大圆盘脸，涂了太多粉，五官不足以改变脸的平面感。两片红嘴唇又太过鲜艳，张合之际像是在吞吃那些说出的话。此时，牛丽面对这张饥饿的圆盘暗自忖度，用一只避孕套打开她人生中另一扇大门，是不是一件靠谱的事。

老根老婆看上去恢复得不错，脸上的皮肤有些干，倒比第一次见面时白净。牛丽同她几乎同时到的，坐定不久，眼看窗外的女人款款走下奥迪，在门口站定，扫过同一家茶楼里的景致时，嘴角浮起一个笑。牛丽觉得她有些不同了，同上次反差挺大，仿佛那一次才是手术后的她，既憔悴又灰心。老根老婆摘下墨镜，玫色嘴唇泛出珠光，一笑，不好意思，堵车。牛丽今天穿一套枣红套裙，室内气温适宜，无须增减外套。老根老婆是一件珊瑚色连衣裙，戴一串珍珠项链，将她的娇小身段和白嫩肤色映衬出来。两人都叫了咖啡，还是同上次一样。不一样的是两个女人的气场，一个由弱转强，一个遇强更强。

你气色不错，牛丽说，老根会照顾人。

老根人在曹营心在汉，老根老婆说，成天想着你肚子里的东西。

他该想着你的肚子才对。

老根老婆的眼睛变得锐利起来，说，你敢说，你这是老根的种？

所以你跟踪我，牛丽望着她双眼，监视我，在网上造谣？

老根老婆看了她一会儿，轻轻搅动咖啡，说，你不笨。我不瞒你，都是我叫人干的。是造谣吗？哪一条不是事实，你说说？

你要让我落选。然后呢，我就会遂了你的意？

不，我想你夺冠。老根老婆说。

我没听错吧？

老根老婆身子往后一靠，摇摇头，用一种惋惜的眼神看着牛丽。你不知道我多希望你红？我这个幕后推手吧，希望你红到发紫，红到顾不上生小孩，顾不上老根。没想到你这么不中用，栽在你导师手里。

推我？牛丽愣住了。

专门请了个团队推你，老根老婆抑制着怒气说，你玩劈腿，闹晕倒，把自己前途给玩没了！

牛丽完全没想到是这么回事。这个处心积虑的女人，在网上搅起的那些泡沫，推波助澜，葬送了她通向春上的未来。现在，连那套公寓也化为泡影，她只有腹中的孩子。

你的意思是，我没配合你的计划？牛丽嘲讽地说。

老根老婆平定了一下，说，双赢的事情，我是为你好，为大家好。虽然手段不好看，目标是为我们各自的前途。我的前途只有老根，四个孩子也是。你能理解吧？我没想伤害你。如果客观上影响到你，我道歉。

你好像说过你不要老根，叫我接盘。牛丽咬了下茶匙说。

老根老婆快速搅动一下咖啡，停下手，面部一下绷紧了。那时候我以为我会栽在手术台，做个顺水人情，你可能还会善待几个孩子。现在我还有很多年活，我要从我栽倒的地方爬起来。

你爬你的，不要让别人爬，牛丽望着窗外说，还要别人磕头谢恩。

牛丽，老根老婆慢慢抿了抿嘴唇，说，你上了电视，是名人了。我第一眼看你，就觉得你脸上风水好，人大气，迟早发达。我这方面就是一个小小的助力，也没起到关键的作用。我不需要谁感谢我，也不需要谁理解我。我希望我们做个了断，对大家都好。

怎么了断？

你打胎，离开都城，我给你两套房子。

如果我不想打掉呢？我想知道，牛丽笑问，我会不会死得很惨？

不会，我杀鸡都不敢！老根老婆说。

你会雇人杀我？

不会。你不打掉，老根也会给你一套房子。但是别想分到别的，还有，我是个病人，情绪不稳定，随时会上门跟你们打点交道。

这么说，我和孩子不得安生啰？

未婚生子结局玄得很，你犯不上为老根赌这么大。

为什么我要离开都城？牛丽问。

眼不见心净，老根老婆淡淡地说。

我没打算离开都城，牛丽说，离开都城，我要房子有屁用？

现金也成，金条也成，想去哪里都可以。你不走，我不能拿你怎么样，老根老婆用一种诚恳的语调说，我只能保证，你跟着老根不会比离开他更痛快。按理说，我阻止不了老根生儿子，没有你还会有别人。这种事情哪里断得了？我只怕你一时糊涂，假如你怀的不是儿子，怎么办？又比方你怀的不是老根的儿子，怎么办？我来是解决问题的，带着诚意来的。你要钱，或是想重登超级人声的舞台，都可以商量。

你还可以把我推上台？牛丽问。

只要你答应我，我就创造条件让你上。

牛丽沉默了一会儿。她摇摇头，闭上眼睛。我已经折腾够了，不想登台了。再说，老根就可以给我办到，条件是给他生儿子。我为什么要找你？

因为你的导师，老根老婆眨巴着眼睛说。

牛丽瞪圆眼睛望着她。

还有一些你俩的资料，我可以传到都大的网站。你不想登台的原因，也是因为他吧？

够了！牛丽眼里冒出火星，我要你删掉所有中伤我和春上老师的帖子，不然，我会报警。

网上的合影因为距离和光线的原因，不太清楚，这几张，你看看。老根老婆从包里拿出一些相片，放在桌上。牛丽抓过来一看，正是那晚喝酒后，她和春上在昏暗的街口拥抱，头顶的灯光打在春上脸上，牛丽穿的正是复赛现场的那身装扮。牛丽气得将相片一摔，说，无耻！

牛丽指着老根老婆眉心说，我肚子里不是老根的，你犯不着这么机关算尽！你真把日子过成宫斗剧了？子宫被端掉了还不消停？

不是老根的，老根老婆阴沉着脸，一动不动地望着牛丽。

不是他的，你来了我们就没在一起过。

你怀上五十天了，那时我刚回来这里。老根老婆说，我也想过这个问题。但这个说不准，你的话我要怎么相信？

你爱信不信，牛丽望着她，一时语塞。

不好意思，自从做手术后，我变得不爱相信人。

包括老根？

包括我自己，老根老婆痛楚地皱起眉头，一只手托住额角。

我可以打掉，牛丽说，也可以走。条件是删掉所有相片，所有狗屁文章，保证不再骚扰春上老师。

成交。

牛丽站了起来，你买单吧，希望这是最后一次见你。

牛丽决定签下那个避孕套广告。在此之前，她先做一个残忍的刽子手，亲手把自己第二个孩子杀死。除此之外，好像没有别的路可走。她出来后去了贵妇诊所，魏医生不在。一个小护士给她拨通了魏医生电话，牛丽简略说了情况，要求尽快安排人流。魏医生让她明天来诊所，约在下午三点。在通电话期间，小护士有事走开了，牛丽喊了两声，又出来一个护士。

哎，给我拿支笔。

给。

牛丽写了自己电话，交给护士。明天提前给我电话，我怕忘了。

好的。

牛丽一抬头，竟是锦绣。难怪她虽然一直没有抬头，却感到这个护士气场不对。按说都穿一样的浅蓝色外衣，又都是细腿平胸的小女孩，不该有多大区别。锦绣的头发扎成一个髻，整齐的刘海下，一双剪水眸定定看着她。

你啊，牛丽一时间有点愣住，在这打工？

嗯，休学了，锦绣回答。

我听说你的事，牛丽说，从班房出来就好。

锦绣低头看了一会儿那本子，说，你做人流？

牛丽没说什么。

为什么？锦绣嘴唇嚅动一下。

牛丽站了起来，挎包甩向后背。她对她生不起气来。脸那么白，眼神无辜，得知她怀孕人流的事，心里幸灾乐祸，偏偏做出一副欲言又止的样子来。就是她不说话，牛丽也觉得牙齿长时间发酸。除了从她面前早点走开，牛丽想不出还能干点什么。

不为什么。

锦绣送牛丽出来，站在墙边，说，人没有权力做这个的。牛丽走了两步，回头看她，她还是一副说不出话来的样子。牛丽想了想，反身一屁股在沙发上坐下了。牛丽点点对面椅子，让她坐下。锦绣坐了下来。

你想对我说什么？说吧。

这个女人很憔悴，不像是最初看到的样子。事实上，锦绣很早就觉得牛丽眼熟，经常遇见之后，她逐渐想起了自己第一次见牛丽的情景。那一次她在街上看到人群围着一个疯女人，给这个疯女人解围的就是牛丽。后来，锦绣经过时发现了垃圾桶上的那只钱包，她很高兴有机会结识一下这个女人。隔着远远的距离，牛丽身上的男子气有点令她着迷，这之前她从未对同性有过类似感觉。这里面自有某种隐秘的气息，锦绣当时还不能参透，但已深陷其中。

锦绣抿了抿嘴，说，你比在电视上显大，皮肤暗些粗些，怀孕后期还会长斑。

牛丽说，我不是因为上电视不要孩子。这是两回事。

锦绣看了她一会儿，垂下眼睛说，孩子被生下来，是他的权利。他在你子宫里生根的时候，已经是完全的人了。他是一个人，不是你的零件，附属物。你没有权力、我们都没有权力去剥夺一个人的生命，那是犯罪。

你在劝我不要打胎，牛丽点点头。你知道他父亲是谁？

这个问题让锦绣一时张皇起来。她扭头看了看门口，有个同事走了过去。她的手无意识地绞动着衣角，底下的椅子偏偏这时候旋动起来。她用脚连点两下地，左右晃动一会儿，才悠悠止住了。

那个跟我说的话没关系吧。她轻轻地说。

你有过孩子吗，没有。你要在婚礼当天怀孩子，对吧？

我，没想过。

你没有怀过，怎么知道他一下子就是一个人了？一团泡沫也是人？你吐口唾沫也是犯罪？牛丽摆手说，别扯了。说说看，谁叫你来劝我的？

没人叫我来，锦绣抬起头来，人的生存权是上帝赋予的，没人有资格这样做。

上帝在哪儿？牛丽欠欠屁股，做东张西望状，我不想落选，我不想被人甩，不想遭人算计的时候他在哪儿？我给自己做主的时候，他就冒出来了。有这样的救世主吗？

他看得见每个人受的苦，我们受过的试探，他都受过。他自己也受苦，禁食、被卖、忙碌、贫穷，想想都对我们有益的。

你这念叨什么？牛丽皱眉问，你受过什么苦？吃过多大苦头，年纪轻轻的？按我说你早该退学，干着解剖尸体的活，念叨着行善积德，多分裂啊！

锦绣低头不语。一道投进窗口的光柱亮了起来，莹莹跳动着。锦绣伸出手放在光柱里，正反两面看着。过了一会儿，她轻声说道，我知道他父亲是谁，我猜得到。

牛丽坐直身子，交叉的双腿放平了，眼睛微微张大。这个苍白的女孩子从一开始就知道她是个扒手，从那只棕色钱包被丢弃在垃圾箱上那天，她就掌握了对付牛丽的武器。但她没有使用。显然，她在春上那里也是如此，不肯操起逼迫他的利器。这是个魔鬼还是天使？

锦绣看着幽暗的走廊，那里通向卫生间。墙正中的钟忽然响了起来。两人都盯着那摇摆的钟摆，一下，两下，牛丽感觉到锦绣的眼眶透出疲累的信息。

是春上哥，对吧。她扭头看向牛丽。

……牛丽望着锦绣。

锦绣抿了一下嘴角，说，你们三个是一家人，这个我知道。

你在网上看的那些鬼话，牛丽小声说。

锦绣摇了摇头。我很少上网，我们也没有谈起过你。并不是谈论一个人，才显出他重要吧……我倒是经常和别人谈论他，那是我交的一个网友，很奇怪吧？我不上网，但是我交了一个网友。他愿意听我说春上哥的事情，随时随地，等我跟他讲那些舒心、不舒心的事。

这男的在钓你。

不是，锦绣说，不是那样。他那里有雪山，在雪山边上的人，不会耍心眼的。

我常这样钓凯子，牛丽瞟了她一眼，说，春上老师是个特例。他不肯跟我多说话，他如果跟我开口，说的全是你的事。我不理解，你是以什么立场，劝我生下孩子！我要怎么样才能生下这个孩子？

锦绣低下头，两手按着胸口，轻轻地透了一口气。

我不能说出我的心是怎么疼的。我告诉你我为什么还能活着，我是借着耶稣的光，才看见这世上的好。我自己半分也看不出来，只有暗、黑、噩梦、血、眼睛……锦绣摇摇头，我扯得太远了。当我在教堂里跟着唱起歌来，眼前的一切就亮了一层，像刷了新漆的房间，又像是在夏天，午睡刚刚醒来。全新的，发出香味，像回到七八岁的一天……没有网络，没有《新闻联播》，没有手术台上的尸体，没有柳树堰的黑屋子……

牛丽望着她苍白的脸和嘴唇，心头无端一阵颤动。她还不清楚受到的触动是什么，甚至不明白这个女孩说的话，只闻到她身上散出雨水里泡桐花的气味。牛丽脑中浮现出梅兰妮死去的情节，斯嘉丽那时的心境，大约同她此刻有些相像。害怕，揪心，歉疚，忧从中来。一种兔死狐悲的同情让她在这个渐渐暗下来的诊所里，感到来自子宫的阵阵收缩。

31

下午春上接到油条电话时，正在回家路上。他拐了个弯去银行，因为要和锦绣一起吃晚饭，顺便在附近商场里买了红酒。这天是他的生日，像往年一样，他们会在南山的房子里吃顿晚餐。本来，锦绣母亲想让春上中午来柳树堰吃饭，但春上说小生日不过也罢，加上中午有个非赴不可的饭局，二老便订好蛋糕水果，让锦绣拎去南山房子。锦绣厨艺不及春上，但她认真去做的话，也能做一桌子他小时候爱吃的菜，比如银鱼薯粉汤、藜蒿炒腊肉、豆参炖鱼头。这些菜一般要花上她小半天时间，好在今天她轮休，一大早就跟她母亲去菜市场了。

还是怀旧茶楼。四点，人不多，三五桌，三三两两安静低语。春上把一沓钞票推向油条。本来说银行转账，后来油条改主意了，希望同他碰一面。油条瞟了一眼，拿起揣进了怀里。春上把欠据撕成了碎条，团在烟灰缸里。他往缸子里倒了茶水，身体往后靠靠，舒了一口气。油条一直盯着他。

是不是觉得你不欠牛丽了？油条问他。

春上想了想说，依她的实力，今后还会有好的发展的。在她落选这个事上，我是这么考虑的……

你觉得一个贼不配当明星，油条眯缝起一只眼说。

春上怔住了。他内心应该曾经这么想过，或者从没改变过。毕竟不是每个人都能跻身精英阶层，他们的行为、道德、素养达不到一定层次，这是先天不足、后天不力造成的正常不过的结果。当然，他有更为私密的、秘不可宣的理由，为了护卫和锦绣的婚礼，他必须攘外安内。

不是，他必须否认，记起面前也是一个贼。

他们都约见三回了。想到这里，春上有点焦虑，他希望早点把事情了结，把这种暧昧、危险的关系厘清。他远赴异国的母亲走前对他的教育是，人跟人是不一样的，永远别想跨越阶层。父亲的口头禅则是，道不同不相与谋。他看了看表，打算告辞。但是对面这个人显然不准备松开他，放他走。

嘿嘿。你这样对牛丽打击很大，你在玩她！你没把她当人看，油条慢悠悠地说，抓了抓肚子。你这种臭知识分子，手里有一点权力，就能随便破坏别人想要的人生。

她的人生不是我毁的，春上阴沉地说，我没这么大野心。

岳不群！东方不败！你们的思想还没我们的手干净。

我看不要讨论下去了，春上站了起来。

坐下，油条说。

春上竖竖衣领，转身就走。一个硬东西顶住了他的腰侧，油条几乎贴在身后，耳语说，坐下。不是刀，我说了我不带刀，太危险。

不舒服的气流哈在耳廓上，在这种干扰下，春上依然能大致感知到那件东西的形状。你要干什么？他略略转过身，愠怒地问。

油条按他肩膀的手暗暗用力，按他坐下。自己坐在对面，那只手缩在袖筒里，一动不动对准春上的身体。不干什么，我来给牛丽讨个说法。你别动，今天是周末，没什么特别的事最好乖乖听我说。

春上暗自镇定，忖度着油条的动机和心理期待。油条突然笑了，那种朝里吸冷气、腹部不断抽搐的笑法，开始是无声的，渐渐发出抑制不住的哧哧声，像是哪里的水管漏气。他笑得一只手捂住要笑得拧起来的腰部，不时地快速拍打几下沙发扶手，脸上该涌现的纹路全堆出来了。看得出他笑得很尽兴。他的另一只手当然一动不动，这说明他也不打算全情投入。春上觉得自己没什么值得笑，面对一支手枪、一个亡命之徒，你除了静坐还能做什么。

钱你收了，他低声说，不想刺激油条。

油条停下来，抹了一把下巴，整张脸登时没有一丝笑意。他说，一码归一码。那一万是牛丽的分手费。至于你们瞧不起我们，怎么补偿的问题，我们大人大量，也不好同你计较。不然的话，我不是也要给你钱？是吧。现在有个选择题，一个是锦绣，一个是牛丽搭个孩子，其中一个必须死，你选一个。

什么孩子？

油条把脸凑过来，说，听不懂普通话？我绑票了两人，一个是牛丽和你的孩子——牛丽有了你的孩子！你不知道吗你这人渣！……她和锦绣你选一个带走！迟了别怪我撕票！

春上脸上怒火一掠而过。继而眼神茫然，滑过油条的面部，问，我的孩子？

油条不作回答，斜睨他。在瑰丽祛疤整形过几次后，他的脾气变得喜怒无常。那道刀疤还是亮在肚皮上，没看出短了多少，倒是有些地方移位了。时不时伴有一阵瘙痒。比如现在，他不得不在冷酷面色下，隔着衣服迅速抓两把。

春上突然闭了一下眼，仿佛有个什么在他脑子里轰然倒塌的声响，让他面部不住细细抽搐着。他猛地睁开眼睛，带着愤恨和沮丧说，你开什么玩笑！牛丽不可能……

油条看出来他其实相信了自己的话，一摆头说，你选不选？

不可能，春上摇了摇头。你是她们什么人？凭什么由你定生死？

就凭这个，油条晃了晃那边胳膊。

你打死我好了，春上腮帮上有一道咬肌在滚动，随后闭上了眼睛。

看不出，你挺烈的。

油条用闲着的右手蹭了蹭脸，有些阴沉地望着春上。他得知牛丽怀孕，受到老根老婆的胁迫后，心里十分不平静。油条认为这完全是春上造成的，假如他在四强赛中选择的是牛丽，她就不至于因为生计问题受到老根老婆的要挟。再往前一步，假如当初春上选定了锦绣，不招惹牛丽，就不会有随后这多事。现在，一个个烂摊子堆积在牛丽面前，打掉孩子，不打掉孩子，都是前途堪忧进退两难。油条脑子里快速转动着，考虑是替牛丽要一大笔钱，还是想个法子，让春上去堵老根老婆的炮眼。

你要是不开枪，恕不奉陪！春上陡然站了起来，大步迈出座位，朝门外走去。

站住！油条大喝。但是春上不理会他，不回头，也不停步。油条顾不得其他人的注目，小步追上去。他企图抓住春上一只胳膊，最后他只是扒拉了下人家的肩膀，就被他一个反剪手按在了桌上。

这个场面类似第一回在茶楼的情形，引起了一位女士的惊呼，也引起了油条无限懊丧的情绪。事情没有办好，倒被对方控制了。油条心里暗暗叫苦，假如有人报警，自己肯定又进去。他小声说，快放手，我没枪……油条忍不住笑，还是那种腹式笑法，边抽搐边说，你倒是个不怕死的！还是说，牛丽怀孕你情愿死？春上把他袖筒里的东西夺过来，看一眼，一把甩到后面去。只听那半瓶矿泉水和玻璃门发出一声闷响，吧嗒掉下来。服务生慌作一团。

快放了我，油条慌道，我要不坐牢，还能跟你分担一点。

春上怒极反笑，你这么骁勇的人物，劳你跟我分担？你要我让她俩死一个，你说说，谁该死？

你他妈还有理了?！弄死你再说！

油条陡然反身躁起，挣脱出来，抄起一把椅子朝春上砸去。他变得狂暴起来，不断挥舞着椅子发动进攻，状如猛虎。春上的额头狠狠挨了一记，渗出血来。但油条并不收手，还是不断地冲上来，他的外套已经散开了，一沓钞票从怀里蹿出来，随着他剧烈的手势和动作，在空中飞舞。人群惊呼起来，有人趁乱爬过来，捡走几张。更多的人抢上来了，在淌着水和碎玻璃的地面摸索着。油条打红了眼，椅子不断往他们头上招呼，喊破了喉咙，死开！都死远点！

在牛丽闯进包围圈的当头，局面已被警方控制。当时牛丽乘坐巴士路过，听见警笛呼啸，而街上的人全向茶楼奔近，就下车凑凑热闹。刚好看到油条被铐上，正被两名警察从茶楼押出来。春上蔫头耷脑地被两个警察扣住，靠在沙发背上。

牛丽掀开人群，朝油条扑过来，尖叫，放开他，是我叫他干的，没他的事。你们有本事铐我啊，来啊。一个警察冷笑说，铐你？还不是迟早的事。你有本事，现在就当我们的面把他偷去啊。几个和牛丽打过交道的警察笑了起来，那冷笑的警察不经意说了句俏皮话，很是得意。牛丽冷笑，你们头儿巴不得我偷他，老娘我还没兴致哩！同时牛丽牢牢把自己吊在油条的胳膊上，屁股后夯，也不管油条纤细的前臂是否承受得住，像在单杠前起跳的那个动作，把自己的上半身和下半身折了起来。警察威吓、劝解都不奏效，于是拿出警棍在牛丽手背上重击两下，牛丽号叫一声松开了手。她跌在地上，还在声嘶力竭地哭叫，你们再来呀，接着打！老娘有孕在身，给你们乱棍打死，一尸两命！

一只手把牛丽扯起来，是春上。他的额头一直在渗血，脑袋有些昏沉，这一用力，那血更是冒上来。牛丽一把从马尾上扯下丝巾，就往他头上裹，春上摇摇头，挡开了她的手。牛丽说，一滴血要吃三天饭，你看流这么多。你让我包一下好不？我不要你跟我结婚，不要你负责……行不行？她喃喃说着，手无力地垂了下来。她的手背被刚才两下打麻木了，青紫一团，高高肿起来，那丝巾就在手里微微颤抖。

牛丽眼里包着的一层眼泪被映得红影摇动。油条对牛丽吼，别求这个人渣！后面那警察连拍他的头，推他上警车。谁人渣谁人渣？这趟进去，你就成油渣了！

春上昏沉沉靠在墙上，感觉到这室内一切在缓慢旋转。在这种生不如死的旋转中，他感到一阵些微的快感，身子变得十分轻便，仿佛可以一跃而上天花板。他甚至感觉不到身体的存在，大部分重量消失了，双腿又软又轻，就要化在了地面。他又快活又害怕，很想抱住身边的牛丽，让她拴住自己，拉住自己，不让自己从窗口飘向天空。一种恶心欲吐的冲动催逼着他，类似吸毒的感觉，他干呕着，涕泪交加。春上出现了幻觉，他看到半空中升着他的父母，一人站一边。他俩向他伸着手，要拉他去各自的云里。他的母亲还是梳着宫廷式发髻，长长的一缕头发搭在腰间，鼓鼓的大眼睛露出从没有过的笑意，她的气势还是那样不容抗拒，真理在握。父亲显得萎缩、矮小，比母亲低一头，他不住挪动双脚，穿着囚衣的背佝偻着，头顶飘着白发。春上要是不握住他的手，他就会绝望得从半空栽倒在地。一会儿，他们消失了。一声婴儿的啼哭在天边传来，越来越近，一朵薄云快速驶来，薄得像一缕轻纱，像牛丽的丝巾。春上感到头一下变重了，脖子承不起似的，眼皮越来越粘。牛丽焦急地朝街头张望着，眼泪不住掉下来。

救护车来了。几个白大褂把春上扶上车，车子朝牛丽撅了撅屁股，颠着跑了。牛丽在窗口追着喊，死也不要我靠近是吧，死都看不起我是吧。春上接收到她的最后一个眼神绝望而哀怨，永别一样，春上不知为什么心尖颤了颤。在他渐渐闭合的视线里，牛丽裹在长袍里的身子像一颗肥硕的大花生，晃动的幅度越来越小，变成一颗红彤彤的痣。

32

锦绣坐在桌边等春上，桌上放着六个菜，两凉四热。等到六个盘子里都变成凉菜，天黑了下来。这时她接到牛丽的电话，告诉她春上正在一医院做检查。

锦绣赶到医院时，春上在吊盐水。他的额头进行了简单的包扎，一只手在接电话。是派出所打给他的，要求他明天一早去做笔录。锦绣提来一只小蛋糕，打开来说，你还没吃饭，饿吧？今年生日不一样，我们先吃蛋糕。春上心下寻思她这句话的意思。锦绣像是听到了，说，你上次伤胳膊，这次伤头，吃点甜的压压惊。春上说，这是你恩人所赐，我们已经被茶楼拉进了黑名单。

他这次会不会关很久？

不会。

锦绣舀了一勺蛋糕喂春上，春上说回去吃吧。锦绣把蛋糕喂进他嘴里，说，没事的。这厅里都是病歪歪的人，谁会想到你是大名鼎鼎的春上老师呢。

春上接了两口，握住锦绣再次凑来的手腕，说，锦绣，回去我要告诉你一件事。锦绣嗯了一声。春上望着她低垂的额头，几缕头发散了下来，在她鼻尖颤动。他忽闪着眼睛，突然说，你就不问他为啥找我麻烦？锦绣一动不动，说，他讲过，他说你会娶我。

他管得太宽了吧。

嗯，是。

春上眼里有一点磷火迟疑地闪动。他望着锦绣低垂的脸，在灯光下莹亮的额头，低声说，本来，我想在我们新婚之夜跟你说。我把我的全部都交到你手里，由你来决定我今后的生活。你看过安娜·卡列尼娜，在结婚前夕，列文交给吉蒂一本日记本……你记得吧？

记得，锦绣舀了勺蛋糕填进自己嘴里。

列文说他是不纯洁的……

锦绣慢慢吃着蛋糕，不再问春上吃不吃，也不抬头。她像是神思飘忽，人在这里，魂魄已在千里之外。春上注意到了这一点，便收住话头。

当然，我不写日记。

锦绣嫣然一笑，看一眼吊瓶，起身去喊护士。

两人打的回到茶楼，春上要把车开回去。他先送锦绣回家，锦绣说陪他回去，给他把菜热一热，就着半只蛋糕，还能点个蜡烛许个愿。她给他买了一件上衣，过了水放在椅子上，他试试合适不合适。春上道谢，说蛋糕吃过了，生日就算过了。这个晦气的生日他不想多延续一分钟，只想睡觉。锦绣不再坚持，任他把车驶向湖边。

明天做笔录，锦绣下车时说了句，你能不能不怪陈大哥，他坐牢很多次了。

春上面上闪过一道灯光，对面有车辆飞驰而过。他舒一口气，说，一些事我没办法告诉你，不知怎么说……也说不清。我不怪别人，现在我很想睡觉。

锦绣看了他一会儿，轻轻把车门推上。车窗慢慢摇下来，春上的脸侧了过来。

锦绣，我们的婚事缓一缓吧？最近事情多，我要想一想……我们是成人，已经等了这么些年，我们还有时间……你会等我的吧?

锦绣点了点头，转身走进柳树堰。柳树堰又静又黑，像是没有住人。锦绣在柳树堰待了二十二年。时间长得像一个醒不来的梦，锦绣起初没有指望过挣脱它。她踩在凹凸不平的地面，心里响起刚才春上说的话。列文说他是不纯洁的。春上没有把话讲完，因为她像是对这句话毫无反应。谁知道她心里翻江倒海，急于一吐为快，但她又记着那是医院，那是春上，她一直在信赖、托付的人的生日。她心里想，谁又是纯洁、完整的呢? 这条漆黑的路，闭上眼也能穿过的柳树堰，对于幼年的她来说像一个巨大的黑匣子。这个贯穿始终的噩梦被拴在黑匣子里，如同向往天空的气球、风筝之类的事物，挣扎、破碎是它们的命运。事实上锦绣已不挣扎，她永远躲在人们身后，外婆、父母、油条、春上，在他们身上获得安全感。这些东西一一坍塌之后，她不知道自己还可以栖身哪里。即便柳树堰，也将在不久之后被推倒，所有的柳树堰人将迁往新的住处。

对于这种消息，锦绣抱着半信半疑、并无期待的态度。类似她对老吴头那座小黑窗，从未指望它从自己眼前消失。当然，春上给她带来某种美妙的暗示，光明的指引，让她有过一段日子的天马行空。心头暗暗惊诧，莫非那种生活，是可能的? 离开这个黑匣子，离开老吴头的小黑窗，这种毫无防备的生活将是她的!

说起来，锦绣是个彻底的宿命论者。正是在这张底色上，她努力用种种新鲜的、醒脑的、扑面而来的理论武装自己，充实和提升自己。她几乎是全盘接受了种种新观点，身体力行，波澜不惊，仿佛不曾在内心有过交锋与冲突。她就这样由一个宿命论者转为女权主义者，又由一个无神论者走向十字架。没有人能清楚她内心经过了怎样的嬗变，腾挪辗转，每当一个新的角色诞生，她都给人一种生来如此、历来如此的印象。每一次她都不遗余力，力求做到这个角色履职的最大限度。她也并不抛弃前一种论调，那些相对陈旧、不够先进的并未被彻底否定，而是成为了日益丰富底色的一种。她的内心里有着极大的包容度，这足以使得她一步步迈出步伐，直到完全忽略那扇小黑窗。

她听到那窗子里传来哭泣声。她停下脚步，凝神去听。月光照在她头顶，带着一点响动地流下来，这种流动带给了她内心的震动。她想，莫不是老吴头死了。如果这时候走出一个路人，一定会被她吓到。她在月光里的样子十分可怕。仿佛月光是从她眼眶里流出来，那哭声也是发自她的声道，她感觉到背上起了一层汗。哭声幼弱，细小，像一只狗在呜咽。她两步就能走近那个窗子，看到里面的情形。窗子里点着灯，油纸掉下来一大半，她只要凑近就能发现哭泣的人。这种愿望从未出现过，她想找到这个无助的哭泣者，就算他在老吴头的屋子里，也在所不惜。

月光暗了下来。一阵风吹过，树枝发出撞击声。锦绣拽着自己的衣领，不知不觉勒住了脖子。仿佛是抓住缰绳，不让一匹野马奔跑的牧人。她看到昏黄的灯光下，老吴婆坐在椅子上，低着头抹眼睛。哭声不是从老吴婆那里发出的，而是床上。床上挂着蚊帐，隐约的光线下，牡丹花缎面棉被隆起了一团。锦绣的心像是失去弹力的弹簧，软软地弹动着，每一次屏息都好像下一秒就会停止。那哭声从室内发出，却带着风的呼哨，一种奇异的空旷感，仿佛不是从人的身体发出的。锦绣打了个寒噤。老吴头今夜就要死的念头代替了心跳声，在胸腔呼之欲出。她记起多年前那个下午，黑屋子里布置的一切，几乎跟眼前没有多大分别。也是对着窗子摆放的木床，也是两把竹椅子，其中一把有只脚短一截。小小的锦绣坐在上面，吊着两只脚，像坐在湖面上的木桶里。她耳边响起了咿呀的声响，不知是屋里老吴婆胯下发出的，还是当年自己发出的。

锦绣的视线范围内没有小女孩。别的房间也没有灯，她猜测她睡着了。因为白天玩得疯，小女孩晚上睡得早，尤其是抓蝴蝶、蜻蜓，常常玩得一身汗。老吴婆通常默许她找锦绣玩，只在做好晚饭后，在坡头站一站。她喊小女孩点点或蝶蝶，喊两声，小人儿就朝她飞奔过去。锦绣想过，假如点点半夜被老吴头惊醒，会不会害怕得哭出来。当年她好像没有哭出来，应该是哭不出来，憋着的感觉实在难受。老吴婆起身朝她走来了，她像是听到了什么动静。锦绣吓得一闭眼，把脖子缩住。过了一会儿，她睁开眼，看到老吴婆正在看着她的头顶。

谁？

两人都听到床上响了一声，像是从哪个暗处滚出了一枚核桃。床上的老吴头发出梦呓般的惊呼，那是谁？那是谁？

隔壁传来了点点的哭声，她被惊醒了。老吴婆忽然开口说，进来帮帮我。她没有等到锦绣的回答，快步转身，安抚着老吴头。老吴头的嗓音完全不像是他的，壮年时他的嗓门是细滑的、油亮的，现在粗哑含混，像一段树桩被劈成了几片，或核桃被门挤压得破碎不堪。锦绣迈动灌了铅般的腿，挪到门口。门一推开，一股陈腐之气散了出来，里面隐隐含着油烟、粪便和隔夜烧肉的气味。锦绣不知道自己是怎么迈进的门槛，门槛不高，幼年时却曾骑坐在上面，把它当城墙或是一匹马。她循着隔壁点点的哭声，摸到那个房间，在墙壁上摸到开关。灯亮了，点点坐在床头，呜咽着要婆婆，两只手捂住了眼睛。锦绣坐到她身边说，点点，不哭噢。婆婆马上就来了。点点的脸哭得通红，她从手指缝里露出眼睛，眯缝着，似乎在辨认锦绣，又像是还瞌睡。锦绣摸摸她头，轻拍她背，问，我们睡下，点点？点点抽搭着，望望窗子外，手一指说，打雷，我怕。锦绣听了听，隔壁没有大的动静，房间里有些闷，像是酝酿雨的样子。她握住点点的小手，说，打雷不怕，姐姐陪着你。来，躺下，姐姐不走。点点顺从地躺进被窝，愣愣地盯着天花板的灯泡。锦绣给她唱了支歌，小燕子，穿花衣，年年春天来这里。我问燕子为啥来，燕子说，这里的春天最美丽。这里的春天最美丽。这里的春天最美丽。

点点的眼皮合上了。锦绣一把一把给她摸着头顶，顺着她的头发，直到她发出均匀平稳的呼吸声。她把灯拉灭了，在黑暗中待了一会儿。但她很快就不能呼吸，她闻到的那股气味在暗处更加强烈，这种成分跟从前相比添加了些东西，但是底料在那儿。一种说不清楚的烂肉味儿。锦绣忍住生理上淡淡的厌恶，站起身，在房门口停了一会儿。她朝走廊走去，地面没铺水泥，还是那种均匀的、凸凸凹凹的泥地，被踩得乌黑发亮。这走廊没有灯，足有七八米，锦绣想到点点摸黑穿过的情景，心头疼了一下。

她朝灯光走去。不知为什么，心里很平静。她这时也听到了雷声，从很远的地方传来。雷脚很密很绵长，相赶着奔来。还没等到面前，陡然头顶炸响了一个，这一个货真价实，似是为了点醒人的。这二重奏相当合拍，一个发威，一个安抚；一个提出问题，一个消解问题。锦绣走到房门口，门半掩着，显然是老吴婆为了挡住老吴头的叫喊声。锦绣从半开的门里望去，正好看到了一颗花白的头颅。老吴头形容枯槁，像一具骷髅躺在那里。蚊帐已经撩开，他矮小干瘦的身体上套着花布睡衣，木偶一样转动着漠然的眼珠，看向门这边。锦绣差点惊叫出声，迅速捂住了自己的嘴巴。心里在说，不！可是她并没有逃走，一动不动，迎着老吴头的视线，慢慢放下了手掌。

他没有认出她来。显然，他没有力气再说一遍，谁？就在刚才，他发觉她在窗外，发出惊悸的喊叫。那是遭遇死神才会有的反应。他听到了她在窗外，或者说看到了，都不是事实。那是某种心电感应，实际上，弥留之际的人逐渐在丧失听力、视力。老吴头的嘴咧开着，流出一点口水。老吴婆马上给他擦去了，用一块随时塞在裤兜里的手帕。她转头看向锦绣，同时拿那手帕抹了下眼角，给锦绣搬来那把竹椅。锦绣越过竹椅，发现不是短了一截腿的那把。她一直走到床脚，透过细密的蚊帐眼打量这个人。

她在欣赏他死去。

锦绣打了个寒战。感到这一抖动过后，人变得软下来。她万万没有想到他成了这副样子。一个人在衰老、绝症中被打败的极致，一定是老吴头这样了。他如同一个牵线木偶，口角㖞斜，但看得出来他在用力，眼珠紧紧瞪着天花板。锦绣重新恢复了慌乱，对老吴婆说，打120吧？老吴婆摇了摇头，说，他给我说过，不进医院，不进祠堂，让我等着他过世。锦绣抖了起来，很细密的那种哆嗦。半晌她说，他是要死了吗？老吴婆平淡而哀愁地瞅着她，说，绣，你是头一个进我这屋里的人。你不嫌老死的人，是个好女崽。锦绣嘴唇嚅动了下，说，我想过他早点死。老吴婆呆呆地张开口，很快，她平复下来，眼角一扯说，谁没这样想过，怪得到谁这样想？我不是嫌他，也不是累、苦。我看不得他身上疼……吃了多少苦头。这个病，不是一朝一夕得的，是我们前世造的孽，今世来还。

床上人张大嘴，发出嗬嗬之声。眼眶也是开的，发青的眼袋滚动着，似是看到不祥之物。锦绣问他，老吴头，你认得我不？对方死死地看住她，喉咙里发出摩擦声，叽叽喳喳的，像是墙上不断掉石灰粉下来。有一瞬间锦绣觉得他认出了自己，心头一阵激动。他要回光返照了，而她，要向他讨回宿债。至于什么样的讨法，她还没有想好。现在她只希望他意识清醒，认出她就是十年来没照过面的小锦绣。老吴婆惶惶地凑近去，想拉住锦绣，又不敢搭手的样子。老吴头像是没有听到她说话，眼珠子如两只黎明前的灯泡，直直射向前方墙壁。锦绣眼前浮现那个下午，她在那把咿咿呀呀响着的竹椅上经历的一切，她的疼痛、恐惧，以及相伴而来的一种腾云驾雾般的快乐。那种模模糊糊的漂浮的快感，随后在她夹紧双腿的某些夜晚，也出现过，最后统治她的总是不可磨灭、深刻的绝望。十年来，她彻夜背负着这个黑屋子，失眠，时常想到自杀。如果不是春上的重新出现，霸道地要求她离开柳树堰，同他一起生活在南山脚下，过一种采菊东篱下的生活，如果不是亲耳听到耶稣教人要爱自己的仇敌，爱自己的邻人，若非有这样一些心理底气，她断不可能如此平静走进这个屋子，来面对这个濒死的老男人。

我不离开这里，柳树堰……她忽然转头过去，对着老吴婆说。

老吴婆略一愣，犹豫地说，没人能一辈子待在柳树堰，除了这个老亡种。锦绣问，你们往后不住这里了吗？老吴婆耷拉着眼皮，说，他过了我们就卖房，用这个钱过生活，今后点点上学也要钱。我没有社保、医保，这些年，虽说靠他的退休工资，吃饭、吃药，也不够用，总是撑过来了。他讲他不要墓地，一把火烧了，撒在东湖里就是。这话他清醒时就说一遍，我也不知道这样好不好。

她捂住脸，泪水从指缝里流了出来。

房间里那种淡淡的浊气，浓郁了起来。锦绣疑心外面没有下雨，没有一丝风，也没有听见雷声。酝酿已久的一场雨，迟迟不下。

33

油条再次入狱。原因是他在派出所的那两天，身上的刀疤发炎，变臭，破皮流水。牛丽说，他出来当晚闯进了瑰丽整形，用一支塑料枪顶住人家，要求赔偿十五万。自从同春上认识以来，油条接二连三出事，连唯物主义者牛丽也不得不怀疑，这是春上在对一个见义勇为的潜在情敌的惩戒。当一个男人招惹上别的女子，反而会更加防范自己的女人被染指，这种心理在中国男人里很普遍。当然，这次入狱似乎同春上没有关联。

下午两点过后，茶座的人不多。牛丽先到，点了杯冷咖啡。奶黄的灯光罩在头顶，她觉得心里荒凉凉的。春上迟了一会儿，他走来时显得挺奇怪。牛丽看不出他是因为熬夜了，还是喝多了咖啡，总之他眼眶赤红，有点烂眼角的趋势。他神采奕奕，眼珠发亮，一边嘴角上扬，摸不准他在笑，还是不满。想必婚期临近，人逢喜事精神爽，整个状态同以前不一样了。牛丽看他坐下来，点了杯菊花茶。一段时间没见，牛丽心头没有了以往的激动或愤慨，那些情绪仿佛随着身体的微妙变化而隐退了。

牛丽开口提起油条的事，因为瑰丽整形的院长是春上的高中同学，她希望春上能出面调解此事，最好不要闹上法庭。春上对她的话没有发表看法，而是提议给她来一杯热牛奶。牛丽历来不喝热的，因为是燥热体质，即便大冬天她也喝凉的。如今怀有身孕，体温升高，心火愈旺。这杯热奶怎么喝得下去？

两人就着午后的阳光，静坐了一会儿。牛丽很少有这种定性，要是一分钟不说话，她就能拿出一个主意，或做一个决定。现在她看上去无所事事，坐着像是特意来消磨时光的。她的皮肤变得细腻、光滑，像是面部做了个抛光。有点过敏，两边面颊可见下面粉红的毛细血管，额头上长了两个黄头痘痘。整张脸变薄了，白了，暗沉和黄斑一扫而光。牛丽知道春上在打量自己，心里变得平静。她不得不承认自己近日的焦躁，部分源自于找不到理由同春上碰面。这个下午这样安静、暖和，她穿着一条格子连衣裙，没有涂眼影，身心自在，仿佛她是专门来约会的，而不是与他交涉油条入狱那样的鬼事。

牛丽看着春上，这个男人和来时又是不一样，但她说不上来怎么不一样。多么滑稽，她有了他的孩子，而她接的第一个广告是避孕套。

春上夸她气色不错，提到了她怀孕的事，跟她细细推算日子。这男人没有了冷峻之色，就像一个耐心的医生那样，关切地与她交流，询问她有什么打算。牛丽先是不语，寻思油条是一再为自己出头，才搞得几番牢狱之灾，心下痛楚，冷笑说，你不就想我打掉吗？在油条的事了结之前，我不打。春上转开头，望着大厅里走过的服务员，说也好。周一我去找找我同学，事情总要有个结果。你看什么时间合适，我来预约一个正规医院。牛丽说，医院我不去。这你别操心了，既不打算生养他，也不用你来看他死。春上说，必须去正规医院。他是提声说的，口气不容置疑，牛丽奇怪地看他一眼，说，放心，我不要你吃官司。春上蹙起眉头，扫了她一眼。仿佛她是个再陌生不过的人，心头诧异怎么会同她面对面坐在这里。

你看，油条什么时候出得来？

春上低头想了想。他看着桌脚上一个树节疤，说，他出来肯定要一段时间。连续作案，勒索敲诈，关键他这回持枪了，被定性为扰乱治安罪。牛丽打断他说，假的！假的枪。春上点一下头，假枪是不错，真枪轮不到我们讨论。牛丽一拍桌面，说，真枪实弹的是你，又当杀手又当判官……我们都会下地狱！

桌上的牛奶在杯中跳了跳。牛丽感到胃部隐隐的恶心，捂住嘴干呕了两下。

春上面色青白，望着牛丽。他一时间有些心灰，将奶杯挪开，向前台要了一杯温水。牛丽没有碰那杯水，显然对面前的所有东西感到厌烦。阳光从桌面转移到座椅上，牛丽的头顶在光柱下发白，冒出一点淡淡的烟气。她往窗外扫了一眼，街上没什么人，有一只狗慢腾腾地经过马路。她刚刚说的那句话恶心到自己，人就懒懒的，不想再说话。可是不能一直坐下去，这样子会让对方、也让自己变得烦躁。

春上从皮夹里摸出一张卡，推到牛丽面前。他什么也没说，站起身，仰头望了会天花板与墙的衔接处，一排绿色的藤类植物，不知道是真的还是塑料的。他感到牛丽的心碎了，如同这植物的汁液，在愤怒地渗血。他的心仿佛也裂开了口子。有一瞬间，他想坐回座位，在她对面跪下。他想乞求她的怜悯，由她把泪水洒在他头发里。他想哀求她，不要打掉孩子。那张卡坚决地插在她和他之间，像一个体面的补丁，闪着某种幽光。这光让他吞回了所有的话，那些不体面的话和收不回的举止。

牛丽看着他转身离开，她感到他这是在告别。他不会再同她见面了。她脑中没来由浮现出他那晚的话，我会辞职。现在，他知道了那晚她说的就是她自己，当时他的反应有点异常的不安。到这一刻她才领悟过来，他感到对不起她，不仅仅是将她逐出四强，那种单纯物理性质的亏欠，还掺有其他成分。还有别的方面的亏欠。

牛丽将他的袖子扯住，盯着他转过来的脸。卡我收了，她听到自己凶巴巴的、嘶哑干燥的嗓音，撞击得头顶灯盏晃动起来。下周我要看到油条！这次他没事了，我们不再踏进都大半步，踏进柳树堰半步。从今往后，我们和你没半毛钱关系！

春上眼底铁青一片。一瞬间她觉得他从头到尾没有不安，没有亏欠。她终究是错看了他。除了告别，他们当然不可能有别的未来。

次日一早，牛丽到了贵妇诊所。她躺在手术台上，做了十几个深呼吸。肚子里什么也没有，连口水也不能喝。牛丽不是第一次做这种手术，知道女人到这种时候就得像个器物一样无声无息。她两眼望着天花板，空茫地想着自己不结婚了，也不要孩子，就这样一个人过下去。谁知道这次手术后还能不能怀孕，医生说过她的子宫壁本来就薄的话。打过麻药，她闭目像是睡过去了。房间里安静，厚窗帘隔离了外边的一切。空调机发出细微的嗡嗡声，以及各种手术器材清脆的磕碰声。这些景象都推远了，变得像梦幻一样不真实，如同童年某个街巷的记忆。

就在一切就绪时，牛丽突然翻身下床。两个护士被她吓了一跳。牛丽尖声叫着锦绣，挣扎中吐出些黄水。锦绣推门进来了，在她身边待了一会儿，示意护士出来。惊魂未定的牛丽紧紧用一只手掌钳住锦绣的胳膊，说不出话来，锦绣轻拍她的背。不多时魏医生走进来，弯腰问牛丽，哪里不舒服？牛丽闭目不答。魏医生按了按牛丽的额头，摸出一手的汗，沉吟说，孕妇情绪不稳定，改日吧。

那天，锦绣提前下班。两人去了芙蓉路的咖啡厅，牛丽请锦绣吃牛排，自己要了一杯桂圆汁。牛丽的状态有些恍惚，说起她在半麻的状态下，看到半空中出现了两个老人，一人向她伸出一只手，向她要孩子。男的白发苍苍，皱皱巴巴，女的庄严宝相，不怒自威，各自乘云向她当头压下来。同时，空中还有闪电，打雷，乌云滚滚，十分吓人。牛丽揉着腹部说这只怕是神谕，打掉孩子要遭天谴。但是留下孩子，几乎不可能。避孕套广告取消合约，必须支付一大笔违约金。最难办的是老根老婆那里，她生性多疑，只怕不肯放过春上。

牛丽推开面前的杯子。

锦绣切着盘中牛肉，微笑说，上次说我交了个网友。他是藏族人，邀我去他那边。我想要体验看看。

牛丽摇了摇头，你不要被骗了，这社会骗子多。那种边远地方，你去了回不来了。再说，我也不要你们施舍给我的。我们为啥不要饭，情愿做个贼？可以骗自己说，我也在劳动。我在主动创造生财的机会，就算被抓进去了，日子逍遥快活过也值了。

锦绣说，窃钩者诛，窃国者为诸侯，这是庄子说的。春上哥两种人都不放在眼里，他眼里只有音乐。你今后是要继续唱歌吗？

牛丽想了想，说，我想唱的。我们那的半仙说我要么靠手，要么靠嗓子，靠嗓子讨生活不太现实，今后怎么走我得想想。

锦绣点了点头，轻声说，我们都要想想，再做决定。

你那个网友是怎么回事？牛丽脑中过了一遍刚才的谈话，回过头问她。

他同我们这边的人完全不同，锦绣笑笑说。

你没见过他，就准备去找他？万一是个人贩子呢？

我看过他相片，牙齿很白。锦绣反驳说。

牛丽看看她，说，这个事你同他商量，照我看，他不能准你去。

白得像雪山，锦绣转开头，看了一会儿窗外人流。这时牛丽再看锦绣，觉得她一点不像吊线虫了。她低头静坐，更像一棵柳树，一棵挂满吊线虫、静静的柳树。

锦绣回过神，问她，你要不要吃点东西？你反应挺大的，不能什么都不吃。牛丽说什么也吃不下。一说到甜的油的东西就恶心，现在不饿，饿的话回去叫碗酸辣粉吃。

这时老根来电话，说他今天回来，有事找她。牛丽放下电话，让锦绣催促着春上跑油条的事。老根跟公安局打交道多，这边也让他帮忙打探情况。

牛丽说，我得回去了。油条和我最近都有灾，他向人家要十五万，还将店门反锁了，事情搞得不能再坏。

十五万，锦绣重复着说，他要十五万干什么。

他跟我说了，这钱要过来，叫我转给你。

给我？

他为了你什么都干得出来，我看他真成油渣了。

锦绣想到了对他说过想开诊所的事，恰好需要十五万。她的眼睛快速眨了眨，起了一层雾。她对牛丽说，我不要。你让他自己治好伤，做个小本生意。柳树堰要拆了，我也会离开这里，这些你不要让春上哥知道。他管不住我的。就是没有你和孩子，也是这样。

老根上月去了趟宁波老家。据说他老头病重，家人聚齐合计丧葬事宜。老根在那边也不消停，隔天就来电话，无非缠着她生下孩子。他对老婆和牛丽的说法一概不信，坚称牛丽怀的是他的种。牛丽倒没想过避而不见。有一段时期她转过嫁祸于他的念头，既打击报复了春上，还不至于在桥洞下生孩子。那时她刚得知自己被人为淘汰，被春上三振出局，震惊得泪水掉个不歇。公寓没了，男人没了，她只剩下腹中胎儿。出于一个女人世故的急中生智，她想过要把老根扯进来。她要用一个男人抛弃另一个女人的方式，来收拾自己被抛弃的败局。她清楚自己不是老根老婆的对手，日后受到怎样的对待，她都打算承受。因为事情已经不能再坏了。

傍晚，老根带来了几大袋子营养品。一来就给牛丽道歉，说他老婆弄砸了牛丽的好事，听说原本她可以挺进决赛。不过，这样也好，老根笑眯眯地说，太闹了对胎儿影响不好。尤其头三个月，一定要静养。老根在一旁自说自话，仿佛他已经做了一个慈爱的父亲。牛丽注意到他今天穿了一件米色的夹克，裤缝笔直，头发新染黑了，完全不像刚办过丧葬的人。他给她在芙蓉路租好了一套房子，安静，阳光好，她去了可以吊嗓子，绿化特别好，嗓子可以吊成真的黄鹂鸟。现在她只需一心保胎，百事不问。她有什么事都交给他，他准给她办得妥妥当当。老根说话中气十足，好像在给牛丽下达指示。老根托熟人打听过都大女大学生的案子，据说驳回上诉，仍判了十四年。至于油条，再关几天就可以出来了。老根在局子里是有几个熟人的，不管牛丽承不承认，这是她没被逮过的真正原因。

我怎样保胎不是你考虑的事，牛丽说。

老根笑眯眯，一只手摩挲着头顶问，你不听我老婆的打胎了？

不打了，我也不搬。那房子你另作安排吧。

另作什么？我哪有什么另外的安排！

牛丽给老根做了一顿面条。老根喜欢吃她做的面，口味也改吃辣的了，之前他一点辣吃不得，胃口特别清淡。牛丽的面里放了辣椒、醋、孜然、花椒、香菇、紫菜、西红柿，五颜六色十分热闹。她自己喝了半碗面汤，挑了几筷子面吃。老根吃完，鼻头红红的，直说好吃。牛丽把他碗接过来，问还要不要。老根说不要了。牛丽就放下碗，说，老根，你不要对我好，我生下孩子，验个血就知道是不是你的种。我们也好了这么长，相互有过感情，现在我不骗你，不愿赖上你，是怕你到时候受不住。

老根面色变了，和缓、疲惫，有些皱纹涌到颧骨上。我也知道，咳。我不是没打过退堂鼓。我是真心喜欢你，你也是对我有感情的，是不？你要我陪你唱歌，天天唱，你看我头发都长出来了。我看得出你对我是真心实意。要说这是你一辈子最难的时候，在我遇到你前不算在内，这些大灾小难，多多少少是我给你带来的。我如放你去嫁给你那老师，也不甘心。现在我不多想，就是给你安排个好点的环境，等你生下来，孩子是我的当然欢喜，不是的话，我也认了。

牛丽听了这番话，一时不知如何应答。她张了眼睛看老根，老根的头顶爬满了细密的发楂，他老喜欢拿手掌去摸，去挨扎。他看上去焕然一新。老根也仿佛被自己的话感动了，握住了她搁在桌边的一只手，说，这么些年，我对你是真心。别人你也试过了，他跟你不合适。别做傻事，堕胎对女人很不好。你住在一个死过人的隔壁，我心里不踏实啊。你还是安心到我跟前来，等我把婚离了，我们好好往下走。

牛丽任他把眼泪滴到自己手指上。过了一会儿，她抽出手，扯了片纸巾，塞到老根手里。擦擦！我有那么金贵吗，值得你这样大人大量。话说回来，我现在万事不缺，真是不打算同你耗下去了，这个缘分是尽了。

老根着急地说，我老婆同意离，就差道手续的事。你别不拿我的话当真！牛丽摇了摇头，看着碗里的几根扭曲的面条，站起身说，你们离不离，不关我事。老根，我说了，这个孩子不是你的，是我一个人的。我要带他长大，找工作养活他，让他上学，还要给他带小孩。我有的是事情忙。我只求你去同你老婆说，这个孩子不是你的，你也不会再来找我。叫她放过我和春上老师，我记一辈子你的好。

老根若有所思地望着她，咬住指头间不断旋转的一支牙签。半晌他喷了一声，松开牙签说，这不简单，丽丽哇，你要盘算好。你找什么工作？一人带小孩怎么生活？今天我先回去，话搁这里你考虑着，咳，像我这种重情义的人总归不多了。

老根慢慢走出房门，头不回地把门撞上了。牛丽按住心口，呆立半晌，这个时候，眼里开始冒出眼泪来。灯罩上有一只蛾子撞得叮叮响。桌面放着一把钥匙，那是老根给她买的公寓，刚交房，作为她怀孕保胎的奖励，他兑现了当初的承诺。

牛丽握住这把钥匙，它冰冷的手感刺进了手心。她来到都城，只不过为了这一把钥匙。说到底，她所经历的一切，多年来在跟这钥匙擦肩而过。从被赶出医生的婚房，到与超级人声那套公寓失之交臂，百般滋味她都尝遍。老根的这套原是最稳妥牢靠的，可以打开她新生活的大门，但她心里完全没有预期的兴奋和欢乐。

34

老吴头过世了。没有葬礼，老吴婆草草料理后事。一个早晨，她和小女孩站在坡上，木然看着工人将旧家具一样样搬出屋子，抬上卡车。入秋之后，空气一天天凉下来。点点还没有睡醒的样子，被老吴婆一只手搂着肩膀，咧着嘴想要哭出来，又不知怎么开腔。老吴婆身子更佝偻了，比点点高不过一头。在初秋的风里她有点不胜寒意，头发和乔其纱衣裤瑟瑟抖动。

锦绣看到有个胖人从屋子里进出，他买下了老吴头的房子。因为是拆迁房，这是多年来从柳树堰迁走的第一户。柳树堰人陆陆续续站到坡上、坡下，观望着老吴婆这边的动静。有的搭一把手，有的向老吴婆询问些情况，唏嘘一番。拉了一趟，屋子大致搬空了。老吴婆弯腰收捡着地上的几个塑料袋，准备最后一趟跟车走。锦绣从坡下走来，正看到春上远远把车子停下。她看到车子不动了，显然对于撞见这么多柳树堰人感到意外。锦绣经过点点时，摸了摸她的后脑勺，然后手掌心摊开，露出一个翘羽颤动的蝴蝶发卡。点点一见，露出了黑洞洞的门牙。前两天她在门槛上摔掉了一颗门牙，边哭边把血糊糊的牙捉在手指里看。那几天老吴婆无心管她，锦绣抱起她替她把门牙扔上了屋顶。即便这个屋子马上是别人家的了，点点的牙齿将来也会长得很好吧。毕竟她在这个屋里待了这么长时间，老吴头不会不保佑她的。锦绣帮她把蝴蝶夹上了头顶，点点把两只圆眼珠上翻，抖了抖脑袋，那蝴蝶在她脑袋上像是展翅欲飞。锦绣匆匆揽了揽她头，走向春上的车。

春上早瞥见锦绣了，她在人群中穿行。穿着她那件长袖棕底白花的连衣裙，旧旧的颜色，像是在某个庄园的厨房穿了很多年。他觉得那是一件欧式女仆装，不知道她从哪条街上淘来的。她十分熟练地绕开人群，同人打招呼，褐黄色的鬈发在阳光中闪动着光斑。她不知不觉中长大了。这种感觉落在她依然瘦小的身量、平稳迅疾的脚步上，并不突兀。她站在车窗外打量他。他俯身给她开了车门，她扶住车门，笑了笑。春上示意她上来，她朝坡上望望，坐了进来。

今天没有课？她张口问，同时心里划过了今天是周六的念头。但她并没有收回这个问句，或表现出歉意。她今天请了假，因为要帮老吴婆处理一些事情。她希望他也能问问她这个，或是有关老吴头的丧事。

春上好像心事重重。他确实眼望前方，注视着那些人，但他其实又没有看到他们。他从方向盘上撤回手，毅然转过头，带着一点决心似的望着她。锦绣吃了一惊。心中扑扑乱跳，面色渐渐发红。莫非他知道了什么？她心里想。春上握住她一只手，说，锦绣。他望着她绯红的脸，目不转睛，像是足足有两年没有看到她。锦绣刚把手从他手里撤回来，春上就把自己的手塞进了裤袋里。她看到眼前出现了一个红丝绒的小盒子，盒子上面一张煞白的脸。锦绣面上的红潮褪去了，心里隐约知道那是什么，但她竟没有打开的冲动。

本来，我想带你去南山。刚刚我想，在这个地方……挺奇怪的。我们是在这里认识的，你长大了，也要离开这里……春上的话低了下去。锦绣听到一阵遥远的声音传来，近处是风声，那声音随风飘摆，忽大忽小。她本能地扭过头，盯着他。

春上看她的眼睛。他很快打开盒子，将一枚钻戒裸露在晨光里。他没有得到想象中的反应。她没有扑过来，或是发出惊呼，就像电影里常有的那样。这倒不是春上所期待的，他希望的无非是她接受它。对于这个结局，他有着惊人的忍耐力，以及必然背后的不确定。葬礼后的锦绣对于他是陌生的，她的脸，她的一成不变的裙子，她在他面前欲言又止的神情。他多么想勘探这些背后，她的真实想法，但他对此没法不感到害怕。直到这个钻戒暴露在空气中，他心头才有了一丝笃定。她当然会接受他，她几乎没有理由拒绝它，下一秒，她就会将它套到自己的中指上。春上闭了一会儿眼睛，睁开的时候，看到身边车门是开的。锦绣已经不在身边。她跑到人群里去了，在同一个瘦身板青年说话。春上认出油条来，这个他禁止出现在柳树堰的人，也当场拍胸脯应承了。春上对于他屡禁屡犯，并这么快从牢房出来，没有感到惊诧。锦绣同油条靠得近，并笑得露出了近来难得一见的虎牙。他忍不住拍了下方向盘，喇叭声引得一些人朝这边看。锦绣朝这边走来了，她似乎完全忘了他刚刚向她展露的求婚戒指，回头停顿了一下，等油条慢腾腾过来。

两个人走近车子时，春上早已收起了盒子，搁在副驾座的抽屉里。油条把身子挂在车门，头往窗里看，笑着打个招呼，东方老师，嘿，你干吗绷着脸？

你出来了？春上瞄了他一眼，对锦绣说，刚才我话还没有说完。锦绣感到他忍耐的眼神，垂下眼帘说，以后说吧。何况，柳树堰要拆了……春上沉声重复她的话，柳树堰要拆了，你也不走？

油条拍了下车门，说，走？走哪去！你倒是开车门哪。我出来要感谢你啰，东方老师，谢谢你这么广大的人脉，这么强大的魅力哈！

我没有做什么，春上淡淡说，你要谢就谢牛丽，如果这是一件好事的话。

锦绣让油条坐后面，她又钻进了副驾座。春上注意到她进来时没顾上将一把头发，被风吹乱的几缕垂在她的鼻尖上。她像是有忙不完的事等着她，而在这里专心等她的春上却不在她心上。车里很安静，三个人都没有说话。油条在后面仰躺着，屁股在皮子上滑来滑去，发出咕叽咕叽的细声。从牢房里出来，他像是比之前更好动，更生龙活虎了。他想必同牛丽照过面，当面自然答应不踏进柳树堰半步。对惯于行窃的人来说，说过的话就像瘪了的钱包，是不作数的。这倒是无关紧要。春上直把车往前开，笔直，迅疾，直开到湖心岛上去。

这是他原打算求婚的地方，现在来，地上铺了一层厚重的花朵，白的已经发黄，成了茶色。他走在前面，踩在柔软轻盈的败花上，心里乱糟糟的。从未有过这样的时刻，自从他成人之后，少有事情是他无从把握的，事情简单到一目了然，却无从下手。因为身边是锦绣，不是什么别的人。这个肉粉粉的女孩儿，成为一座最难闯入的城堡，他既不能炸毁它，也不能攻克它。他的轻敌来自于以为自己早早身处城堡中心，从未想过她会轻轻推开他，推到厚厚城墙之外。他领头走进了桃花源里，在常坐的桌边坐下来。因为还早，店里没有什么人。两个服务员百无聊赖地在柜台后玩手机，看到他们进来，站起来一个上前招呼。春上点了一壶铁观音，慢慢喝着。油条和锦绣也各拿一杯到嘴边喝。三人像是刚刚说了很长的话，口干舌燥，一时无话。

四周太过安静。锦绣向油条问起牛丽，像是接上春上刚刚在车里的话头。这中间没有长长一段时间，没有各种思绪的交错纠缠。油条说她和老根彻底断了，她没要老根一分钱。老根老婆寻了一回死，脖子都差点勒断了。老根看他老婆真心求死，答应年底跟她回家。牛丽搬出了漏斗街，住进一个家庭旅馆。她不在巴士上混了，就是走在街上也会有人认出她来。广告合约没有夭折，公司让她改拍孕妇保健品类，要求她加餐长肉，健身养性。她拍了第一支广告，反响不错，据说报酬是六位数。牛丽拿到手付了一套公寓的首付，只等搬进去坐月子。对话是在春上如厕时进行的，不过春上还是听到了一部分。他站在那座画满桃花的屏风后，暗暗心惊。几次踌躇是踏进厅堂，还是转身离开。终究他还是回到座位，面朝窗外，赏着几棵没有花的桃树。有风拂过树梢，发出单调的哨音。

锦绣，春上转回头，你饿不饿？

锦绣嗯了一声。油条揉揉肚子，端起水杯又放下。春上对锦绣说，你去看看今天的菜，爱吃什么点什么。锦绣起身出去了。春上看着她的背影消失在门口，收回目光，问油条，她想好了生下来？

胎是锦绣给劝保住的，油条掉开头，点了根烟说，你让她打胎，真不是东西！

我不是东西，春上说。

桃花源里有山石，有东湖水，有竹有桃，春上常到这里坐。他想过要带锦绣住进这里，整个蜜月期都不出门。他想过要瞒住锦绣所有的事，也想过向她坦陈一切。

我可能做错了，春上说，情况糟糕透顶，应该由我来告诉锦绣。

油条缩缩脖子，说，大哥，网上一闹，地球人都知道。你们是大名人了！她知道牛丽的孩子是你的，这个不怨我。我答应过你不说，可她知道的不比我少。

春上喃喃说，难怪她不接受戒指。

什么戒指？牛丽用你给她打胎的钱，新租了房子住，因祸得福接了几个广告，奶粉钱是暂时不愁。但孩子没有爹！

我知道，春上握住脑门说，这事是瞒不住锦绣的。

油条说，她们俩你一个也对不住。

春上低头说是。油条瞟了春上一眼，欲言又止。

沾上你的人都倒霉。锦绣可怜，男朋友劈腿，退学了，小时候被强奸，房子又要被拆，她比牛丽倒霉十倍。

小时候什么？春上问，手里的茶水泼了一些到衣襟上，浑然不觉。

那个死了的老头儿，油条瞪着眼说，依我要把他鞭尸！

你说什么？春上说，她到底跟你说了什么？

她什么都跟我说了，油条看他一眼说，她没告诉你吗？她还有心理强迫症。她害怕你知道那事嫌弃她。她一直在调整自己，新工作上手也快，她只有一个愿望，就是开一个自己的诊所……我没用，只要回来几千块，早知道抢个金店了。

难怪，春上失声说，她游行……

油条的声音听不到了，周围一切都在嗡嗡作响。春上慢慢抱住了脑袋，脑仁里仿佛有一根铁线在来回锯着。良久，他发出一声低吟。他自己并没有听到，天地混沌一团，眼角四处黑了下来。你怎么了？油条俯身过来，扒拉开他的手察看。春上的脸在痉挛、扭曲，油条从未看过一张如此痛苦的脸。

油条想起来，春上说的游行是指都大被强暴女生事件。貌似过去很久了，人们都已淡忘了那个长着雀斑的女生的脸，层出不穷的日常闹剧每天上演，悲欢离合，在人们眼里到底不过是风平浪静。一瞬间，油条对面前这个男人起了一丝怜悯之心。他人中龙凤，他风光排场，他斯文败类，他表里不一，但他不是要什么就能得到什么。他好像没有得到什么欢乐，从他常年青白色的面皮、紫黑色的嘴唇、指甲上的凹痕，能看到他内部遣散不了的瘀血和一些病态的东西。锦绣像一束阳光，健康、明亮，他无法将她握在手里。这样的结局在油条是第一次看到，仿佛灵光一现，他意识到春上同自己一样，是不得不松开锦绣的。

锦绣点了几个大碗菜，指挥他们搁下来，还要了瓶黄酒。她起身把三个杯子斟满，递给两人。你喝？春上问。锦绣一笑，我想喝点儿，今天有点凉不是吗。她像在征得同意似的，轮流看看油条和春上。两人端起了温热的杯子，各自喝了一口。油条喝之前重重点头，表示赞成。春上蹙眉垂首，印堂上一道隆起的青筋还没有消失。一道余晖斜投到桌面，将杯口的一缕热气照出袅娜的身姿，栩栩如生，宛如一只灰鸟的翅膀在升腾。陆续来了些散客，纷纷落座，堂前热闹了起来。木雕窗外，湖水脉脉流淌，一只蝉在浓荫里不失时机地喊起来。

春上不怎么提筷子，单是一杯杯喝酒。酒瓶子很快空了。锦绣拿过他的碗要装饭，春上却说，再来两瓶。油条也跟着提高声音说，再来两瓶。

锦绣默默看着两个男人喝。油条看出春上很想把自己喝醉，但他青白的面皮还是青白，没有一点红的迹象。他的眼睛越来越阴郁，犀利。有一次他抬起头，注视着锦绣，嘴唇嚅动想要说句什么。转而看到旁边面红耳赤的油条，愣了愣，马上忘掉了嘴边的话。大堂里响起了一阵旋律，是一阕古琴《红楼梦序曲》。春上听罢，两手撑住桌面，站了起身。他眼睛盯着锦绣头顶上方的墙壁，看了半晌，一言不发朝门外去了。锦绣起身跟出去。油条从窗子望出去，两人在外面站住，垂手站了一会儿。外面起了风，油条听不到两人说了什么，或说话没有。后来锦绣由春上去了。春上走得快，脚步趔趄，一路没有回头。其间油条接了个电话，家里打来的，他妈妈在半夜离家出走，现在还未回来，他爸爸让他赶去找人。

报警！报警你会不？油条知道两人是为他的事吵架，妈妈嫌他老大不小不找老婆，三天两头进班房，连带着怪他爸爸上梁不正下梁歪，不为子孙攒福报。油条反身回到桌边，碗里的菜几乎没动。墨鱼干笋、藜蒿腊肉、爆河虾、姜丝蛤蜊、银鱼汤，都是鄱阳湖里能引发食欲的菜。菜都凉了。门外，锦绣迎着风站在坝上，一动不动，面对着春上走远的方向。

35

锦绣离家出走了。像是那晚从油条妈妈那里得到了什么启示，她走得毫无征兆。在春上的逻辑里，油条当天是不该出现在柳树堰的。他不但来了，还吐露了锦绣的秘密。锦绣幼年的黑洞由一只灰不拉几的手揭开，过程缓慢而怪异，那夜春上失眠了。即便如此，他的念头也没转到这一层，锦绣会抛下他出走。春上向来滴酒不沾，为了保持思维的清晰，他甚至减少了猎艳的频率。在选秀开场后，他拒绝了多次这类机会。其中，毛静琳当然不是最佳人选。他拒绝她们的原因，显然出于爱惜羽毛、不肯让自己陷入困境。这跟牛丽的参加选秀与否关系不大。虽然关系不大，但是春上确是在她闯入都大，闯入他的生活开始，中断了寻花问柳的游戏。春上无法判断这种中断，是牛丽的干扰大一些，还是锦绣的影响大。春上更加无法接受的是，两个女人对他的人生所做的决定，一个闯入，一个退避。现在两人都不在了，是在他更为清晰、清洁的未来到来前，双双退出的。

房间散发一种隔夜苦楝子的气味。大概少女的闺房都是这样子，窗子有点小，不通风，这种气味当主人不在时，便会充满感伤意味。锦绣在桌上留了一张字条，说自己出去一段日子，去外面转转。诊所请了一周假，但谁知道一周后她会不会出现。房间的衣物没有搬动的痕迹，连那只蹭出了毛球的绒布熊也好好地守在被子边。被子叠成方块，有点军队的架势，床沿铺着一块绛色长方形坐巾。每次看到，春上不免要想象一下他的婚后生活。

春上在小房间里迈动脚步，走了一个来回。他手里摊着那张字条，锦绣带点斜体的字迹，像是对他挥动的一只手里的丝巾。在白雾弥漫的清早码头，湖心的轮船是个庞然大物。当年载春上离开的就是这个大家伙，当他回到柳树堰，轮渡消失了，鄱阳湖边许多事物更改了面目。柳树堰也即将被推倒，不复存在。春上思考过他回到都城的原因，他没有去美国投奔母亲，一是出于不愿和解，二是希望寻求平静。然而什么令人平静？生活怎会轻易让人得到平静？尤其是在他这么一个心头还有怨恨、周身布满雷管、被梦想与情欲争夺撕裂的人身上。

在桃花源喝醉后，锦绣照看了他一夜。油条开的车，他也喝了酒，等到傍晚酒散了，才把锦绣送回他家。春上朦胧听到他说要去寻母亲，锦绣让他开车去，他搁下车钥匙就走了。春上听到锦绣锁门的声音，她有他家的钥匙。那一夜，锦绣把他的衣服扒下来，换上了睡袍。他听到她在给他刷衬衣上的呕吐物，他到家就吐了。为了不弄脏自己明天上班的衣服，锦绣像是也换了衣服。春上想看清她穿了什么，她几乎没有衣服在他这里。即使有，顶多是件棉袄、雨衣。她不可能穿着雨衣或棉袄在家里走动。但是他头重得抬不起，眼皮黏得像他的思维一样稠。水声停了。他被喂了几颗药丸，那是放在车上的醒酒药，她还记得带下来。喝水的时候她让他靠在怀里，他感觉到了水的清冽，胸怀的温润，那种舒适度几乎让他晕厥过去。她像是出了一身汗，身上就是这种苦楝子气味，凛冽芳香。照看到后半夜，锦绣趴躺椅上睡了。这应该是他们最为亲密的一夜了。

锦绣父亲走到房门口，站了站。春上同他回到厅里，锦绣母亲坐在一张椅子上垂泪，时而张开嘴，对着天花板透口气。锦绣父亲过来给她顺胸口，被她推开。她望向春上，眼巴巴地问，她不会不回来吧？春上说不会，就是出去散散心，怕我们拦着她。最近发生的事有点多……锦绣母亲屏息瞅着春上，半天才悠悠出一口气，细声细气地骂了起来，你说这鬼女是怎么回事？竟然瞒着爹娘，也不对你说一声，好好地跑外面人生地不熟地干什么哇！春上说，伯母别着急，我下午就动身，把她找回来。

这边母亲在拍着椅背哭诉，那边父亲低声问他，你知道她去了哪里？春上寻思一会儿，说，拉萨。父亲嘀咕说，那么远？要有什么高原反应，没人照应怎么行？春上说，也可能不是。父亲说，不是怎么电话打不通？那地方信号不好，你就是去了，电话不通怎么寻她？春上抬头说，我有办法，你们放心，我找不到她不回来。锦绣父母没有听春上说过这类狠话，都抬了头，愣愣地看他。

春上往门口走，心里琢磨着找木主任的事。春上！你也别着急，锦绣母亲支起身赶过来，扶着春上的肩背。春上在她的密切注视下，笑一笑，说，我争取尽早动身，你们等我的消息。锦绣母亲点头，苦笑说，你们不会等到柳树堰拆没了，还不回来吧？

春上大步走了。

春上在路上给办公室打电话，得知木主任还在宣传部开会，一时半会儿回不来。他又给油条拨了个电话，想从他的话里找到一点线索。锦绣显然没有对油条透露这方面的信息，没有提到过西藏。油条说那晚在车站找到了他妈妈，因为乘坐的火车晚点，她才没有踏上北上之旅。油条说女人就知道闹，以为走就解决了一切，弄得家里鸡飞狗跳还不是自己收拾。春上告诉他锦绣走了，油条在那边跳了起来，问他那晚对锦绣做了什么。春上说，我做什么都没用，她躲我，怕我向她求婚。油条疑惑地说，她做梦都想嫁给你，她说过，那种生活就是一首天上的曲子。油条说这句话的时候用的是轻悄的语气，显然在回想，不自觉地模拟了锦绣当初的口气。这句话听在耳里，春上也迷惑起来了。

锦绣有她的想法，春上在湖边停下来，正午的阳光直刺进大脑，加上湖面上那种闪烁不停的金光，让他产生了一种不真实的感受。

你是说她不想嫁给你？油条说，这不可能。

她心里有了别人，春上弯下腰，拔了一根草，放在手指间旋转着。

什么人？

一个藏族人。

你怎么知道的？油条问，他恼火地冲什么人低吼了句，待会儿！

春上没有回答。

那个人是干什么的，锦绣是去找他？

……，春上说，这个人不存在。

什么？

没有这个人，春上说。

什么鬼？你能不能说清楚点！

这个人是个假号，春上说，专骗小姑娘聊天。锦绣一点也没跟你提过他？

没有，油条在那边骂了句粗话，那锦绣不是很危险！

危险，春上说，倒不至于。

什么不至于！你这会儿还掉什么文！

春上望着远处的南山，在强烈的日照下发出一种清幽的蓝光。他眯缝起眼睛，一阵风拂过，远山的线条如同女人柔韧的腹部，发出了模糊的低语。近处水光激滟，让他睁不开眼睛，索性掠过了这些耀眼的景象，去向远方。衔接他悠悠视线的，总是不变的、接近永恒的事物。哪怕光线瞬息万变，湖面闪烁不停，他能在心怀深处感到一种久违的平静，甚至富足。惶惑、不安、甜蜜、动荡，都是暂时的。唯有痛苦是漫长的，自始至终的，这样一来，他经历的那些窘迫、失意都算不得什么了。

我会把锦绣带回来。

那边油条骂骂咧咧说什么，一会儿将手机扯回来，说，过两天，我这边事情差不多了。等明天吧，我跟你同去找锦绣。要尽快找回来，她看什么人都好，不是什么人都会对她好啊。

春上说，不用。你处理家事吧，我今天先到南昌，明天转拉萨。再说，牛丽那边也要你照应。她一个人，你带她做个产检。快有三个月了吧。

油条听了说，靠，你还记得牛丽。

春上没有接话，正要挂断，那边油条又说，她从不去医院，你知道的。她那牛脾气我对付不了。春上听了，说，等我回来再说吧。顿一顿，说，先把锦绣找回来。

春上给木主任发了个短信。在等回信的过程中，回家简单收拾了个包。木主任对他请假寻人表示支持，叮嘱他注意安全。春上往火车站方向打了个的，在车上打电话安排课程事宜。网上订不到去拉萨的高铁，大概这是去西藏最好的时节，几天前票就销售一空。这也说明，锦绣早早做好了出走的打算，很可能在老吴头葬礼之后拿的主意，甚至更早。春上揣摩着锦绣的心思，感到了一点心酸，不敢深想这些年她怎么过来的。他对她的经历一无所知，也没有想过探究。在他面前她总少了一点这个年纪的雀跃，她的手心经常是汗湿的，她母亲常说她夜梦多，心思重，他都没有放进心里。因为要娶她，他终有一天要娶她，他将给她他的所有，而她也必将幸福、满足，这个信念能涵盖一切不足之症。他没有预料到她幼年经历的伤害，而对于自己必然带给她的情感上的伤害，也是一笔带过。这双重包袱压在她的身上，她一个人背负了多久？靠什么坚持下来？她说服牛丽留住孩子，为了躲避他们的婚约，她甚至去投奔一个素昧平生的异族男孩。这些原本在他看来十分棘手、不可思议的状况，她都默默接受了，护卫着受伤的尊严，安排自己的未来。她早不是那个肉粉粉的小孩子。是他在自欺欺人，不可一世地扮演着她的救世主。锦绣不是一个小孩子，反而，他和牛丽倒更像一对不知餍足的孩子。

售票厅排了几条长队，冷气有些不足。春上在机子上取出票，买了瓶水，过了安检。在候车过程中，他寻思锦绣此刻是在南昌哪个旅馆里，即使提前订了车票，也可能要住一宿。住的话准会就近找旅馆，不会离火车站太远。按她的习惯不会订机票，她应该会乘车去兰州，再转拉萨，慢悠悠地在路上，一路发呆。她的情绪状态是迷迷糊糊的，意志不很坚定。最好今晚能在南昌找到锦绣，然后看她的意思，是同意跟他回来，还是照原计划去拉萨。只要找到了她，她想去哪里都无妨，她想做什么他都奉陪。想到这里，春上再次拨打电话，依然是关机。

开始验票了，人群乌压压地老早站成一堆。动车到南昌只要个把小时，也就是说，不到五点春上就会落在南昌车站。也许不到六点，他就能找到锦绣就住的旅馆。他记得对面有个七天，锦绣有很大可能选择在那里休息。人群在缓缓流动，春上站起身，将手机塞进包里。他随着人群慢慢挪动，挪到了空调对面，一股冷飕飕的风毫无防备地吹了过来。他扭头一看，空调旁边的大屏幕上，正在播放一个纸尿裤的广告。一个穿着小鸡黄连衣裙的女郎，正在安详地翻动着床上一个小孩子的屁股、大腿，脸上浮现一种梦幻般的笑容。同时，一个醇厚的女声在甜美赞叹，真安适婴幼儿纸尿裤，真的好安适！

最后一个镜头是，这位妈妈缓缓地用两手在半空中做出一个标准的心形图案，将那个正欢快拍打着床面的小宝贝圈在这个心里面。春上耐心看完了这组画面，正好走到了检票口。他机械地挪动着脚步，心头不由得涌上一星喜悦。他脑海里在反复翻腾着一个镜头，这位妈妈的脸，笑得像一个不知人世艰辛的少女。她还是少女吗？她扎了一个高马尾，面部嫩白，动作俏丽可人，尤其两只手很有喜感，使得人们不关心她的真实年纪。他注意到她的腹部微微隆起，她还下意识地抚摸了一下，不知是不是规定动作，摸得自然，熨帖，庄重而骄傲，一个孕育二胎的光荣妈妈形象呼之欲出。据说这是她的第一支广告，算不上十分娴熟自如，但是一套动作下来，让人看着舒服。在她二十七年的生命里，这是一扇为她打开的门。

真的很安适。春上下意识地吐出这句广告词，检票员闻言愣了一下。威严庄重的女检票员认为受到了轻薄，佯装不在意，将票夺过来，重重咔嚓了一下。春上接过这张豁了一个小口的票，梦游般地随着人群，大步向前走去。

36

锦绣到达拉萨是中午，就近找了家小旅馆住下。她先给手机充电，出门找吃的。这天天气好，头顶的天蓝得不真实，几片薄如蝉翼的云片纹丝不动。气温明显比兰州要低几度。拉萨的一切仿佛是透明的、固定的、永恒的，这跟高原反应产生的印象截然相反。锦绣倒没有不良反应，只是拉萨这种正大的气派让她有点失重感，只要抬起眼睛，看一下天空里那个金色的大太阳，就有点晕。

锦绣吃了碗面条，沿街走一走。街上大多是汉人，衣着行为跟都城人没什么两样。店老板是个兰州人，很热心，指给她玛吉阿米酒馆的方向。锦绣打算傍晚去坐坐。她回到旅馆，打开手机，除开春上、她父亲、油条的电话外，上面还有东巴子发来的几条消息。锦绣出门前并未声张，他仿佛知道她要出远门似的，发了几次你在哪的问句。他说这两天要去拉萨，采购结婚用品，问她是不是最近有空来参加婚礼。锦绣正看着，像是知道她登录了，东巴子发来了一条微信。在哪？锦绣如实相告，说她看雪山来了。东巴子得知她到了拉萨，就问她住的旅馆名。他刚好也在拉萨，如果她方便，他过来带她去布达拉宫。锦绣想了想，回复说，我们到玛吉阿米见吧。现在我想睡一觉，布达拉宫明天去。东巴子说好，发来一个笑脸。锦绣问他新娘是不是一起来了，晚上带来见见。东巴子说好，我惹她生气了，你正好帮帮我。

五点半锦绣出门，叫了辆黄包车去八廓街。她在大昭寺下了车，入口处有三根石柱，其中一根刻着唐蕃会盟书。作为藏传佛教传播中心，寺内人流不息，不同年龄的朝圣者在对释迦牟尼佛像朝拜。锦绣在外面默立片刻，沿街往前走。玛吉阿米是个不大的店，远看像个小小的黄色城堡，灯火在整片弧形玻璃窗里燃烧，衬出天色的灰暗。一瞬间，起风了。锦绣裹着下午刚买的大围巾，站在窗子下，像个地道的藏族妇女那样，打量着过往行人。店内装饰是典型藏式风格，颇小资情调。一个黑人迎面下楼，对她咧嘴打招呼，嗨。锦绣笑着回了声嗨。她上了二楼，幸运的是，靠窗的位置空出一个。风把窗口的帆布吹得啪啪响，声响里有种自在气息。墙壁也是黄色，挂满了小幅油画、黑白摄影作品。每个桌子布置精致，有欧美人，有外地游客。店内坐满了人，又像是没有人，灯火摇曳，私语声犹如巫咒。锦绣坐下来，店内回旋着一支爵士乐，身子登时跟着松下来。在她睡着的那段时间，东巴子再没打扰她。现在，她想起，他们互相没有留电话，离开网络，他们就失去了联系。想到这里，锦绣微微笑了。她觉得那是一件有趣的事。那样的话，明天一早，她就会独自去看南迦巴瓦峰。

春上来了电话。锦绣接听时，那边没有声音。锦绣喂了一下，春上哥吗？那边有一点喊喊喳喳的杂音，像是在放一支早年的碟片。过了半分钟，那边才响起春上的声音。锦绣，你跟谁在一块儿，你在哪儿？锦绣看了看四周，微笑说，我在拉萨，等会儿要见个朋友。春上问，见过这个朋友，你是不是就回来？锦绣想了想，说，我不知道。春上说，让我过来接你，好吗？一位男侍者送来一本牛皮质感的菜单，锦绣向他点点头，压低声音说，你不要来，明天一早我就走了。你找不到我的。

春上说，你不想看到我，要同别人生活在一起，你不打算原谅我。锦绣心里一疼，说，不是我原谅你，是牛丽姐。……你知道玛吉阿米的意思是，未嫁娘。我守着你这么多年，也够了。我就做一个玛吉阿米。我现在什么也不想，只想看一眼南迦巴瓦峰。看一眼我就可以死了。春上说，别傻！你不要我，伯父伯母你不管？锦绣笑了起来，我就是用个修辞，修辞，春上哥。你知道我为你写过诗吗，在我日记本里，写了三年。前天晚上我烧掉了。春上没有作声。过了一会儿，他问，你住哪个宾馆？锦绣摇了摇头，说，我朋友来了，我挂了，春上哥。

七点了。东巴子如果现身，已经迟了半小时。锦绣望了一眼窗外，黛蓝色的夜幕巨大而安静，楼房、人车暗影浮动，仿佛自有一种内在的隐秘的旋律。室内暖烘烘的，换了一支马吟吟的《三天三夜》，很是应景。锦绣点了青稞酒，一个藏式烤蘑菇，一个红糖糌粑，一个酸奶人参果沙拉。她慢慢地烤着野生蘑菇，喝着鲜酿的酒，对面空着，也不觉有何缺憾。周围多是情侣，也有三五人一桌的，他们低语着，形成一个私密的和谐背景。锦绣喝了三杯，越喝越清醒，歌曲换作了仓央嘉措这首著名的诗。

> 在东山的顶上，
> 每当升起月亮，
> 玛吉阿米的笑脸，
> 就浮现在我心田。

邻桌坐着一个男人，他向她投来过两次目光。终于，他走过来搭讪。你有火机吗，他问，妹子，你带火机了吗？男人浓眉大眼，穿一件米色毛衣，年纪三十上下，人中留着一点胡髭。他不是东巴子。锦绣说她没有，如果这里可以吸烟，他可以向服务台要一个。他听了，笑了笑，问他可不可以坐下来。锦绣点点头，说，我在等一个朋友，他大概不来了。男人坐了下来，细密地端详她，说，我觉得你面熟，你像我的一个……小学同学。锦绣笑了笑，咬住勺子里的酸奶。男人说是真的，我没有骗你。他看着锦绣，从口袋摸出手机，翻找着，说我给你看她照片啊。锦绣问他，喝酒吗？男人说，喝一杯。两人碰杯喝了酒，男人把照片找着了，递给她看，这个，像不像你？锦绣看了一眼。

扎羊角辫这个？

她旁边那个。

好吧，有点像。

她鼻子多像你，笑起来圆圆的。

我不是你同学。

我以为你是她。

我不是。

好吧，你是谁？

锦绣想了想，拿起酒杯喝了一大口，说，我住吉祥旅馆。男人一愣，说，你来旅游的，我看出来了。锦绣点点头，说，我们再叫一瓶酒吧？明天，我先去布达拉宫，然后去南迦巴瓦峰，你一起来吗？男人招手叫了酒，倒了一杯递给她，说，我可以来吗？锦绣笑说，你过来问我借火机，是在问我，可不可以一起睡。对吧？男人端起酒杯，跟她碰一下，说，我没有想那么远。锦绣说，这是个艳遇的地方嘛，我朋友没来，我们碰到了，干了这杯！……我现在答复你，你可以来。

锦绣站了起来，我们走吧。男人赶快起身，去邻桌拿外套。锦绣在前台结账，男人说我一起来，锦绣挡住他说，我们各付各的。男人说好吧，那瓶酒算我的。出门时，男人手里拿着锦绣的披肩，给她搭在双肩，顺手搂住了她。锦绣推了男人一把，看着他倒退两步，哈哈大笑。男人也笑了起来，两人就站在街面上笑个不停。在酒馆门口出现这种半醉的人，大概算不上奇怪，两人没有遭到围观，互相搀扶着走。男人伸手招了辆的士，先把锦绣塞进去，自己也扑进去。男人口齿不清地给司机报地名，吉祥……酒店。是不是，吉祥？皇后吉祥！

锦绣被夜风一吹，头更昏沉了。她需要这种感觉，算是以毒攻毒。高原反应在她体内不过是延迟了一些，迟早要发作。进了房间，男人倒在沙发上，仰面眯着。锦绣进了浴室，洗了热水澡。在她洗的时候，门被嘭嘭打响。锦绣听到男人起身去开门，继而发出了身体剧烈碰撞的闷响，以及男人的号叫声。锦绣关了水，听到服务员来了，保安来了。她伸手取浴巾，不料脚下一滑，摔在了地砖上。这一摔，疼得她抽了几口冷气，她撑着地面站起来。听到走廊里出现了驳杂的脚步声，交谈声一直没停。锦绣忍着疼，擦干身上的水珠，把衣服套上。她拧开门出来，头还是晕的，外面却没有了动静。门是关上的，似乎她刚才听到的是一场梦。她伸手拧开门，走廊静悄悄的，一个人也没有。

她回到房间，浴巾包住头，想在床上躺一会儿。沙发上坐着一个人，吓得锦绣呀一声叫，人差点没弹起来。这个人不是别人，正是春上。春上面色暗淡，头发汗湿了，拧成一缕一缕的。他两肘撑着双膝，头略微抬起，望着锦绣。锦绣一时间说不出话来。浴巾从头顶掉了下来，落到地面。她头上冒着湿气，房间没开空调，顿时令她打了个哆嗦。春上慢慢起身，给她捡起了浴巾。他走到她身后，给她擦起了头发，锦绣像个木偶一般任他摆布。她感到他牵住了她的手，把她带到浴室。镜子里出现了一张玫瑰色的女人脸，那脸是那样陌生，令她心里泛起阵阵惊讶。耳朵边响起嗡嗡声，春上在给她吹头发。锦绣闭上了眼睛，那暖风如此舒服，让她忍不住想靠在他身上睡一觉。

这一夜，她靠在他胸前睡了。他没有跟她说话，也不要她说话。灯被他按灭了，从浴室出来，锦绣就没看到春上了。夜里，锦绣醒了，她感到害怕。身上一阵阵战栗，她想起了喝酒前的事，那个浓眉大眼的男子。她担心身边这个身体不是春上，但她不敢开口。她伸出手去摸他的脸。没有胡髭，皮肤是光滑的，是春上的脸。是春上的眉骨，是春上的下巴。锦绣哭了起来，泪水一股股打湿了春上的胸口。春上就把衣服脱了，也帮她脱了。锦绣不知道春上是什么时候醒了，或者他一直没有睡着。他像一个真正清醒的人那样，对她做着一个男人要做的一切。中途，锦绣把春上推开了两次。她感到胸闷，不适，后来有了呕吐的前兆。俨然高原反应终于扎扎实实地降临到她的身上，来得如此及时。

春上开了窗子，对着墨黑的夜色，静静地坐着。风经过他的身体，向她拂来，一阵阵眩晕呈现一种波状向整个房间辐射。远处传来一串狗吠，天快亮了。

2016年8月于南昌 一稿
2016年11月于柴桑 二稿

图书在版编目（CIP）数据

锦绣的城 / 杨帆 著. -- 北京：作家出版社，2017. 2
（中国作家·江西原创）
ISBN 978-7-5063-9316-4

Ⅰ. ①锦… Ⅱ. ①杨… Ⅲ. ①长篇小说 – 中国 – 当代
Ⅳ. ① I247. 5

中国版本图书馆 CIP 数据核字（2017）第 015345 号

中国作家出版集团·江西作协长篇小说重点扶持工程

锦绣的城

作　　者：杨　帆
责任编辑：翟婧婧
装帧设计：MORE 创意·设计
出版发行：作家出版社
社　　址：北京农展馆南里 10 号　　　　邮　　编：100125
电话传真：86-10-65930756（出版发行部）
　　　　　86-10-65004079（总编室）
　　　　　86-10-65015116（邮购部）
E-mail:zuojia@zuojia.net.cn
http://www.haozuojia.com（作家在线）
印　　刷：北京玺诚印务有限公司
成品尺寸：152 × 230
字　　数：178 千
印　　张：13
版　　次：2017 年 2 月第 1 版
印　　次：2017 年 2 月第 1 次印刷
ISBN 978-7-5063-9316-4
定　　价：32.00 元